Knaur.

Knaur.

Im Knaur Taschenbuch Verlag sind bereits folgende Bücher der Autorin erschienen:
Rache mit Sahne
Blond wie der Tod

Über die Autorin:
Laura Levine, geboren 1943, arbeitete in der Werbung und als erfolgreiche Drehbuchautorin für zahlreiche Sitcoms. Ihre Texte wurden in der *Washington Post*, der *Los Angeles Times*, den *Daily News* und anderen überregionalen Zeitungen veröffentlicht. Laura Levine lebt mit ihrem Mann in Los Angeles.

Laura Levine

Für Schuhe würd' ich morden

Roman

Aus dem Amerikanischen
von Antje Nissen

Knaur Taschenbuch Verlag

Die amerikanische Originalausgabe erschien 2005
unter dem Titel »Shoes to Die For«
bei Kensington Publishing Corp., New York.

Besuchen Sie uns im Internet:
www.knaur.de

Deutsche Erstausgabe März 2008

Ein Unternehmen der Droemerschen Verlagsanstalt
Th. Knaur Nachf. GmbH & Co. KG, München.
Published by arrangement with Kensington Publishing Corp.,
New York, NY, USA

Redaktion: Marie-Luise Bezzenberger
Umschlaggestaltung: ZERO Werbeagentur, München
Umschlagabbildung: Corbis
Satz: Adobe InDesign im Verlag
Druck und Bindung: Nørhaven Paperback A/S
Printed in Denmark
ISBN 978-3-426-63392-2

2 4 5 3 1

Für Gracie und die anderen Ladys in meinem Leben,
die ich so sehr schätze.

1. Kapitel

In Los Angeles gibt es zwei Sorten von Menschen. Die einen treffen sich zum Mittagessen. Die anderen essen zu Mittag. Diejenigen, die sich zum Mittagessen treffen, besprechen wichtige Dinge mit ihren Agenten und bestellen Sachen wie Ahi-Thunfisch und Hühnchensalat auf chinesische Art. Diejenigen hingegen, die zu Mittag essen, sprechen mit einem Clown und ordern eine Extraportion Ketchup für ihre Pommes.

Ich gehöre definitiv zur Gruppe derjenigen, die zu Mittag essen, wie man unschwer an der beeindruckenden Sammlung von Fast-Food-Verpackungen in meiner Mülltonne erkennen kann.

An jenem Tag jedoch, an dem meine Geschichte beginnt, war ich aus der Riege des schlechten Geschmacks ausgebrochen und sauste durch die Stadt, um mich mit meinem Nachbarn Lance zum Mittagessen zu treffen. Es war warm und diesig, und als ich Richtung Osten auf die La Brea Avenue zufuhr, konnte ich fast den HOLLYWOOD-Schriftzug hinter den Dunstschwaden erkennen.

Die La Brea Avenue ist die Brutstätte dessen, was in Los Angeles gerade angesagt ist. Wo früher einmal Industriegebäude die Straßen säumten, befinden sich heute eine Vielzahl von Boutiquen und Restaurants, die so cool in sind, dass sie es nicht einmal nötig haben, draußen ein Schild anzubringen. Und ich befand mich soeben auf dem Weg in ein solches Restaurant, nämlich das Café Ennui. Nur hatte ich die allergrößte Mühe, es zu finden.

Ich war schon mindestens dreimal zwischen der Wilshire und der Melrose Avenue hin- und hergefahren und wollte schon aufgeben, als ich ein trendiges Restaurant erblickte, durch dessen Fenster ich einen Esstisch aus den 50er Jahren erkennen konnte. Das muss es sein, dachte ich und parkte meinen Corolla ein paar Häuser weiter. Inzwischen war ich bereits gute fünfzehn Minuten zu spät dran. Ich stürmte in das Restaurant, um dort festzustellen, dass Lance nicht da war. Wahrscheinlich war er noch mit irgendeinem anstrengenden Kunden zugange. Lance ist Schuhverkäufer bei Neiman Marcus, in der Abteilung mit den Designerschuhen. Oder wie Lance es auszudrücken pflegt: »Ich mache in Stöckel.«

Ich setzte mich an den Tisch am Fenster und sah mich im Restaurant um. Der Laden war mit einer bunten Vielfalt von Tischen und Stühlen unterschiedlicher Designs eingerichtet. Überrascht stellte ich fest, dass ich der einzige Gast war.

Hinter dem Tresen stand ein magerer Typ mit Glatze und warf mir einen eisigen Blick zu. Offenbar verstand er unter freundlichem Service etwas anderes als ich. Ich winkte ihn zu mir. Widerstrebend glitt er von seinem Hocker herab und kam zu mir herüber.

»Hi«, flötete ich ihm entgegen und versuchte dabei so gut wie möglich, seinen verächtlichen Gesichtsausdruck zu ignorieren. »Wäre es wohl möglich, einen Blick in Ihre Karte zu werfen?«

»Süße«, gab er kaltschnäuzig zurück, »das hier ist kein Restaurant.«

»Ach nein?«

»Nein, das hier ist ein Möbelgeschäft.«

Ich ließ meinen Blick umherschweifen, und zum ersten Mal bemerkte ich, dass von den Tischen und Stühlen Preiskärtchen baumelten.

»Dann ist das also nicht das Café Ennui?«

»Neiiiin, ist es nicht«, sagte er so betont langsam, als spräche er mit einer Dreijährigen.

»Dann bekommen Sie wohl auch kein Trinkgeld«, entgegnete ich mit einem matten Lächeln.

Er fand das gar nicht komisch.

»Das Café Ennui ist da drüben.«

Mit seinem knochigen Finger deutete er über die Straße auf einen Laden mit verdunkelten Scheiben. Kein Wunder, dass ich den nicht hatte finden können. Es sah ganz so aus, als hätte das Lokal schon vor Jahren dichtgemacht.

Ich glitt von meinem Stuhl und sauste unter den wütenden Blicken meines gereizten Möbelverkäufers über die Straße.

Wie sich herausstellte, war das Café Ennui alles andere als seit Jahren geschlossen. Hinter den dunkel getönten Scheiben saß eine Horde von Menschen, die alle aussahen, als seien sie gerade einer Banana-Republic-Werbung entsprungen. Sie nippten Mineralwasser und knabberten an verschiedenen Salatvariationen. Die durchschnittliche Taillenweite lag etwa im unteren 60er-Bereich.

Ich blickte mich um und entdeckte Lance. Mit seinem

blonden Lockenschopf und dem quietschgrünen T-Shirt konnte man ihn auch schwerlich übersehen. Ich eilte zu dem kleinen Zweiertisch, an dem er Platz genommen hatte.

»Tut mir leid, dass ich zu spät komme«, sagte ich und ließ mich auf einen sehr unbequemen Metallstuhl fallen, »aber ich konnte das Restaurant nicht finden. Ist dir klar, dass das Schild da draußen ungefähr die Größe einer Briefmarke hat?«

»Ich weiß. Sie wollen, dass der Laden möglichst exklusiv bleibt. Selbst die Telefonnummer steht nicht im Telefonbuch.«

Willkommen in La-Li-La-Los Angeles, wo Institute für Darmspülungen ganzseitige Anzeigen in den Gelben Seiten schalten, während Restaurants lieber auf einen Eintrag verzichten.

Lance warf mir einen missbilligenden Blick zu.

»Jaine, meine Liebe, ist dir bewusst, dass du die Einzige im Restaurant bist, die eine Hose mit Gummizug trägt?«

Das stimmte natürlich. Der Laden war voll perfekt gemeißelter Körper, die in Hüftjeans und hautengen Tanktops steckten; schlanke, bauchfreie Taillen, wohin das Auge blickte. Und ich spreche hier nur von den Männern.

»Na und?«, antwortete ich und griff nach der Speisekarte. »Werde ich jetzt von der Hosen-Polizei festgenommen?«

Er schüttelte den Kopf und seufzte.

Ich musste ebenfalls seufzen, als ich die Speisekarte betrachtete. Was für eine Katastrophe. Alles, was ich entdeckte, waren Ruccola und Radicchio und junges Gemüse.

Nicht eine einzige Kalorie weit und breit. Das Interessanteste auf dieser Speisekarte war ein alter Kaffeefleck.
Gerade als ich mich fragte, ob es wohl irgendwie möglich wäre, Lance zu einem anderen Restaurant zu überreden, in dem wir richtiges Essen bekämen, kam eine heißblütige Kellnerin mit großen Augen und winzigen Brüsten zu uns herübergeglitten.
»Was darf ich euch heute Gutes tun?«, fragte sie mit einem spröden Lächeln.
»Wie wär's mit was von McDonald's?«
Nein, das habe ich natürlich nicht gesagt. Was ich sagte, war: »Haben Sie auch Burger?«
»Wir hätten da den Ahi-Thunfisch-Burger mit karamellisiertem Fenchel.«
»Klingt echt verlockend, aber ich verzichte lieber.«
Es gab wohl keine andere Möglichkeit. Ich musste einen Salat bestellen.
»Ich hätte gern den Salat mit Pute.«
»Freilaufende Pute oder normale?«, fragte Miss Heißblut.
»Normale tut's auch.«
»Und welches Dressing? Himbeer-Vinaigrette, Balsamico-Vinaigrette oder Kiwi-Vinaigrette?«
»Überraschen Sie mich einfach«, antwortete ich und schlug alle Vorsicht in den Wind. Miss Heißblut, die aussah, als hätte ihr Mittagessen aus einer Line Kokain bestanden, nahm Lance' Bestellung auf und schlich von dannen.
»Im Ernst Jaine.« Lance warf einen Blick auf mein T-Shirt mit dem Aufdruck *Dukakis for President.* »Du hinkst so hoffnungslos deiner Zeit hinterher. Möchtest du nicht hip sein?«

»Hippie sein reicht mir.«
»Ach, komm schon. Du bist nicht annähernd das Pummelchen, das du zu sein glaubst.«
»In einer Stadt, in der Größe vierunddreißig als Übergröße gilt, bin ich ein Pummelchen.«
»Zufällig bist du eine sehr attraktive Frau. Alles, was du brauchst, ist ein wenig Nachhilfeunterricht in Sachen Mode.« Und dann, ganz so, als hätte er gerade erst darüber nachgedacht, fügte er hinzu: »Hey, das ist gar keine schlechte Idee. Wie wär's, wenn ich dich mal völlig neu style?«
Da dämmerte es mir. Ich wusste, worum es ging.
»Du bist auf der Suche nach einem neuen Projekt, nicht wahr? Dir ist langweilig, du bist einsam und hast gerade keinen Freund, und jetzt möchtest du dir mit irgendetwas die Zeit vertreiben.«
»Stimmt überhaupt nicht!«
Und wie es stimmte. Seit Lance herausgefunden hatte, dass sein letzter Freund verheiratet war, hatte er übel gelaunt in seiner Wohnung herumgelungert, wie ein Teenager mit einem verrosteten Brustwarzen-Piercing.
Ich warf ihm einen vernichtenden Blick zu.
»Okay, also vielleicht stimmt es«, gab er zu. »Vielleicht bin ich auf der Suche nach einem Projekt. Aber das ändert nichts an der Tatsache, dass du dringend Nachhilfe in Sachen Mode brauchst.«
»Schlag dir das aus dem Kopf, Lance. Wenn Gott gewollt hätte, dass ich Hüftjeans trage, hätte er niemals Vanilleeis mit Karamell- und Schokoladensauce erfunden.«
In genau diesem Moment kam die Kellnerin mit unserem Essen an unseren Tisch zurückgeglitten. Den Rest unseres

Mittagessens verbrachten wir damit, zwischen den Salatblättern nach etwas Nahrhaftem zu suchen und uns darüber auszutauschen, was für eine miese Ratte Lance' Exfreund war. Ab und zu sah sich Lance verstohlen nach den anderen Männern im Restaurant um, während ich verstohlen auf die Dessertkarte linste. Doch da gab es nichts Spannendes zu entdecken. Nur ein fettfreies Sorbet, italienische Amarettokekse und ein Karottenkuchen ohne Mehl. Lance und ich teilten uns ein Stück davon, ein winziger Würfel aus orangefarbenem Glibber, auf dem ein Zweiglein Minze thronte.

Wir bezahlten unsere Rechnung und traten nach draußen in die dunstige Mittagssonne.

»Lass uns ein bisschen spazieren gehen«, schlug Lance vor, »um ein paar Kalorien zu verbrennen.«

»Welche Kalorien bitte? Auf der Speisekarte waren nicht einmal genug Kalorien, um eine magersüchtige Stechmücke zu sättigen.«

»Komm schon«, sagte er und packte mich am Arm. »Wir können beide ein wenig Bewegung ganz gut brauchen.«

Also schlenderten wir die Straße hinauf, vorbei an einer angesagten Boutique nach der nächsten.

»Schau mal!«, rief Lance aus und hielt plötzlich vor einem Klamottenladen. »Passions, mein Lieblingsladen. Eine Freundin von mir arbeitet dort. Komm, wir gehen rein und sagen hallo.«

Aber mit seinem überraschten Getue konnte er mir nichts vormachen.

»Wir sind nicht bloß zufällig hier vorbeigekommen, nicht wahr?«, fragte ich. »Das ist doch alles Teil deines Modeberatungsplans.«

»Na gut«, gab Lance zu, »ich hatte es geplant. Aber ich möchte jetzt trotzdem da reingehen und kurz hallo sagen. Kommst du mit oder nicht?«

Weil ich komplett dusselig bin, stimmte ich zu.

Und so nahm das Unglück seinen Lauf.

2. Kapitel

Passions war ein mega angesagter Laden mit poliertem Dielenboden, wummernder Rockmusik und Klamotten, die so eng geschnitten waren, dass ich einen Moment lang dachte, ich sei in einem Geschäft für Kinderbekleidung gelandet.

Wie sich herausstellte, war Lance' Freundin eine Elfe Mitte zwanzig mit neonorangefarbenem Haar, das aussah, als hätte sie es mit einem Schneebesen frisiert. Mit ihren großen blauen Augen und dieser winzigen Figur ließ sie die Nadel auf der Niedlichkeitsskala bis zum Anschlag schnellen.

»Becky und ich haben früher gemeinsam bei Neiman's gearbeitet«, erklärte Lance, nachdem er uns einander vorgestellt hatte.

Irgendwie konnte ich mir diese Elfe mit dem lodernden Haarschopf und den Kreolen von der Größe von Hula-Hoop-Reifen nicht hinter den eleganten Verkaufsständen bei Neiman Marcus vorstellen.

»Damals war mein Haar noch nicht orange«, sagte sie, als habe sie meine Gedanken erraten. »Ich habe in der Abteilung für Damenunterwäsche gearbeitet. Um ehrlich zu sein, das war ziemlich langweilig. Hier macht mir die Arbeit viel mehr Spaß. Ich darf sogar die Fenster dekorieren.«

Ich warf einen Blick ins Schaufenster, in dem eine Puppe im Stringtanga und mit Stiefeln stand, die ihr bis zu den Oberschenkeln reichten. Genau das, was ich schon immer tragen wollte. Der sexy Sturmtruppler-Look.
Ich nahm ein Tanktop von der Stange, das die Größe eines Taschentuchs hatte.
»Nur so aus Neugier«, fragte ich, »habt ihr auch etwas in Größe L?«
»Das *ist* Größe L.«
Fassungslos verdrehte ich die Augen.
»Jaine ist Schriftstellerin«, sagte Lance. »Mode ist nicht so ihr Ding.«
»Schriftstellerin?«, fragte Becky sichtlich beeindruckt.
Ich nickte bescheiden.
Und es stimmt ja auch. Ich schreibe Lebensläufe, Werbeanzeigen und Unternehmensbroschüren. Vielleicht kennen Sie ja die überaus populäre Broschüre meines Kunden Toiletmasters Plumbers *(Spielend spülen? Dank Toiletmasters flutscht's!)*.
»Oh, ich bewundere Schriftsteller!«, schwärmte Becky. Sie blinzelte mit ihren großen blauen Augen, und ich konnte nicht umhin, mich ernsthaft zu fragen, ob sie jemals ein Buch gelesen hatte.
»Tyler ist auch Schriftsteller.« Sie deutete auf einen ihrer Kollegen, der in der Herrenabteilung einen Kunden bediente. »Er schreibt gerade an einem Roman.«
Interessiert beäugte Lance ihn. Und das aus gutem Grund. Tyler sah wirklich atemberaubend gut aus. Groß und schlank, mit unschuldigem Gesicht und absolut scharfem Körper, schaffte er es, gleichzeitig niedlich und sexy auszusehen.

»Vergiss es, Lance«, sagte Becky, die seinem gierigen Blick folgte. »Er ist hetero.«

»Bist du sicher? Ich hab nichts gegen Herausforderungen.«

»Ich bin sicher, Lance. Er war mal mit Frenchie zusammen.«

»Frenchie?«

»Die Blonde hinter der Kasse. Ich richtiger Name ist Giselle, aber alle nennen sie Frenchie.«

Wir folgten ihrem Blick zu einer spröden Blondine, die auf einem Hocker an der Kasse saß und mit dem Handy telefonierte. Ihr weißblondes Haar, das sie in einem strengen Knoten trug, stand in heftigem Kontrast zu ihren blutroten Lippen und Fingernägeln. Sie trug ein tief ausgeschnittenes schwarzes Kleid und Stilettos mit absurd hohen Absätzen, mit denen sie ungeduldig wippte, während sie telefonierte. Tief in ihrem Ausschnitt hing eine Kette mit einem goldenen Malteserkreuz. Auf mich machte sie trotzdem nicht gerade den Eindruck, als gehe sie regelmäßig in die Kirche.

»Wo zum Teufel bleibt meine Pizza?«, kreischte sie. »Ich warte jetzt schon seit über einer Stunde!«

Ihr Name mochte zwar französisch sein, doch ihr Akzent war reinstes Brooklyn.

»So ein hübscher Kerl wie Tyler war mal mit der zusammen?« Lance riss die Augen ungläubig auf. »*Quelle* Zicke.«

»Und weißt du, mit wem sie gerade telefoniert?«, fragte Becky.

»Mit einem echt bemitleidenswerten Pizzaservice?«

»Mit ihrem Mann. Sie kommandiert ihn herum wie einen abgerichteten Seehund.«

»Und vergiss ja nicht, meine Sachen aus der Reinigung zu holen«, bellte Frenchie in das Handy, bevor sie es auf den Kassentresen knallte.

»Moment mal«, warf Lance ein. »Sie war mit Tyler zusammen, obwohl sie verheiratet ist?«

Becky verdrehte die Augen. »Du glaubst nie, wie oft die ihren Mann schon betrogen hat. Ich wundere mich bloß, dass sie noch nichts mit dem Paketboten angefangen hat.«

Entgeistert schüttelte Lance den Kopf. »Warum war ein so attraktiver Kerl wie Tyler mit einem Miststück wie der da zusammen?«

»Oh, Frenchie kann sehr charmant sein, wenn sie möchte. Aber irgendwann hat Tyler gemerkt, was für ein Biest sie ist, und hat sich von ihr getrennt.«

»Ich wünschte, du würdest nicht immer schlecht über Frenchie reden.«

Ich drehte mich um und erblickte eine unscheinbare Frau in einem Tweedkostüm und Pumps mit vernünftigen, flachen Absätzen. Ihr stumpfbraunes Haar stand wie ein krauser Heiligenschein um ihren Kopf, und sie wirkte in diesem Laden genauso deplaziert wie ich.

»Frenchie ist sehr nett, wenn man sie näher kennenlernt«, mahnte das Mäuschen und huschte dann in den hinteren Teil des Ladens davon.

»Das war Maxine, unsere Buchhalterin«, erklärte Becky. »Das arme Ding. Sie ist ganz verrückt nach Frenchie, aber die würdigt sie keines Blickes. Trotzdem betet Maxine sie an.«

»Hallo, Frenchie«, sagte Maxine und winkte scheu, als sie an Frenchie vorbeikam.

Frenchie lächelte ihr müde zu und widmete sich dann wieder ihrer Nagelhaut. Das Telefon klingelte, und Frenchie meldete sich.

»Passions«, sagte sie und senkte ihre Stimme um eine Oktave wie bei einer Telefonsex-Hotline. »Wie kann ich Ihnen helfen?« Doch dann war sie plötzlich wieder zurück in Brooklyn. »Verdammt noch mal, Owen! Steckst du immer noch im Verkehr fest? Beeil dich endlich, ich bin am Verhungern.«

Mit zornesrotem Gesicht knallte sie den Hörer auf. Doch schon im nächsten Moment wich ihre Wut, und ein Lächeln glitt über ihr Gesicht.

»Mrs. Tucker!«, rief sie und hüpfte von ihrem Hocker, um eine Kundin in Empfang zu nehmen. Auf ihren lachhaft hohen Absätzen stelzte sie zum Eingang.

»Ein Jimmy-Choo-Imitat«, erläuterte Lance, der meinem Blick gefolgt war.

»Wer ist Jimmy Choo?«, wollte ich wissen.

»Schickt dieses Mädchen in ein Modeerziehungslager«, flehte Lance und verdrehte die Augen. »Das ist zufällig einer der tollsten Schuhdesigner der Welt!«

Also bitte, dann verklag mich doch, weil ich beim Discounter kaufe.

Mittlerweile war Frenchie an der Tür angekommen und begrüßte ihre Kundin mit Luftküsschen.

»Wie schön, Sie zu sehen, Mrs. Tucker«, gurrte sie.

»Mrs. Tucker ist eine unserer besten Kundinnen«, flüsterte Becky. »Frenchie lässt sie keinen Moment aus den Augen.«

Mrs. Tucker war eine Frau Mitte fünfzig, die sich wie ein junges Ding Anfang zwanzig kleidete. Es war irgendwie gruselig, wie sie ihren vom Klimakterium gebeutelten Körper in eine tiefsitzende Hüftjeans und ein bauchfreies T-Shirt gezwängt hatte. Ich bin weiß Gott keine Modeexpertin, aber ich glaube mit Sicherheit behaupten zu dürfen, dass man aufhören sollte, seinen Bauch zur Schau zu stellen, wenn sich dort Altersflecke breit machen.

»Ich finde Ihr Outfit super«, schwärmte Frenchie.

»Das sollten Sie auch, Schätzchen«, antwortete die Kundin, »Sie haben es mir schließlich verkauft.«

Frenchie lachte vergnügt. »Was darf ich Ihnen denn heute zeigen? Wir haben tolle neue Caprihosen, die Ihnen einfach zum Niederknien gut stehen würden.«

Wie ein blonder Wirbelsturm rauschte sie durch die Regale und zog ein Kleidungsstück nach dem anderen heraus. Mrs. Tuckers Augen leuchteten in freudiger Erwartung. Nachdem Frenchie sie in einer Umkleidekabine untergebracht hatte, kam sie zu uns herübergeeilt.

»Was für eine dumme alte Pute«, sagte sie. »Wenn ich so einen Bauch hätte, würde ich mich erschießen.«

»Wo zum Teufel ist dieses Ding für die Schildchen?«, fragte sie, während sie in einer Schublade hinter der Kasse herumwühlte.

»Hier«, sagte Becky und reichte ihr ein Gerät, das wie ein Tacker aussah.

»Dann passt mal schön auf«, befahl Frenchie und riss 36er-Größen-Schildchen aus einem Paar paillettenbesetzter Caprihosen. »Sie wird sie in Größe vierunddreißig haben wollen. Du wirst schon sehen.«

Und wie aufs Stichwort steckte Mrs. Tucker den Kopf aus der Umkleidekabine.

»Frenchie, Süße. Das hier ist Größe sechsunddreißig. Sie wissen doch, dass ich Größe vierunddreißig trage.«
»Aber sicher, Mrs. Tucker«, antwortete Frenchie. »Ich suche Ihnen schnell ein passendes Paar raus.«
Sobald Mrs. Tucker wieder in ihrer Kabine verschwunden war, wühlte Frenchie abermals in der Schublade nach einem 34er-Schildchen. Gleich darauf hatte sie es mit dem »Schildchen-Ding« an die Caprihose geheftet.
»Hier, Mrs. Tucker«, zwitscherte sie und ging zu ihrer Kabine. »Größe vierunddreißig.«
»Habt ihr auch gerade gesehen, was ich gesehen habe?«, fragte ich erstaunt.
»Ja«, antwortete Becky. »Wir tauschen hier ständig die Schildchen aus.«
»Was für eine phantastische Idee. Ich wünschte, sie würden damit bei Bloomingsdale's anfangen. Dann würde ich vielleicht sogar mal einen Badeanzug anprobieren.«
»Wenn wir schon mal hier sind«, begann Lance, »könntest du doch auch ein paar Sachen anprobieren, oder?«
»Ich hab's dir doch schon gesagt. Ich möchte keine Klamotten kaufen.«
»Ach, komm schon. Nur ein Outfit.«
»Auf keinen Fall, Lance. Ich probiere hier nichts an. Nichts, gar nichts, niemals.«

Zehn Minuten später stand ich mit einer abscheulichen Auswahl an Klamotten, die ich niemals im Leben anziehen würde, eingezwängt in einer Umkleidekabine. Hautenge Hosen, durchsichtige Blusen und eines dieser taschentuchgroßen Tanktops, die ich mir vorhin angesehen hatte.

»Und wie soll ich da bitte reinkommen?«, fragte ich und wedelte mit dem Oberteil durch die Kabinentür nach draußen.
»Das ist aus Lycra«, antwortete Lance. »Es ist elastisch.«
Irgendwie schaffte ich es, mich in das Top zu quetschen. Und zum ersten Mal in meinem Leben wusste ich, wie sich eine Wurst fühlen musste.
»Kombinier es mal mit der Pluderhose«, rief Becky mir zu.
O Gott, diese Pluderhose. Allein die Erinnerung daran lässt mir eiskalte Schauer über den Rücken laufen. Ich erspare Ihnen die grässlichen Details. Sagen wir einfach, ich sah darin aus wie *Bezaubernde Jeannie* nach einer Kortisontherapie.
Ich trat aus meiner Umkleidekabine, und alle schnappten nach Luft. Nicht vor Bewunderung, das kann ich Ihnen versichern.
Frenchie, die drüben an der Kasse stand, wo Mrs. Tucker gerade ihre Hose in Größe »34« bezahlte, bemühte sich nicht einmal, ihr Lachen zu unterdrücken.
Ich kämpfte mich noch durch ein paar andere Outfits, und jede Kombination sah schlimmer aus als die vorherige.
Schließlich warf sogar Lance das Handtuch.
»Ich denke, zu Jaine würden maßgeschneiderte Sachen besser passen«, meinte Becky diplomatisch.
Ich schlüpfte wieder in meine Gummizughose und mein T-Shirt und trat aus der Umkleidekabine, bereit, Lance dafür zu erwürgen, dass er mir diese menschenverachtende Tortur zugemutet hatte.
Vielleicht spürte Becky, wie verärgert ich war, und wollte

die Wogen glätten, denn sie sagte: »Sag mal, Jaine, hast du eigentlich schon mal als Werbetexterin gearbeitet?«
Ich nickte. Natürlich würde man Toiletmasters nicht als internationalen Großkunden betrachten, aber es war *tatsächlich* Werbung.
»Wie es der Zufall will, sucht unsere Geschäftsführerin jemanden, der eine neue Anzeigenkampagne für unseren Laden konzipiert. Wäre das für dich interessant?«
Plötzlich war ich viel besser gelaunt. Die Aussicht auf einen Scheck kann so etwas bei mir auslösen.
»Soll ich versuchen, einen Termin für dich zu vereinbaren?«, fragte Becky.
Und wieder stimmte ich zu – eine Entscheidung, die ich noch bereuen sollte.

3. Kapitel

Ich fuhr auf Wolke sieben nach Hause.

Nun ja, um korrekt zu sein, fuhr ich im zähfließenden Verkehr auf dem Olympic Boulevard. Aber mir machte das nichts aus. Ich hatte einen neuen Auftrag in Aussicht. Etwas, das ich wirklich dringend brauchte. Die Sache war nämlich die, dass ich gerade einen meiner größten Kunden verloren hatte, die Tip-Top-Reinigung. Sie hatten sich dafür entschieden, eine große Agentur zu engagieren anstatt einer Frau, die in Jogginghosen an ihrem Esstisch saß und sich Werbesprüche aus den Rippen leierte. Die sollten sich was schämen. Ich bezweifle, dass irgendeine Agentur einen besseren Slogan als meinen erfinden könnte (*Wir waschen's rein, wir bügeln's fein, wir machen's dann, wie's keiner kann*).

Dennoch änderte das alles nichts an der Tatsache, dass ich mich um diese nervtötende kleine Angelegenheit namens Miete zu kümmern hatte, und deshalb war mir jeder neue Auftrag willkommen. Was machte es schon, dass ich nicht die geringste Ahnung von den neusten Modetrends hatte? Was machte es schon, wenn ich – von Bauchnabeln abgesehen – keine Ahnung davon hatte, was »in« und was »out« war? Ich wette, viele große Werbekampagnen wurden von Leuten kreiert, die von dem Produkt, das sie verkauften, nicht den blassesten Schimmer hatten. Möglicherweise ist der Texter, der *Die Milch macht's* erfunden hat, sogar allergisch gegen Milcheiweiß.

Das Erste, was ich sah, als ich meine Wohnung aufsperrte, war meine Katze Prozac, die schwer arbeitend auf meinem Computer saß. Okay, sie schrieb nicht. Sie leckte sich zwischen den Hinterbeinen. Aber das dafür mit sehr viel Inbrunst.

»Hallo, Dickerchen«, flötete ich ihr entgegen. »Wie geht es meinem kleinen Schätzchen?«

Mein kleines Schätzchen gähnte und widmete sich dann wieder ihrem G-Punkt.

Irgendwann werde ich mir einen niedlichen, sabbernden Hund besorgen, der mich mit feuchten Küssen überschütten wird, sobald ich meine Wohnung betrete. Doch bis dahin ist Prozac meine einzige bessere Hälfte. Wir teilen uns eine Zweizimmerwohnung in einem Zweifamilienhaus aus den 40er-Jahren, das weitab der herrschaftlichen Riesenvillen nördlich des Sunset-Boulevards in einem deutlich bescheideneren Stadtteil liegt. Nicht dass ich mich beschweren möchte. Ich liebe unsere Wohnung zufällig sehr. Unser Häuserblock ist sehr hübsch und von Bäumen gesäumt, und gleich unten an der Straße befindet sich eine Filiale von Starbucks. Die Wohnung hat Dielenboden, in unserem Bad sind noch immer die wunderschönen alten Fliesen aus den 40er-Jahren, und außerdem genießen wir die herrliche Aussicht auf den Azaleenbusch unseres Nachbarn. Das Einzige, was mir an unserer Wohnung nicht behagt, ist die bereits erwähnte Miete, die, sehr zu meinem Unmut, zu Beginn eines jeden Monats fällig ist.

Weil ich nach den drei läppischen Salatblättern zum Mittag noch immer fast am Verhungern war, bereitete ich mir eine gesunde kleine Zwischenmahlzeit zu, bestehend aus Waffeltaschen mit Erdnussbutter. Dann schob ich Prozac von der Tastatur und verbrachte den Rest des Nachmittags damit, eine Bewerbung für einen Kunden zu schreiben, der gerade seinen Abschluss an der LSU – Louisiana State University – hatte. (Wobei LSU in diesem Falle für Langsam, Stinkfaul und Unbegabt steht.) Es war gar nicht so einfach, sich Lobeshymnen für einen Universitätsabsolventen auszudenken, der dafür geschaffen zu sein schien, für den Rest seines Daseins zu fragen: »Möchten Sie Pommes dazu?«

Schließlich erwachte Prozac aus dem soundsovielten Nickerchen des Tages und begann lauthals nach ihrem Abendessen zu verlangen. Ich kredenzte ihr eine Schale Edle Fischinnereien und bereitete mir ein leichtes Abendessen zu, das aus Cornflakes mit Bananenstücken bestand. Natürlich benutze ich den Ausdruck »leicht« mit Bedacht. Im Café Ennui hätte meine Portion wahrscheinlich für eine vierköpfige Familie gereicht.

Wenn ich meinen Schreibkurs gebe, versuche ich immer, etwas Leichtes zu Abend zu essen.

Einmal in der Woche unterrichte ich eine Seniorengruppe im Shalom-Altersheim im Memoirenschreiben. Wobei man von Unterricht im herkömmlichen Sinn kaum sprechen kann. In erster Linie geht es ums Zuhören. Jede Woche tauchen meine Kursteilnehmer auf, hauptsächlich Frauen um die achtzig, sofern es ihre Gesundheit zulässt, und teilen ihre liebevoll gehüteten Lebenserinnerungen miteinander. Die meisten Aufsätze sind mit der Hand auf altmodisch linierte Schreibblöcke geschrieben. Nur Mrs. Horowitz besitzt einen Laptop – ein Geschenk ihres Sohnes –, den sie, wie sie allerdings gesteht, als Untersetzer für ihre Pflanzen benutzt. Ihre Geschichten sind nicht wirklich kunstfertig verfasst, doch sie kommen von Herzen, und ich betrachte es als Privileg, sie hören zu dürfen.

Das einzige Haar in der Shalom-Suppe ist Abe Goldman. Als einziger Mann in meinem Kurs benimmt sich Mr. Goldman wie ein streitlustiges altes Blesshuhn, das obendrein auch noch eine unheimliche Ähnlichkeit mit der Comicfigur Mr. Magoo besitzt. Und zu meinem Pech ist er auch noch völlig vernarrt in mich.

Als ich an diesem Abend im Shalom-Altersheim ankam, lag eine Schachtel Tic Tac an meinem Platz am Kopfende des Tisches.

»Für Sie, Schätzchen«, sagte Mr. Goldman und zwinkerte mir zu.

Oder vielleicht zuckte auch nur sein Auge. Mr. Goldman leidet unter einem unglücklichen Nervenzucken, und ich kann nie genau sagen, ob er mir zuzwinkert oder ob sein Auge zuckt.

»Danke schön«, erwiderte ich mit einem schwachen Lächeln.

»Damit Sie einen kussfrischen Atem haben«, fügte er hinzu und zuckte/zwinkerte dabei abermals.

»Also gut«, wechselte ich geschickt das Thema. »Wer möchte seinen Aufsatz vorlesen?«

Mr. Goldmans Hand schoss empor wie ein Maschinenkolben. Er brannte stets darauf, ein weiteres Kapitel aus seinem erlebnisreichen Leben als Teppichverkäufer zum Besten zu geben.

Ich blickte mich im Raum um und suchte verzweifelt nach

einer anderen Freiwilligen. Doch meine Damen sind, ganz im Gegensatz zu Mr. Goldman, manchmal etwas schüchtern, wenn es darum geht, ihre Aufsätze vorzulesen. Das gilt besonders für den ersten Aufsatz des Abends, bevor das literarische Eis gebrochen ist.

»Möchte jemand vorlesen?«, fragte ich erneut und ignorierte dabei Mr. Goldmans Hand, mit der er nun wie wild winkte.

Ich warf Mrs. Petcher einen bittenden Blick zu, einer Dame, die so rund und rosa war wie eine Puderquaste und eine Oberweite von der Größe zweier Paradekissen besaß, doch sie schob sich lediglich ein paar Schokoladendrops in den Mund. Flehend sah ich zu ihrer besten Freundin, Mrs. Rubin, hinüber, aber sie schüttelte den Kopf.

Endlich meldete sich Mrs. Horowitz, die Dame mit dem Untersetzer-Laptop.

»Mrs. Horowitz! Gott sei Dank. Ich dachte schon, wir müssten die nächsten zwanzig Minuten Mr. Goldmans Geschwafel über die Freuden der nahtlosen Teppichwebkunst über uns ergehen lassen.«

Na gut, das habe ich nicht wirklich gesagt. Vielmehr sagte ich: »Legen Sie los, Mrs. H.«

Mrs. Horowitz war eine eindrucksvolle Frau mit stahlgrauem Haar und einer Handtasche von der Größe eines Rollkoffers. Aus den Tiefen dieses Ungetüms fischte sie nun ihren Aufsatz hervor, holte dann einmal tief Luft und begann zu lesen.

»Ein Tag auf der Strandpromenade.«

Mrs. Horowitz' Aufsatz erzählte von einem Strandausflug nach Coney Island, den sie als Kind mit ihren Eltern unternommen hatte – wie sie mit der stickigen U-Bahn der grünen Linie von Flatbush nach Brighton Beach fuhren, Hotdogs mit Essiggurken aßen, am Strand einteilige, lange Badeanzüge trugen, und wie sie ihren Vater neckte, weil er es niemals wagte, aus dem Schatten seines Sonnenschirms hervorzukommen.

Für einen Shalom-Aufsatz war die Erzählung ausgezeichnet. Jede Menge interessante Details und, wie die meisten der Aufsätze in meinem Kurs, mit Herzblut verfasst.

»Sehr gut!«, lobte ich, als Mrs. Horowitz geendet hatte. »Irgendwelche Anmerkungen?«

»Wunderbar«, beteuerte Mrs. Petcher.

»Ich fand ihn auch sehr schön«, sagte Mrs. Rubin – eine kleine, spatzenhafte Frau, die Mrs. Petcher zur Seite stand wie Robin Batman. Mrs. Rubin wiederholte gern die Ansichten ihrer besten Freundin.

Mrs. Greenberg und Mrs. Zahler stimmten unserem Urteil ebenfalls zu.

Nur Mr. Goldman sah wenig begeistert aus.

»Es war die blaue Linie«, sagte er.

»Was?« Mrs. Horowitz blinzelte ihn erstaunt an.

»Es war nicht die grüne Linie«, erläuterte Mr. Goldman. »Es war die blaue Linie, die von Flatbush nach Brighton Beach gefahren ist.«

»Mr. Goldman«, warf ich ein, »wir reden hier von der literarischen Qualität der Erzählung. Über die Bilder und die Gefühle, die sie schildert. Was spielt es für eine Rolle, ob es nun die grüne oder die blaue Linie war?«

»Oh, das spielt eine große Rolle, wenn Sie nach Brighton Beach wollen.«

Ich musste schwer gegen den Impuls ankämpfen, ihm ein Tic Tac an den Kopf zu schleudern.
Aus Mrs. Horowitz' Augen schossen Blitze.
»Abe, erzählen Sie mir nicht, dass es die blaue Linie war. Es war die grüne.«
»Blau.«
»Behaupten Sie etwa, dass mein Gedächtnis nachlässt?«
»Genau das behaupte ich.«
»Sie müssen gerade reden!«, meldete sich Mrs. Petcher zu Wort. »Der Mann, der vergisst, sich die Hose zuzumachen.«
»Ich vergesse niemals, meine Hose zuzumachen!«, feuerte Mr. Goldman zurück. »Manchmal vergesse ich vielleicht, sie aufzumachen, das schon, aber niemals, sie wieder zuzumachen!«
»Wenn Mrs. Horowitz sagte, dass sie mit der grünen Linie gefahren ist«, stimmte Mrs. Zahler erneut zu, »dann ist sie mit der grünen Linie gefahren.«
»Aber nicht nach Brighton Beach, dahin bestimmt nicht.«
»Mir hat besonders Mrs. Horowitz' Beschreibung gefallen, wie die Familie Hotdogs mit Essiggurken gegessen hat«, begann ich in dem festen Vorhaben, der U-Bahn-Debatte ein Ende zu setzen.
»Bäh«, antwortete Mr. Goldman. »Ich mag Hotdogs mit Essiggurken nicht. Ich esse sie nur mit Sauerkraut.«
»Ein sehr schöner Aufsatz, Mrs. Horowitz«, sagte ich, ohne auf Mr. Goldmans kulinarische Präferenzen einzugehen. »Also, wer möchte als Nächstes lesen?«
Daraufhin lasen Mrs. Zahler und Mrs. Rubin ihre Aufsätze

vor, und dann, 30 Minuten vor dem Ende des Unterrichts, konnte ich Mr. Goldmans Hand, die noch immer wie verrückt vor meinem Gesicht herumwedelte, nicht mehr länger ignorieren.

»Mr. Goldman«, sagte ich mit gezwungenem Lächeln. »Was haben Sie geschrieben?«

Als er begann, das jüngste Kapitel in seinem Leben als Teppichverkäufer zum Besten zu geben, wurden meine Augen glasig. Diesmal handelte seine Erzählung davon, wie er bei der Fachmesse der Teppichverkäufer einen Auftritt von Debbie Reynolds gesehen hatte. Ich kann mich nicht mehr genau an die Details erinnern, denn um ehrlich zu sein, hörte ich ihm nicht zu. Stattdessen grübelte ich darüber nach, mit welcher Eissorte ich mich auf meinem Heimweg belohnen würde. Ich schwankte gerade zwischen Chunky Munky und Rocky Road, als etwas, was Mr. Goldman vorlas, meine Aufmerksamkeit erregte:

Nach dem Auftritt sagte Debbie Reynolds zu mir: ›Abe, wie wäre es, wenn wir beiden Hübschen jetzt für ein bisschen Ringelpiez auf mein Zimmer gingen?‹

Innerlich stöhnte ich auf. In Mr. Goldmans Lebenserinnerungen war jede halbwegs attraktive Frau, der er je begegnet war, scharf auf ihn.

Der Anstand verbietet es mir, die Einzelheiten unserer nun folgenden intimen Begegnung offenzulegen, fuhr Mr. Goldman fort, *aber so viel kann ich sagen: Als Debbie mir später ihre Autogrammkarte unterschrieb, stand darauf: ›Für Abe Goldman, ich werde unsere herrliche Nacht im Whirlpool niemals vergessen. Aufs Herzlichste, Debbie Reynolds.‹*

Mrs. Petcher lachte spöttisch. »Sie und Debbie Reynolds? Jetzt machen Sie aber mal einen Punkt.«

»Sieh mal einer an, wessen Gedächtnis jetzt wen im Stich lässt«, stimmte Mrs. Rubin eifrig zu.

»In unserem Kurs geht es nicht darum, Geschichten zu erfinden«, fügte Mrs. Horowitz höhnisch hinzu. »Sie sollten sich schon an die Wahrheit halten.«

»Aber das ist die Wahrheit«, beharrte Mr. Goldman.

»Sind Sie sicher, dass Sie sich hier keine dichterischen Freiheiten herausgenommen haben?«, fragte ich.

»Nein, ich nehme mir keine dichterische Freiheit heraus. Das ist wirklich passiert!«

»Das glaube ich nicht!«, zischte Mrs. Horowitz.

»Was wissen Sie denn schon?«, gab Mr. Goldman zurück.

»Sie würden ja auch die grüne Linie nehmen, um nach Brighton Beach zu fahren.«

»Nun, meine Lieben, unsere Zeit für heute ist um.«

»Nein, das stimmt nicht«, widersprach Mr. Goldman mit einem Blick auf seine Uhr. »Wir haben noch zehn Minuten.«

»Die Zeit ist um«, wiederholte ich mit eiserner Stimme.

Die Damen sammelten ihre Handtaschen und Stützkissen ein und traten hinaus auf den Gang. Nur Mr. Goldman blieb zurück.

»Also, Schätzchen«, begann er schließlich mit einem Zucken/Zwinkern. »Wie wäre es mit einem Spaziergang im Mondschein auf dem Parkplatz?«

Nicht in diesem Leben, dachte ich.

»Es tut mir leid, Mr. Goldman. Ich kann nicht. Aber warum rufen Sie nicht einfach Debbie Reynolds an?«

Na gut, den Scherz mit Debbie Reynolds habe ich mir verkniffen. Ich griff einfach nach meinen Tic Tacs und sauste davon.

Auf dem Heimweg legte ich einen Zwischenstopp beim Supermarkt ein, um eine Packung Eiscreme zu erstehen. Zu Hause angekommen, fand ich Prozac noch immer schlafend auf meiner Tastatur vor. Ich schob sie vom Computer und rief meine E-Mails ab. Nur eine Nachricht von jemandem, der Heidi hieß und mir Bilder von heißen Mädels zeigen wollte, die es mit Tieren trieben. Und ein paar von meinen Eltern.
Nach einem Abend voller Verbalgefechte mit Mr. Goldman sah ich mich außerstande, mich mit meinen Eltern zu befassen. Verstehen Sie mich jetzt bitte nicht falsch. Meine Eltern sind absolut reizend. Aber sehr anstrengend. Die beiden ziehen Probleme so gründlich an wie schwarze Samthosen weiße Flusen. Irgendwie entwickelt sich alles in ihrem Leben immer höchst dramatisch. So dramatisch, dass ich halb wahnsinnig vor Sorge werde, während die beiden davon völlig unberührt bleiben. Um es mit dem beliebten US-Komiker Henny Youngman zu sagen, meine Eltern sind so meschugge, dass sie gar nicht merken, wie sie ihre unmittelbare Umgebung langsam, aber sicher in den Wahnsinn treiben. Nein, ich würde bis morgen früh damit warten, ihre Mails zu lesen.
In der Zwischenzeit zog ich mich aus und machte mich auf den Weg zur Badewanne, wo ich die nächste halbe Stunde bis zum Hals im dampfenden Wasser lag. Nur ich, meine Quietscheente und meine beiden guten Freunde Ben & Jerry.

An: Jausten
Von: Shop-till-you-drop
Betreff: Großartige Neuigkeiten

Hallo Liebes,

halte schon mal Ausschau nach dem Paketboten. Ich habe dir nämlich soeben über den Shoppingkanal einen umwerfenden Verlobungsring mit einem kubisch geschliffenen Zirkonia-Diamanten schicken lassen. Er hat zwei Karat und ist in eine Fassung aus Sterlingsilber und Platin eingearbeitet. Der Ring war im Angebot, ich habe ihn für nur 39 Dollar 95 bekommen, zuzüglich Verpackung und Versandkosten. Und bevor du mir gleich an die Gurgel springst – ja, ich weiß, dass du nicht verlobt bist, aber du kannst den Ring ja einfach als Schmuckstück am rechten Ringfinger tragen. Außerdem darf man als Mutter doch wohl noch träumen, oder etwa nicht?

Hier in Tampa Vistas gibt es wichtige Neuigkeiten. Wir haben einen neuen Freizeitkoordinator, einen echten Drehbuchautor vom Broadway, und er hat auch schon als Schauspieler gearbeitet. Er heißt Alistair St. Germaine. Vielleicht hast du von ihm gehört? Er hat hauptsächlich in den kleineren Theatern abseits vom Broadway gespielt. Aber nicht nur das: Er war früher auch noch Hirnchirurg. Das kommt mir allerdings ein wenig merkwürdig vor. Ein Mann, der Drehbuchautor, Schauspieler *und* Hirnchirurg ist. Wie dem auch sei, er hat ein Stück geschrieben, das er hier in unserem Klubhaus aufführen wird. Dein Vater wird für die Hauptrolle vorsprechen. Ist das nicht aufregend?

Liebes, halte nach dem Verlobungsring Ausschau. Und auch gleich nach einem passenden Verlobten, haha!

Alles Liebe,
Mom

An: Jausten
Von: BigDaddy
Betreff: Dein Vater, der Schauspieler

Hi, Honigpferdchen,

ich nehme mal an, dass dir deine Mutter bereits die großen Neuigkeiten berichtet hat. Ich werde in einem Stück im Tampa-Vistas-Klubhaus mitspielen. Wir haben einen neuen Freizeitkoordinator – irgendein berühmter Autor aus New York, ein echt gewiefter Typ. Er sprüht förmlich vor Talent.

Er hat eine urkomische Salon-Komödie im britischen Stil geschrieben, so à la Noel Coward; sie heißt *Lord Worthingtons Schalkrawatte*.

Ich werde Lord Worthington spielen. Ich habe die Rolle zwar noch nicht fest, aber die Sache ist so gut wie geritzt. Die meisten der alten Schachteln hier können sich nicht mal ihren zweiten Vornamen merken, geschweige denn 30 Seiten Text.

Und ganz abgesehen davon habe ich reichlich Bühnenerfahrung. Habe ich dir jemals erzählt, dass ich damals bei der High-School-Aufführung von *Romeo und Julia* mitgespielt habe? Der

Reporter von der Lokalzeitung kam, um eine Kritik zu schreiben, und urteilte: »Hank Austen war als Romeo mehr als adäquat.« Ich habe den Zeitungsausschnitt noch irgendwo in einem Album.

Wenn ich so sagen darf, ich besitze ein gewisses Fingerspitzengefühl für solche Sachen. Also, jetzt muss ich mich ranhalten und meinen Text lernen.

Ich hoffe, im sonnigen Kalifornien steht alles zum Besten.
Sei umarmt von
deinem Daddy

An: Jausten
Von: Shop-till-you-drop
Betreff: P.S.

P.S.: Was Mr. St. Germaine anbetrifft, habe ich mich geirrt. Er war kein Gehirnchirurg. Er hat nur mal einen im Fernsehen gespielt.

4. Kapitel

Am nächsten Morgen weckten mich die süßen Klänge von Prozacs Gejammer, das mich an ihr Frühstück erinnern sollte. Nachdem ich ein paar Löffel edelster Makreleninnereien in ihr Näpfchen getan hatte, machte ich meine üblichen fünfzig Sit-ups und bereitete mir ein Frühstück aus frisch gebrühtem Kaffee und Croissants zu. Na gut, ich habe keine Sit-ups gemacht. Die einzige Bewegung, die ich mir verschaffte, war das Zähneputzen. Und mein Frühstück bestand aus einer Tasse löslichem Kaffee und einer Waffeltasche, die ich mir in der Mikrowelle aufwärmte. Okay, ich geb's zu, es waren zwei.

Dann setzte ich mich vor meinen Computer und las die E-Mails meiner Eltern.

Meine Mutter hatte mir also wieder einmal ein Schmuckstück über den Shoppingkanal schicken lassen. Es gibt etwas, das Sie über meine Mutter wissen sollten: Sie vergöttert den Shoppingkanal und ist einkaufssüchtig. Um ehrlich zu sein, hat sie es sogar geschafft, meinen Vater davon zu überzeugen, sich mit ihr in der Nähe von Tampa in Florida zur Ruhe zu setzen, um dem Firmensitz des Senders näher sein zu können. Sie behauptet, dass sie die Lieferungen so schneller erhalte. Ich habe versucht, ihr zu erklären, dass die Bestellungen nicht wirklich vom Fernsehstudio versandt werden, aber sie bestand trotzdem darauf, dorthin zu ziehen.

Meine Mutter besitzt so viele kubisch geschliffene Zirkonia-Diamanten, dass sie eine eigene Mine eröffnen könnte. Die meisten der Steine sind grellbunt und haben die Größe von Riesendrops. Ab und zu beschließt sie, mir einen davon zu schicken. Für gewöhnlich schmeiße ich ihn dann in meine Unterwäscheschublade und hoffe, dass er sich dort in eine ultraelastische Strumpfhose verwandelt. Aber sie meint es gut.

Natürlich wäre es mir lieber, sie würde nicht immer mit nashorngleichem Taktgefühl darauf anspielen, dass ich mir einen Mann fürs Leben suchen sollte. Ich habe es bereits einmal mit der Ehe probiert und fand es in etwa so befriedigend wie Fußpilz.

Ich nenne meinen Exehemann Den Klops. Hauptsächlich, weil Dostojewski das Urheberrecht für *Der Idiot* hat. Es ist alles zu deprimierend, um darüber zu sprechen. Nur so viel: Der Klops gehörte zu der Sorte Männer, die ein intimes Verhältnis zu ihrem Ohrenschmalz pflegen.

Was die schauspielerischen Ambitionen meines Vaters anbelangt, war ich kein bisschen überrascht. Daddy war schon immer ein eifriger Mime. Als ich klein war, hat er mir all meine Gutenachtgeschichten vorgespielt. Jahrelang war ich der Überzeugung, dass Aschenputtel Zigarren rauche.

Meine Gedanken über die schauspielerische Hingabe meines Vaters wurden vom Klingeln des Telefons unterbrochen. Ich hob den Hörer ab, und eine kindliche Stimme zwitscherte: »Hallo, ich bin's, Becky!«

Ihre Stimme klang so jung, dass ich einen Moment lang

dachte, am anderen Ende sei eine Highschool-Schülerin, die sich mit ihrer Freundin zum Bummeln verabreden wollte und die falsche Nummer gewählt hatte.

»Wir haben uns gestern bei Passions kennengelernt«, fügte sie hinzu.

Ach, richtig. Das Engelchen mit den orangefarbenen Haaren, die mir einen Termin mit ihrer Chefin besorgen wollte.

»Ich habe mit Grace gesprochen, unserer Geschäftsführerin, und sie hat gesagt, dass sie sich gern mit dir treffen würde.«

»Das ist ja wunderbar. Vielen, vielen Dank.«

»Könntest du morgen gegen zehn Uhr vorbeikommen?«

Nachdem ich ihr versichert hatte, dass ich um zehn kommen würde, legte ich auf und wandte mich an Prozac.

»Rate mal, was eben passiert ist! Ich habe ein Vorstellungsgespräch!«

»Gratuliere!«

Nein, das kam nicht von Prozac. Sie ist zwar eine kluge Katze, Sprechen jedoch hat sie deswegen bislang noch nicht gelernt. Es war Lance, der vor meiner Fliegengittertür stand.

»Becky hat mich eben angerufen«, erklärte er, als ich ihn hereinließ. »Also, zuerst müssen wir dir etwas zum Anziehen besorgen.«

»Lance, ich habe jede Menge Klamotten.«

»Das werde ich entscheiden«, sagte er und ging schnurstracks zu meinem Kleiderschrank im Schlafzimmer.

»O mein Gott«, jammerte er, während er einen wunderhübschen Tweed-Blazer in die Höhe hielt. »Wann hast du den denn gekauft? Als Jimmy Carter Präsident war?

»Und wer hat das hier entworfen?« Er zog eine gestreifte Bluse aus dem Schrank und hielt sie zwischen zwei Fingern wie eine tote Maus.

»Die habe ich vom Flohmarkt. Das Etikett fehlt, aber die Frau hat geschworen, dass sie von Ralph Lauren ist.«

»Für mich sieht das eher nach Ralph Kramden aus *The Honeymooners* aus.«

»Sehr witzig.«

»Hör mal, Jaine. Du beschwerst dich immer, dass du nicht genügend Aufträge hast. Ist dir dabei jemals in den Sinn gekommen, dass einer der Gründe dafür, dass du nicht so viel Arbeit hast, wie es dir lieb wäre, dein Image ist?«

Ich gab es nur ungern zu, aber er könnte damit durchaus recht haben.

»Diese Klamotten hier hauen vielleicht die Jungs von Toiletmasters um«, fuhr er fort und zeigte auf meinen Kleiderschrank, »aber Grace Lynbrook ist eine ganz andere Nummer. Du weißt doch, mit wem du es zu tun hast, oder?«

Ich schüttelte den Kopf.

»Grace war in den Siebzigern eines der absoluten Topmodels. Diese Frau hat ihr gesamtes Leben entweder in oder mit Designermode verbracht. Ich sage dir das wirklich nicht gern, Süße, aber sie wird von deinen Baumwoll- und Polyesterklamotten nicht begeistert sein.«

»Aber ich kann dieses abgefahrene Zeug aus ihrem Laden einfach nicht tragen«, entgegnete ich, und es schüttelte mich bei dem Gedanken an diese Clownshosen. »Du hast doch selbst gesehen, wie bescheuert ich darin aussah.«

»Stimmt«, sagte er, »du bist wirklich mehr der klassische Typ. Klare, elegante, einfache Linien, die nach Geld stinken. Lass sie glauben, dass du den Auftrag nicht nötig hast. Dann reißen sich die Leute um einen, wenn sie glauben, dass du sie nicht brauchst. Jetzt zieh dir was an. Wir gehen einkaufen.«

Eine halbe Stunde später stand ich in einer Umkleidekabine bei Barneys und probierte einen 3000 Dollar teuren Anzug von Prada an. Er war hellgrau, aus Kaschmir und weich wie ein Babypopo. Ich kam aus der Kabine und führte ihn Lance vor.

»Sehr hübsch«, urteilte er und nickte zustimmend.

Ich sah verdammt gut aus, wenn ich das mal so sagen darf. Der elegante Schnitt machte mich gleich fünf Kilo leichter, einige davon in der verhassten Po-Oberschenkel-Zone.

»Habe ich dir nicht gesagt, dass du einfach phantastisch aussehen wirst?«, strahlte Lance.

Plötzlich hatte ich eine Vision von einer völlig neuen Jaine. Einer lässigen, eleganten Jaine, die im Nobelrestaurant Spago zu Mittag isst, mit Paramount Verträge abschließt und danach in ihr Penthouse auf dem Wilshire Boulevard heimkehrt, wo sie sich zum Abend Cocktails an der importierten Marmorbar mixt. Leider platzte dieser Tagtraum sofort, als ich mir vorstellte, wie die Rechnung von Barneys bei mir eintrudelte.

»Lance, ich kann mir diesen Anzug nie im Leben leisten.«

»Du brauchst ihn doch nicht zu kaufen, Dummerchen. Leih ihn dir einfach.«

»Was meinst du damit?«

»Du kaufst ihn einfach auf Kreditkarte, trägst ihn morgen zu dem Termin und gibst ihn dann zurück.«

»Das kann ich doch nicht machen.«

»Natürlich. Andere Leute machen das ständig. Ich kriege bei Neiman's Schuhe zurück, die schon den Himalaja bezwungen haben.«

»Denkst du wirklich, das geht?«

»Aber sicher doch!«

Ich würde Ihnen jetzt wirklich gern sagen können, dass eine winzige Stimme in meinem Kopf mir sagte, ich solle es nicht tun, dass es moralisch nicht vertretbar und Barneys gegenüber absolut unfair wäre. Doch die einzige Stimme, die ich in diesem Augenblick hörte, schrie lauthals: *Du siehst fünf Kilo schlanker aus!*

Und so entschloss ich mich, einen 3000 Dollar teuren Prada-Anzug mit meiner Kreditkarte zu zahlen, während mein Konto im Koma lag.

Damals erschien mir das durchaus logisch.

»Wir müssen irgendetwas mit deinen Haaren machen«, verkündete Lance, als wir mit dem Aufzug zum Parkdeck hinunterfuhren.

»Was stimmt denn nicht mit meinen Haaren?«

»Gar nichts, sofern es dir nichts ausmacht, auszusehen wie Shirley Temple in *Bright Eyes*.«

Mit uns im Aufzug fuhren zwei klapperdürre Mädchen, deren Taillenumfang etwa dem meiner Fußknöchel entsprach. Sie warfen einen Blick auf meinen Lockenschopf und kicherten leise.

»Locken sind zufällig gerade sehr in Mode«, schnaubte ich.

»Deine Locken sind nicht das Problem, sondern der Schnitt. Das sieht aus, als wäre jemand mit einer Kettensäge auf dich losgegangen.«

Die beiden Magersüchtigen kicherten erneut. Sollten sie doch an ihren Entwässerungspillen ersticken!
»Ach, Jaine, jetzt schmoll bitte nicht«, bat Lance. »Ich sage dir das alles doch nur, weil ich dich gernhabe.«
Der Aufzug hielt.
»Komm schon«, munterte er mich auf und nahm meine Hand. »Jetzt machen wir dich hübsch!«

Lance wand seinen kleinen roten Mini Cooper geschickt durch den Verkehr, bis wir unser Ziel erreicht hatten: einen extravaganten Friseursalon mit dem klangvollen Namen Gunter's im Stadtteil Brentwood.
»Gunter und ich sind alte Freunde«, sagte er, als wir den Salon betraten.
»Lance, Süßer!«
Ein hochgewachsener, braungebrannter blonder Mann kam auf uns zugesegelt. Er sah so umwerfend aus, dass es mir glatt den Atem verschlug. Stellen Sie sich einen nordischen Gott mit Föhn vor.
Die beiden umarmten sich wie ehemalige Liebhaber, die sie, wie ich später erfuhr, auch tatsächlich waren.
»Na, dann lass mich doch mal sehen, wen du mir hier mitgebracht hast«, sagte der blonde Gott und sah mich an.
Er begutachtete mich von links und von rechts. Und von vorn und hinten. Dabei schüttelte er die ganze Zeit den Kopf und sagte: »Ts, ts, ts.«
»Keine Sorge«, verkündete er schließlich, nachdem er aufgehört hatte, mich zu umkreisen. »Man nennt mich den Zauberkünstler.«
Er schnippte mit den Fingern, und aus dem Nichts tauch-

te ein Mädchen auf, das für die Haarwäsche zuständig war. Nachdem sie meinen Kopf ausgiebig eingeschäumt und mir einen Vortrag über die Gefahren von Drogeriemarkt-Shampoos gehalten hatte, führte sie mich zurück zu Gunter, der bereits mit gezückter Schere auf mich wartete. In Lichtgeschwindigkeit schnippelte er so lange an meinen Locken herum, bis eine dicke Schicht davon zu seinen Füßen lag. Dann zog er seinen Föhn und glättete mein Haar vor meinen ungläubigen Augen zu einem weichen, seidigen Bob. Noch nie hatte mein Haar so gut ausgesehen. Gunter hatte recht. Er war ein Zauberkünstler.
Nicht einmal die hundert Dollar machten mir etwas aus, die er mir für sein Wunder abverlangte. Na ja, es machte mir schon etwas aus, aber Lance sagte, das sei eine Investition. Trotzdem, dachte ich, während ich einen Scheck ausstellte, von dem ich hoffte, dass er nicht platzen würde, muss ich diesen Auftrag jetzt unbedingt bekommen.

»Großer Gott, du siehst einfach hinreißend aus!«
Ich saß meiner besten Freundin Kandi Tobolowsky bei unserem Lieblings-Mexikaner Paco's Tacos gegenüber. Seit ich den Laden betreten hatte, bewunderte sie meinen neuen Look. Sie konnte den Blick nicht von mir abwenden. Und sie war nicht die Einzige. Ich bemerkte, dass auch unser Kellner mich anstarrte. Obwohl ich annehme, dass er den Klumpen Guacamole anglotzte, den ich auf meine Bluse gekleckert hatte.
»Du musst mir unbedingt Gunters Telefonnummer geben«, bat Kandi. »War er teuer?«
»Sehr.«
Doch im Gegensatz zu mir kann Kandi es sich leisten, zu

Gunter zu gehen. Sie arbeitet als Drehbuchautorin für *Beanie & die Kakerlake*, eine Zeichentrickserie von dem Schnellkoch Beanie und seiner zahmen Kakerlake Fred, die am Samstagmorgen ausgestrahlt wird.

Jetzt denken Sie vielleicht, dass Drehbuchautoren, die für die Dialoge einer Kakerlake zuständig sind, nicht besonders viel Geld verdienen. Tja, da liegen Sie falsch. Das Leben ist eines der ungerechtesten, und deshalb verdienen sie unanständige Summen. Ein Besuch bei Gunter würde kaum eine Kerbe in Kandis Scheckbuch hinterlassen.

Aber natürlich musste Kandi eigentlich nicht zu Gunter. Zumindest nicht so dringend wie ich. Kandi hat beneidenswert glattes, glänzend braunes Haar. Die Sorte tolles Haar, wie man es von den Models aus der Shampoowerbung kennt.

»Es ist ja so aufregend«, sagte Kandi und nahm einen winzigen Bissen von ihrem Tortillachip, »dass du morgen dieses Vorstellungsgespräch hast. Obwohl ich mir immer noch nicht so ganz vorstellen kann, dass du über Mode schreiben sollst. Aber egal, was du tust, zieh um Himmels willen keine Hosen mit Gummizug an!«

»Keine Hosen mit Gummizug«, versprach ich.

»Und keine T-Shirts mit dämlichen Sprüchen.«

»Natürlich ziehe ich kein T-Shirt an.«

Ehrlich, es ging mir langsam etwas gegen den Strich, dass jeder dachte, ich sei der totale Modemuffel.

»Ich weiß genau, was man zu einem Termin wie diesem anzieht«, bemerkte ich in leicht unterkühltem Ton.

»Was denn? Was ziehst du an?«

»Einen Anzug.«

»Was für einen Anzug denn?«

Ich kam mir wegen meines Plans, den Prada-Anzug nur »auszuleihen« und dann zurückzubringen, ein wenig schäbig vor, also antwortete ich brüsk: »Es ist ein sehr schöner Anzug. Können wir jetzt bitte über etwas anderes reden als meine Klamotten?«

»Na gut«, stimmte Kandi zu. »Was ist mit deinen Augenbrauen? Glaubst du, du könntest da mal mit der Pinzette rangehen, oder möchtest du bei dem Che-Guevara-Look bleiben?«

»Kandi!«

»Ach, reg dich nicht auf. Ich sage doch nur, dass deine Augenbrauen ein wenig in Form gebracht werden müssten.«

In diesem Moment tauchte unser Kellner auf, um unsere Bestellung aufzunehmen.

»Noch mehr Guacamole?«, fragte er und blickte dabei auf den Fleck, der meine Bluse zierte.

»Nein, wir brauchen keine Guacamole mehr«, meldete sich Kandi zu Wort.

Wir bestellten uns ein vernünftiges Abendessen aus Hähnchen-Tacos mit Salat, ohne Reis und ohne Bohnen. Zugegeben, ich habe Reis und Bohnen dazu bestellt. Und außerdem hatte ich einen Fleisch-Burrito statt des Tacos. Deswegen schätze ich diese elastischen Gummizughosen auch so, die Kandi und Lance regelmäßig Herzattacken verursachen.

»Stell dir vor, Süße«, begann Kandi, nachdem unser Kellner gegangen war. »Ich habe eine tolle neue Methode, Männer kennenzulernen.«

Kandi lässt nichts unversucht, mich, die ich mich schreiend und tretend zur Wehr setze, mit der wunderbaren

Welt der Rendezvous vertraut zu machen. Offensichtlich kann sie nicht begreifen, dass allein der Gedanke an eine Verabredung mich schon in kalten Schweiß ausbrechen lässt. Kandi hingegen hat so etwas wie den schwarzen Gürtel, wenn es darum geht, sich mit Männern zu treffen. Aus einem unerfindlichen Grund scheint ihr das Ganze auch noch Spaß zu machen.

»Möchtest du nicht wissen, wie diese tolle Methode aussieht?«, hakte sie nach.

»Nicht wirklich.«

»Speed Dating!«, verkündete sie nichtsdestoweniger. »Du weißt schon, das, wo man zwanzig Männern an nur einem Abend begegnet.«

»Kandi, ich habe kein Interesse daran, auch nur einem Mann zu begegnen, von zwanzig ganz zu schweigen.«

Sie schüttelte den Kopf und seufzte.

»Jaine, Schätzchen, nur weil du eine schreckliche Ehe hinter dir hast, ist das noch lange kein Grund, dich für den Rest deines Daseins mit einer passiv-aggressiven Katze in deiner Wohnung zu verbarrikadieren.«

»Prozac ist nicht passiv-aggressiv«, antwortete ich erzürnt. »Sie ist nur ein wenig eigen, das ist alles.«

»Eine von unseren Produzentinnen bei *Beanie* hat das mit dem Speed Dating ausprobiert«, erläuterte Kandi, die von ihrer Mission nicht abzubringen war. »Sie hat drei Männer kennengelernt! Alle echt nett!«

»Tut mir leid, Kandi. Ich bin nicht interessiert.«

»Aber ich habe dich doch schon angemeldet.«

»Dann meldest du mich eben wieder ab.«

»Das kann ich aber nicht. Ich habe auch schon bezahlt, und das Geld wird nicht zurückerstattet.«

Wir stritten während des ganzen Essens herum, bis der Kellner uns zum Dessert eine köstliche Torte brachte und ich zu guter Letzt doch klein beigab.

»Na gut«, seufzte ich. »Dann gehe ich eben hin.«

Ich willigte nur ein, weil ich ein schlechtes Gewissen wegen des Geldes hatte, das Kandi für mich ausgegeben hatte. Deswegen, und weil sie sich so lange weigerte, mir meine Kuchengabel zu geben, bis ich endlich zusagte.

5. Kapitel

In dieser Nacht schlief ich nicht besonders gut. In dem Versuch, meine Frisur nicht zu ruinieren, verbrachte ich die frühen Morgenstunden vornehmlich damit, stocksteif auf dem Rücken zu liegen. Schließlich schaffte ich es einzudösen, aber wahrscheinlich hatte ich mich im Schlaf hin- und hergewälzt, denn am Morgen hatte ich eine Stirnlocke von der Größe eines kleinen Bumerangs. Na ja, irgendwie würde ich sie schon wieder in Form bringen.

Zuerst brauchte ich jedoch meine morgendliche Dosis Koffein. Während ich in die Küche stolperte, miaute Prozac zu meinen Füßen nach ihrem Frühstück. Ich schaufelte ihr ein wenig von den edelsten Makreleninnereien in ihr Näpfchen und schnappte mir den Instantkaffee. Einen kurzen Moment lang hätte ich mir das Zeug am liebsten einfach in den Mund gelöffelt und auf das heiße Wasser verzichtet. Doch die Vernunft siegte, und ich bereitete mir meinen Kaffee auf die Feinschmeckermethode zu, indem ich wartete, bis das Leitungswasser wirklich heiß war, bevor ich es in meinen Becher laufen ließ.

Nach ein paar Schlucken fühlte ich, wie meine schlummernden Blutkörperchen zum Leben erwachten. Die folgende Stunde verbrachte ich am Computer, um meinen Lebenslauf zu überarbeiten, wobei ich mich bemühte,

den Namen »Toiletmasters« nicht übermäßig oft zu erwähnen.
Nachdem ich meinen Lebenslauf so gut wie möglich auf Vordermann gebracht hatte, machte ich mir einen Handtuchturban und ging unter die Dusche. Natürlich hätte ich mich viel lieber in ein schönes heißes Bad gelegt, aber ich konnte nicht riskieren, dass meine Frisur sich im Wasserdampf in eine krause Mähne verwandelte.
Nachdem ich mich geduscht hatte, tappte ich ins Schlafzimmer zurück, wo ich wie vom Donner gerührt stehen blieb und lauthals aufkreischte. Auf meinem 3000 Dollar teuren Prada-Anzug lag Prozac und schlief! Bevor ich unter die Dusche ging, hatte ich den Anzug idiotischerweise auf meinem Bett ausgelegt. Und jetzt war das Jackett von oben bis unten voller Katzenhaare.
»Prozac, wie konntest du nur?«, jammerte ich und hob sie vom Bett.
Doch sie gähnte mich nur an, so dass mir ein erfrischendes Düftchen von Makreleninnereien in die Nase stieg.
Ich zwang mich, ruhig zu bleiben. Alles, was ich jetzt tun musste, war, meine Hand mit Paketband zu umwickeln, und voilà! Fertig war der Katzenhaarentferner. Ich sauste in die Küche, um dort festzustellen, dass, voilà!, kein Paketband mehr da war. *Und* kein Tesafilm. Verdammt. Also verbrachte ich die nächsten fünfzehn Minuten damit, mit der Klebeseite von Haftnotizzetteln Katzenhaare von meinem Jackett zu pflücken.
Schließlich hatte ich den Anzug von Prozacs Spuren befreit und konnte ihn anziehen. Dann legte ich ein wenig Lippenstift und Rouge auf und bändigte meine Stirnlocke

mit Haarspray für extrastarken Halt. Schließlich legte ich eine Kette mit einem Kristallanhänger, die Lance in der Schmuckabteilung von Barneys für mich ausgesucht hatte, um meinen nackten Hals (noch mal 200 Dollar auf meiner Kreditkarte).

Schließlich betrachtete ich mich in der Spiegeltür meines Schranks, und mir gefiel, was ich dort erblickte. Ich sah lässig aus. Ich sah chic aus. Ich war die neue, verbesserte Jaine Austen.

Es gab nur eines, was mir missfiel: das Preisschild, das aus dem Ärmel meines Jacketts baumelte. Wie um alles in der Welt sollte ich es so befestigen, dass es nicht ständig herausrutschte? Ich überlegte angestrengt, oder zumindest tat ich, was mir in meinem übermüdeten Zustand möglich war. Dann zog ich mir ein Gummiband über den Unterarm und steckte das Preisschild darunter fest. Das schien zu funktionieren. Ich durfte nur den Arm nicht übermäßig bewegen.

Nachdem ich mir einen letzten Schub Haarspray gegönnt hatte, schnappte ich mir meinen Lebenslauf und ging zur Tür.

»Drück mir die Pfoten, Süße«, rief ich Prozac zu, die in der Küche auf einem frisch gewaschenen Küchenhandtuch schlief.

Sie blickte auf und miaute.

Bleib nicht zu lange fort, schien sie mir sagen zu wollen. *Ich könnte vielleicht eine kleine Zwischenmahlzeit vertragen.*

Als ich bei Passions ankam, war Becky die einzige Verkäuferin im Erdgeschoss.

»Hi, Jaine«, zirpte sie mir entgegen, als ich den Laden betrat. Ihr orangefarbenes Haar leuchtete derartig grell in der Morgensonne, dass ich fast erblindete.

»Grace telefoniert gerade mit einem Designer in New York, aber sie spricht mit dir, sobald sie fertig ist.«

»Prima«, antwortete ich und versuchte dabei, nicht auf die einzelne goldene Riesencreole zu starren, die an Beckys Ohr hing. War das irgendein neuer Modegag? Der »Fluch der Karibik«-Look?

Wahrscheinlich habe ich sie doch angestarrt, denn sie fasste sich an ihr nacktes Ohrläppchen.

»Verdammt«, sagte sie. »Jetzt habe ich meinen Ohrring schon wieder verloren. Dieses blöde Ding rutscht andauernd raus. Ach, da ist er ja.« Sie bückte sich, um eine goldene Creole vom Boden aufzuheben. »Irgendwann muss ich den mal reparieren lassen.«

Sie steckte sich den Ohrring wieder an und betrachtete mich aufmerksam. »Wow«, sagte sie schließlich. »Du sieht toll aus.«

»Lance hat mir eine Rundumerneuerung verpasst.«

»Das hat er megastark hingekriegt!«

Megastark? Dieses Wort hatte ich nicht mehr gehört, seit ich dem Zielpublikum des Kinderkanals entwachsen war.

»Wirklich. Ich raff's einfach nicht, wie klasse du aussiehst.«

Ein Kompliment von einem Mädchen mit Fanta-Haar, violetten Fingernägeln und einer Vinylkorsage ist nicht gerade eine anerkennende Kritik in der *Vogue*, doch ich freute mich trotzdem.

»Dreh dich mal um«, befahl sie, »und lass dich richtig anschauen.«

Und da fiel es mir siedend heiß ein. Ich hatte zwar das

Preisschild an meinem Jackett versteckt, das an der Hose jedoch hatte ich total vergessen. Was, wenn es nun über meinem Hintern baumelte, genau in diesem Moment?
Ich lächelte matt und vollführte eine halbe Drehung.
»Äh, dürfte ich wohl mal eure Toilette benutzen?«, fragte ich.
»Na klar.«
Sie zeigte mir, wo es zur Toilette ging, und ich huschte davon. Es war ein kleines, schmuckloses Klo mit einem winzigen Fenster, das auf eine Gasse hinausging. Ich überprüfte meine Anzughose, und wie ich es geahnt hatte, hing tatsächlich das Preisschild hinten raus. Eilig schob ich es unter den Hosenbund. Ich wollte gerade wieder in den Laden zurückkehren, als ich Stimmen auf der Gasse hörte.
Eine davon war unverwechselbar Frenchies. Und wenn ich hätte raten müssen, hätte ich darauf getippt, dass die andere Tyler gehörte, dem hinreißenden Verkäufer, auf den Lance so scharf gewesen war. Doch ich musste nicht raten, denn zu diesem Zeitpunkt stand ich bereits auf der Toilette und linste durch das Fenster.
Was soll ich sagen? Ich bin neugierig.
Frenchie stand eng an Tyler gelehnt und hatte ihre Arme um seinen Hals geschlungen.
»Ich habe dich vermisst, Baby«, gurrte sie. »Wann kommst du endlich zurück zu deiner kleinen Frenchie?«
Tyler sah aus, als fühle er sich ausgesprochen unbehaglich.
»Hör zu, Frenchie«, begann er und löste sich aus ihrer Umarmung, »das haben wir doch schon eine Million Mal besprochen. Du bist verheiratet.«

»Na und?«

»Und Owen ist ein echt netter Kerl. Das ist ihm gegenüber einfach nicht fair.«

»Owen stört das überhaupt nicht. Wir führen eine offene Ehe.«

»Ich glaube schon, dass es Owen stört. Ich sehe doch, wie er mich anschaut, und das ist nicht der Blick eines glücklichen Mannes. Außerdem, ich hab's dir doch gesagt, ich habe jemand anderes kennengelernt.«

»Du kannst sie nicht lieber haben als mich«, entgegnete sie und fuhr mit dem Finger über seine Oberlippe.

»Ich fürchte, doch«, antwortete Tyler und schob ihre Hand weg.

Schlagartig verwandelte sich das Schmusekätzchen in einen Piranha.

»Niemand macht Schluss mit Frenchie«, sagte sie leise, so leise, dass ich mich anstrengen musste, um sie zu verstehen. »Das wird dir noch leid tun.«

In der winzigen Toilettenkabine war es heiß, aber plötzlich lief mir ein Schauer über den Rücken. Es war ganz bestimmt kein Vergnügen, Frenchie zur Feindin zu haben.

Frenchie ging zurück ins Geschäft, und das wütende Klacken ihrer Absätze hallte die Gasse hinunter. Tyler stand da und wischte sich mit der Hand über die Oberlippe, dort, wo sie ihn mit dem Finger berührt hatte. Ich weiß nicht, ob das, was ich in seinen Augen sah, Furcht oder Abscheu war. Wahrscheinlich eine Mischung aus beidem.

Dann stieg ich von dem Toilettensitz herunter und ging nach draußen, um mich mit Grace Lynbrook zu treffen.

Das Erste, was mir an Grace auffiel, war ihr Haar. Es war schneeweiß. Was einen verblüffenden Kontrast zu ihren tiefblauen Augen ergab. Ihre Wangenknochen waren so scharf wie Sushi-Messer und ihre Haut auffallend faltenfrei. Mir fiel wieder ein, was Lance gesagt hatte, dass sie in den 70er-Jahren ein Topmodel gewesen war. Bestimmt musste sie sich einiger Schönheits-OPs unterzogen haben, um so gut auszusehen. Doch es waren keine verräterischen Spuren eines Skalpells zu sehen; keine Schlitzaugen, keine im Ausdruck ewiger Überraschung erstarrten Augenbrauen.

»Jaine.« Sie erhob sich, um mir die Hand zu schütteln. »Wie schön, Sie kennenzulernen.«

Sie trug einen weißen Leinenoverall mit einem schwarzen Tanktop darunter. Also, ich kann an den Fingern der Venus von Milo abzählen, wie viele Frauen es sich leisten können, einen weißen Overall zu tragen, ohne wie das Michelinmännchen auszusehen. Doch Grace Lynbrook schaffte es spielend. Und nicht nur das, ihr Leinenoverall hatte – den Naturgesetzen trotzend – kaum eine Knitterfalte. Das würde er nicht wagen. Nicht an jemandem, der so schön war wie Grace.

Ich gab ihr die Hand und betete dabei, dass mein Preisschild nicht unter dem Gummiband hervorschnalzen würde.

»Nehmen Sie doch Platz«, sagte sie und deutete auf einen Chintzsessel.

Ganz anders als das Teak- und Chromambiente ihres Geschäfts war ihr Büro im gemütlichen Landhausstil eingerichtet. Ihr Schreibtisch war aus gebeizter Pinie, und sie saß auf einem Schaukelstuhl aus weißem Korbgeflecht.

Hinter ihr stand eine Tür offen und ließ eine kühle Brise herein. Ich kam mir vor wie zur Teestunde in einem alten Kolonialzeitfilm.
Der einzige Schandfleck im Büro bestand aus einer ramponierten Schaufensterpuppe, die an der Wand lehnte und ausgeblichene Schlaghosen und ein Batik-T-Shirt trug.
»Das ist Bessie«, erklärte Grace, als sie meinem Blick folgte. »Sie hat in meinem ersten Schaufenster gestanden. Und das Outfit, das sie trägt, hatte sie an, als ich meinen Laden eröffnet habe. Irgendwie kann ich mich nicht von ihr trennen, auch wenn sie allmählich auseinanderfällt. Im wahrsten Sinne des Wortes. Ich habe die Arme mit Klebeband an ihrem Körper festkleben müssen. Die arme Bessie«, fügte sie lachend hinzu. »Älter zu werden ist kein Spaß, nicht wahr?«
Was Bessie anbetraf, konnte ich nichts dazu sagen, Grace jedoch bekam den Übergang ins fortgeschrittene Alter beneidenswert gut hin.
»Darf ich Ihnen etwas zu trinken anbieten?«, erkundigte sie sich.
Für einen Kaffee hätte ich alles getan, doch ich wollte nicht riskieren, dass das vermaledeite Preisschild herausrutschte, wenn ich nach der Tasse griff.
»Nein, danke.«
Sie musterte mich rasch von Kopf bis Fuß, und ihre eisblauen Augen begutachteten meinen Anzug.
»Prada?«, fragte sie.
Ich nickte.
»Sehr chic«, urteilte sie.
Dem Himmel sei Dank für Lance!
»Also«, begann sie und lächelte ein Lächeln, das das Hol-

lywood-Amphitheater hätte ausleuchten können. »Erzählen Sie mir ein bisschen von sich.«
Ich plauderte ein wenig über meine Karriere als freiberufliche Texterin und vermied dabei sorgfältig das Wort »Toiletmasters«.
»Haben Sie Erfahrung in der Modebranche?«, wollte sie wissen.
»O ja«, antwortete ich und versuchte, meiner Stimme einen selbstbewussten Unterton zu verleihen. »Ich habe schon Mode-Werbetexte verfasst.«
»Wirklich? Für wen haben Sie denn gearbeitet?«
»Marida.«
»Marida? Von der Marke habe ich noch nie gehört.«
»Das ist eine italienische Firma.«
»Ach? Und was stellen die her?«
»Schuhe.«
Wer jetzt denkt, dass ich flunkerte, soll sich was schämen. Es stimmt wirklich. Ich habe einmal für eine Firma namens Marida getextet. Ich gebe zu, es war nicht gerade Ferragamo. Marida ist die Kurzform von Marty und Ida Facciobene, den beiden Eigentümern. Und die Schuhe, die sie herstellen, sind extrabreite orthopädische Sandalen. Aber immerhin habe ich nicht gelogen, und deswegen möchte ich jetzt keine Beschwerden hören.
»Klingt interessant«, meinte Grace.
Und dann sprach sie den Satz aus, vor dem ich mich die ganze Zeit gefürchtet hatte:
»Haben Sie Textproben dabei?«
O nein. Sie wollte meine Arbeitsproben sehen.
Ich seufzte tief und zog eine kleine schwarze Mappe aus meiner Aktentasche. Meine Referenzen. Sie beinhalteten

einige Toiletmasters-Anzeigen, eine Broschüre für die Tip-Top-Reinigung sowie einen Produktkatalog von Marida mit den berühmten Hühneraugen-Schonsandalen.
Ich reichte Grace die Mappe und wartete auf mein Todesurteil. Doch zu meiner Überraschung lachte sie.
»Das ist ja wunderbar frech«, sagte sie, während sie die Mappe durchblätterte. »Stammt der Slogan *Spielend spülen? Dank Toiletmasters flutscht's!* wirklich von Ihnen? Den lese ich ständig in den Gelben Seiten.«
»Und auch *Ihr Müllschlucker schluckt nichts mehr? Kleinmachen verhindert Müllverstopfung!*«, fügte ich hinzu. »Der war auch von mir. Dafür habe ich damals den Goldenen Pümpel von der Klempner-Vereinigung von Los Angeles verliehen bekommen.«
Sie blätterte meine Mappe bis zum Ende durch und klappte sie zu.
»Sie sind nicht ganz das, was ich mir vorgestellt hatte«, stellte sie fest, »aber was soll's? Ihre Texte sind verdammt gut. Können Sie mir nächste Woche ein paar Ideen für eine Anzeigenkampagne in einem Modemagazin präsentieren? Ich zahle Ihnen fünfhundert Dollar, und fünftausend, wenn wir die Kampagne umsetzen.«
5000 Dollar? So viele Nullen hatte ich schon sehr lange nicht mehr auf einem Scheck gesehen.
»Klingt fabelhaft«, antwortete ich und schluckte.
»Becky wird Ihnen unsere früheren Werbekampagnen zeigen. Aber lassen Sie sich von dem, was wir bisher gemacht haben, nicht einschränken. Lassen Sie Ihrer Phantasie freien Lauf.«
Meine Phantasie lief schon bei dem Versuch auf Hochtouren, mir auszumalen, wie ich, Jaine Austen, ein Mädchen,

das ihr Brautkleid bei L.L.Bean gekauft hatte, Werbetexte für eine trendige Boutique wie Passions schreiben würde.

Als ich ins Geschäft zurückging, faltete Tyler gerade elastische Tanktops zusammen und vermied dabei jeglichen Blickkontakt mit Frenchie, die an der Kasse saß, ihre Nagelhäute zurückschob und mit ihren Jimmy-Choo-Imitaten ein wütendes Stakkato hämmerte. Man hätte die Spannung zwischen den beiden mit einer Sense schneiden können.

Ich hingegen war bemerkenswert entspannt. Selbst wenn ich den Auftrag nicht bekam, würden die 500 Dollar, die Grace Lynbrook mir für die Vorschläge zahlte, mein Konto zumindest aus dem Koma wecken.

Ich berichtete Becky von den guten Neuigkeiten.

»Das ist ja super-duper!«, meinte sie, und ich hatte ein erneutes Kinderkanal-Déjà-vu. »Warum kommst du morgen Abend nicht einfach zum Abendessen vorbei, und ich gebe dir alle Hintergrundinfos, die du brauchst?«

»Aber du brauchst doch nicht für mich zu kochen«, wehrte ich ab. »Du hast schon genug getan.«

»Sei nicht blöd. Ich koche unheimlich gern. Ich hoffe nur, dass du den Job bekommst.«

»Was für einen Job?«

Frenchie stand neben uns und lächelte ein eiskaltes Lächeln. Warum hatte ich nur das Gefühl, dass sie geradewegs durch den Ärmel meines Prada-Anzug auf das darunter befestigte Preisschild sehen konnte?

»Jaine schreibt vielleicht die neue Anzeigenkampagne für Passions«, erläuterte Becky. »Nächste Woche präsentiert sie Grace ihre Ideen.«

Frenchie riss verblüfft die Augen auf.
»Das soll wohl ein Scherz sein, oder? Grace kriegt doch sicherlich jemand Besseren als *sie*.«
Na gut, das hat sie nicht gesagt. Sie hatte keine Zeit, das zu sagen, denn in diesem Moment erblickte sie eine Kundin und ließ mich fallen wie eine heiße Kartoffel.
Es war die ältere Dame von gestern, die, die sich wie ein recycelter Teenager anzog. Heute trug sie Caprihosen und einen Mini-Pullover. Ihre dünnen Haare hatte sie hoch am Hinterkopf zu einem Pferdeschwanz zusammengebunden.
»Mrs. Tucker«, gurrte Frenchie, »wie schön, Sie zu sehen. Ich habe gerade ein neues Bustier reinbekommen. Das ist genau das Richtige für Sie.«
Damit fing sie an, Kleidungsstücke von den Ständern zu nehmen. Mrs. Tucker folgte ihr eifrig, ein Mode-Junkie, der im Begriff war, einen Schuss zu bekommen.
Nachdem Frenchie Mrs. Tucker mit etlichen für ihr Alter völlig unpassenden Outfits in eine Umkleidekabine bugsiert hatte, kam sie zu uns zurückgeschwirrt.
»Was für eine dumme alte Ziege«, sagte sie und verdrehte die Augen. »Diese Frau war öfter unter dem Messer als ein Filetsteak.«
»Frenchie«, mahnte Becky, »das ist nicht nett.«
»Wisst ihr, wie ich sie nenne?«, fragte Frenchie, die sich offensichtlich einen feuchten Kehricht darum scherte, ob sie nett war oder nicht. »Ich nenne sie Mrs. Nip & Tucker. Ihr wisst schon, wie diese Fernsehserie mit den Schönheitschirurgen.«
»Hör auf, Frenchie«, sagte Becky. Ein warnender Unterton lag in ihrer Stimme.

Doch Frenchie beachtete sie nicht.
»Wenn ich ihr noch ein einziges Mal vorlügen muss, wie gut sie aussieht, kotze ich.«
»Keine Sorge, Frenchie. Sie werden mir nichts mehr vorlügen müssen.«
Frenchie fuhr herum und sah Mrs. Tucker mit zornig funkelnden Augen vor der Umkleidekabine stehen.
»Sie haben mir die falsche Größe gegeben«, sagte sie und hielt das Bustier hoch.
Frenchie lachte nervös auf. »Oh, ich habe doch nicht über Sie gesprochen, Mrs. Tucker.«
»Meinten Sie nicht Mrs. Nip & Tucker?«
Zum ersten Mal fehlten Frenchie die Worte.
»Nein, Sie werden mir nichts mehr vorlügen müssen, Frenchie. Und auch niemand anderem in diesem Geschäft. Nicht, nachdem ich mit Grace gesprochen habe. Wir haben früher zusammen als Models gearbeitet, falls Sie das vergessen haben sollten. Wir sind befreundet. *Sehr gut* befreundet.«
Sie stürmte in Richtung von Grace' Büro davon, das chirurgisch gestraffte Gesicht vor Zorn noch straffer gespannt.
»Ich hab ja versucht, dich zu warnen«, bemerkte Becky.
»Ich habe nichts zu befürchten«, antwortete Frenchie lässig. »Grace wird mich niemals feuern, ich bin viel zu wertvoll fürs Geschäft.«
Damit ging sie wieder zu ihrem Platz an der Kasse und widmete sich erneut ihren Nagelhäuten.
»Was meinst du?«, fragte ich Becky, als Frenchie außer Hörweite war. »Wird Grace sie feuern?«
»O Mann«, sagte Becky versonnen, »wäre das nicht toll?«

Frenchies Schicksal war mir ziemlich gleichgültig, als ich von Passions nach Hause fuhr. Alles, worüber ich nachdenken konnte, war die 5000-Dollar-Karotte, die Grace mir vor die Nase gehalten hatte.

Ich fand einen Parkplatz direkt vor unserem Haus und marschierte gerade den Weg zu meiner Wohnung hinauf, als ich Lance in die Arme lief.

»Hallo, schöne Frau«, sagte er und betrachtete mich anerkennend von Kopf bis Fuß. »Wie war dein Gespräch?«

»Wunderbar! Nächste Woche präsentiere ich ein paar Ideen für eine neue Anzeigenkampagne.«

»Gratuliere! Jetzt müssen wir dir ein neues Outfit besorgen. Wir bringen den Prada-Anzug einfach wieder zurück und suchen dir etwas Neues aus. Vielleicht von Armani. Mit Armani kann man nichts falsch machen.«

»Auf gar keinen Fall, Lance«, wehrte ich ab. »Ich ziehe nicht noch mal denselben Schwindel ab. Ich habe ja so schon ein schlechtes Gewissen.«

»Aber was ziehst du dann an?«

»Den Prada-Anzug. Ich ziehe ihn noch einmal an und bringe ihn dann zurück.«

»Aber du kannst doch nicht zweimal dasselbe tragen.«

»Warum denn nicht? Ich ziehe einfach eine andere Bluse darunter und nehme anderen Schmuck.«

»Das könnte klappen«, räumte er ein.

»Das wird klappen.«

»Bist du sicher, dass ich dir keine neue Bluse aussuchen soll?«

»Ja, ich bin sicher. Ich habe eine sehr hübsche Bluse von Ann Taylor, die ich anziehen kann.«

»Die ist doch nicht aus Polyester, oder?«

»Sie ist aus Seide. Hundert Prozent. Ich schwör's auf einen Stapel *Vogue.*«

Nachdem ich Lance überzeugt hatte, dass die Welt nicht untergehen würde, nur weil ich zweimal im selben Outfit aufkreuzte, warfen wir uns zum Abschied Luftküsschen zu, und ich ging in meine Wohnung.

Um ihn vor Prozac und ihren Höllenkrallen zu schützen, verstaute ich als Erstes den Prada-Anzug in einem Kleidersack. Dann warf ich mir ein T-Shirt über und schlüpfte in meine Hose mit Gummizug. Den Rest des Nachmittags verbrachte ich damit, Rechnungen zu bezahlen und meine Wohnung auf Vordermann zu bringen.

Okay, ich verbrachte den Rest des Nachmittags ausgestreckt auf meinem Sofa und schaute mir Heimwerkersendungen an. Aber dort sah ich eine Menge Leute, die ihre Wohnungen auf Vordermann brachten. Zählt das auch?

Nach einem Abendessen aus Wantan-Suppe und Hühnchen Lo Mein vom Chinesen (von dem Hühnchen ließ Prozac mich netterweise mitessen) ließ ich mir ein heißes Schaumbad ein. Als ich bis zum Hals in dem nach Erdbeeren duftenden Schaum lag, konnte ich fühlen, wie sich mein gunterisiertes Haar wieder zu drahtigen Locken kringelte. Was machte das schon? Ich hatte eine ganze Woche Zeit, bevor ich wieder gut gestylt aussehen musste.

Als meine Muskeln so schlaff waren wie die Lo-Mein-Nudeln, schleppte ich mich aus der Badewanne und schlüpfte in meinen rosa Chenillebademantel mit dem Kaffeefleck in Form des Großen Wagens. Dann watschelte ich in die Küche, wo ich mir ein Eis zum Nachtisch gönnte.

Gerade wollte ich ins Bett krabbeln, als ich einen kurzen Blick in den Schlafzimmerspiegel warf. Krause Locken.

Häschen-Hausschuhe. Ein frischer Eisfleck auf meinem Bademantel
In weniger als zwölf Stunden war ich vom Kaschmir-Vamp zum Chenille-Tramp geworden.
Und wenn ich ehrlich sein darf, es fühlte sich toll an.

SIE HABEN POST

An: Jausten
Von: BigDaddy
Betreff: Meine neue Karriere

Klick-klack und Hallöchen, altes Böhnchen!
(Das sagen die Engländer für *Hallo, meine Süße!*)

Ich habe fleißig wie eine Biene an meinem englischen Akzent gearbeitet und meinen Text auswendig gelernt. Ich habe mir gedacht, dass ich genauso gut schon die ganze Rolle lernen kann; ich bin mir sicher, dass ich sie kriege. Deine Mutter hat mit mir geprobt. Wie wir Theaterleute sagen, sie hat mir den Text »souffliert«.

Wenn ich es mal ganz unbescheiden anmerken darf, ich werde von Mal zu Mal besser. Ich habe sogar viel darüber nachgedacht und erwäge ernsthaft eine Karriere als Schauspieler. Ich könnte auf Veranstaltungen spielen, bei denen neben der Aufführung für die Gäste Abendessen serviert wird. Und wer weiß, wo das hinführt? Es gibt doch viele Schauspieler, deren Karriere erst richtig ins Rollen kam, als sie Mitte 70 waren. Verdammt, dagegen bin ich ein Küken.

Das alles bringt mich zum Grund meiner E-Mail. Hast du nicht eine Freundin, die fürs Fernsehen arbeitet? Dieses Mädchen, das für die Zeichentrickserie schreibt? Irgendwas mit einer Termite? Vielleicht könnte sie mir eine Rolle in der Serie verschaffen. Ich kriege eine tolle Duffy-Duck-Imitation hin. Der ist zwar kein Insekt, aber immerhin nah dran. Was hältst du davon?

An: BigDaddy
Von: Jausten

Hi Daddy,
also, in Kandis Serie geht es um eine Küchenschabe, nicht um eine Termite. Und, ja, ich kann mich an deine Duffy-Duck-Imitation erinnern. Sie war sehr witzig. Aber soweit ich weiß, werden von Kandis Produktionsfirma nur Schauspieler eingestellt, die Mitglieder der Gewerkschaft sind. Daher befürchte ich, sie wird dir nicht weiterhelfen können.

Auf jeden Fall viel Glück für dein Vorsprechen! Ich drücke dir die Daumen.

An: Jausten
Von: BigDaddy
Betreff: Keine Sorge

Das ist schon in Ordnung, Liebes. Es würde wahrscheinlich auf meinem Lebenslauf sowieso nicht gut aussehen, wenn ich ein Insekt gespielt hätte.

Mach dir keine Sorgen wegen des Vorsprechens. Wie gesagt, das wird ein Kinderspiel für mich. Nur deine Mutter macht mir Sorgen. Sie wird auf der Bühne den Dialog mit mir lesen, und ich hoffe nur, dass sie nicht nervös wird und ihren Einsatz verpfuscht.

An: Jausten
Von: Shop-till-you-drop
Betreff: Er treibt mich in den Wahnsinn!

Jaine, Liebling.
Dein Vater treibt mich in den Wahnsinn. Bestimmt habe ich dieses blöde Stück mindestens ein Dutzend Mal mit ihm gelesen. Beim Vorsprechen muss er bloß zwei Seiten vortragen, aber er besteht darauf, das ganze Ding auswendig zu lernen. Ich sage dir, wenn ich *Lord Worthingtons Schalkrawatte* noch ein einziges Mal lesen muss, dann reiße ich mir die Haare aus. (Was mich daran erinnert, dass ich ein ganz tolles Shampoo beim Shoppingkanal bestellt habe. Es verleiht dem Haar Volumen und pflegt gleichzeitig; zwei Flaschen zu je 0,25 Liter kosten nur 19,95 Dollar, ohne Versandkosten.)

Zurück zu deinem Vater. Jetzt hat er angefangen, überall mit lauter und künstlicher Stimme zu sprechen. Er sagte, dass er sich so »in die Situation hineinprojiziert«. Er ist so verflixt laut, es wundert mich, dass du ihn nicht in Los Angeles gehört hast. Als wir gestern im Supermarkt waren, fragte er, »Schatz, brauchen wir Milch?«, und sieben Frauen haben ja gesagt.

Schlimm genug, dass ich mit ihm proben musste, aber nun möchte dein Vater auch noch, dass ich bei seinem Vorsprechen den Part von Lady Worthington lese. Er sagt, er hat sich daran gewöhnt, seinen Text mit mir zu sprechen. Liebes, ich bin mit den Nerven völlig am Ende. Ich kann es kaum erwarten, bis diese dämliche Geschichte vorbei ist!

Alles Liebe,
deine zermürbte Mom

An: Shop-till-you-drop
Von: Jausten

Durchhalten, Mom. Du kennst Daddy doch. Die Schauspielerei ist nur die Macke des Tages. Irgendwann wird es ihm langweilig. Bleib einfach ruhig und behalt die Nerven.

An: Jausten
Von: Shop-till-you-drop
Betreff: All die vielen Menschen

Großer Gott. Du errätst nie, was ich gerade mit ansehen musste! Ich bin am Schlafzimmer vorbeigekommen, und da stand dein Vater, verbeugte sich vor dem Spiegel und dankte »all den vielen Menschen, die diese Auszeichnung möglich gemacht haben«.

An: Shop-till-you-drop
Von: Jausten

Okay, jetzt darfst du die Nerven verlieren.

6. Kapitel

Als ich am nächsten Abend zu Becky fuhr, grübelte ich über die jüngsten Neuigkeiten von meinen Eltern nach. Mein Vater war doch wirklich nicht mehr bei Trost. Er hatte die Rolle noch nicht einmal und schrieb schon seine Dankesrede für den Oscar. Ehrlich, ich weiß nicht, wie meine Mutter es mit ihm aushält. Das schafft sie jetzt schon seit 40 Jahren, wahrscheinlich hat sie im Lauf der Jahre eine Art Immunität gegen ihn entwickelt.

Ich stellte meinen Wagen vor Beckys Wohnhaus in West Hollywood ab. Es war eines dieser 70er-Jahre-Mietshäuser voller Single-Apartments, die aussehen, als wären sie aus Pressspanplatten zusammengeleimt. Der Türöffner summte, und als ich durch den Flur zu ihrer Wohnung ging, konnte ich laute Musik durch die dünnen Wände dröhnen hören.

Es war schon nach sieben Uhr, und ich war kurz vorm Verhungern. Weil mich wegen des einen Eisbechers, den ich am Vorabend verdrückt hatte, mein schlechtes Gewissen plagte (also gut, es waren zwei), hatte ich heute den ganzen Tag über nur einen Bagel und drei Minzbonbons gegessen. Ich war also drauf und dran, den Teppichboden anzuknabbern, als ich die Klingel an Beckys Wohnungstür drückte.

Becky öffnete die Tür; in ihren grell pinkfarbenen Leggings und dem übergroßen T-Shirt sah sie hinreißend aus. An den Füßen trug sie gelb-grüne Flipflops. Ihre Zehennägel waren, passend zu den Leggings, ebenfalls in grellem Pink lackiert, und auf jedem Zeh prangte ein winzig kleines gelbes Gänseblümchen.

»Hi, Jaine«, begrüßte sie mich. »Komm rein.«

Ich betrat ihre Wohnung und blinzelte überrascht. Die Wände waren fantaorange, genau wie ihre Haare, und die Möbel – wackelige alte Stücke, die sie wahrscheinlich bei Garagenflohmärkten erstanden hatte – waren schwarz lackiert. Es kam mir vor, als wäre ich gestorben und auf einer riesigen Halloween-Party im Himmel gelandet.

»Süßes oder Saures!«, bemerkte ich.

Na gut, das habe ich nicht getan. Was ich sagte, war: »Tolle Wohnung.«

»Ich habe sie selbst eingerichtet.« Becky strahlte.

»Sie hat wirklich Ausstrahlung«, antwortete ich mit einem schwachen Lächeln und dachte dabei, dass das Einzige, was diese Wohnung ausstrahlte, der Hilferuf *Renoviere mich!* war.

»Weißt du was?«, sagte Becky. »Ich habe uns zum Abendessen Steaks gebraten!«

Steaks? Meine Speicheldrüsen arbeiteten auf Hochtouren.

»Das wäre aber doch nicht nötig gewesen.«

Und das hätte sie wirklich lieber lassen sollen. Wie sich nämlich herausstellte, war Becky Vegetarierin, und das besagte »Steak« bestand aus einem großen Klumpen matschfarbenem Tofu, der mit diversen »geheimen Zu-

taten« malträtiert worden war, um nach Filet Mignon zu schmecken. In Wirklichkeit schmeckte er nach geronnenem Motoröl. Nicht dass ich jemals geronnenes Motoröl geschmeckt hätte. War nur geraten.
Aber jetzt greife ich zu weit vor. Lassen Sie mich von Anfang an berichten, wie dieses Essen zu einem der zehn schrecklichsten Abendessen meines Lebens wurde. Becky bat mich, an ihrem schwarzen Esstisch Platz zu nehmen, auf dem orangefarbene Sets lagen.
»Ich bringe gleich die Vorspeise«, kündigte sie an und sauste mit klatschenden Flipflops in die Küche.
Ein paar Minuten später kam sie mit zwei »Krabbencocktails« zurück, in Wirklichkeit Tofuklumpen, die in Paprika gewälzt waren.
»Ich kann den Gedanken einfach nicht ertragen, eine arme, hilflose Krabbe zu essen«, erklärte sie und schob sich dabei eines der Klümpchen in den Mund. »Nur zu, versuch's mal. Sie sind wirklich köstlich. Man könnte schwören, dass es Shrimps sind.«
Ich versuchte eines der Röllchen. Es war, als schlucke man Schleim mit Paprikageschmack.
»Mh, lecker«, würgte ich mit einem starren Lächeln hervor. Ich beschloss, dass es nur eine Möglichkeit gab, dieses Abendessen hinter mich zu bringen. Mit ein bisschen Hilfe von meinem Freund Mr. Alkohol. Ich griff nach dem Glas Rotwein, das auf meinem Platzdeckchen stand, und nahm einen dankbaren Schluck. Nur um festzustellen, dass es kein Wein war, sondern Traubensaft.
Schnall dich an, sagte ich mir, *das wird ein unerquicklicher Abend.*

»Iss doch auf«, zwitscherte Becky.
Ich warf einen Blick auf die rosafarbenen Schleimröllchen auf meinem Teller. Niemals würde ich die hinunterbekommen. Ich trank mein Wasserglas leer und hielt es ihr hin.
»Ähm ... dürfte ich wohl noch ein bisschen Wasser haben?«
Becky ging in die Küche. Als sie verschwunden war, ließ ich die »Shrimps« in meine Hosentasche gleiten. Die Hose würde ich in die Reinigung bringen müssen, doch das war mir egal. Das war es wert.
»Lieber Himmel, du hast aber schnell aufgegessen«, stellte Becky fest, als sie mit meinem Wasserglas zurückkam. »Möchtest du noch einen Nachschlag?«
Nicht, ohne mir danach den Magen auspumpen zu lassen.
»Nein, nein.« Abermals rang ich mir ein mattes Lächeln ab. »Ich hatte wirklich genug.«
»So ist's recht«, stimmte sie zu. »Du musst ja noch Platz für das Steak lassen!« Sie verspeiste ihr letztes Schleimröllchen. »Ist das nicht toll? Ich komme so selten dazu, für jemanden zu kochen. Immer, wenn ich meine Freunde zum Essen einlade, möchten sie lieber in ein Restaurant gehen.«
Darauf hätte ich wetten können.
»Ich hole unsere Steaks«, sagte sie und grinste freudig.
Gerade als Becky mit zwei dampfenden Haufen aus braunem Tofu aus der Küche kam, öffnete sich die Wohnungstür und eine dunkelhaarige Elfe in Jeans und einem trägerlosen Stretchtop kam hereingeschwirrt. Ihr Haarschnitt erinnerte an einen Pagenkopf aus den 20er-Jah-

ren, mit einem dichten Pony, der ihr zartes Gesichtchen umrahmte. In diesem Moment jedoch achtete ich weder auf ihre Frisur noch auf ihre Augen oder ihr hübsches Gesicht. Was meine Aufmerksamkeit auf sich zog, war ihre Hand und das, was sie darin hielt – eine McDonald's-Tüte.

»Hi, Nina«, sagte Becky. »Jaine, das ist meine Mitbewohnerin Nina.«

Nina und ich begrüßten uns, während meine Augen noch immer an dem goldenen »M« auf ihrer Tüte hingen. Nina setzte sich zu uns an den Tisch. Sie öffnete ihre McDonald's-Tüte und nahm einen Hamburger Royal und eine doppelte Portion Pommes heraus. O Gott, es roch so gut.

»Jaine schreibt ein paar neue Anzeigen für den Laden«, erklärte Becky.

»Super«, antwortete Nina und warf mir ein breites Grinsen zu. »Ich bewundere Leute, die schreiben.«

Genau das Gleiche hatte Becky vorgestern im Passions auch gesagt. Warum nur hatte ich das Gefühl, dass das Einzige, was diese Mädels regelmäßig lasen, die Gebrauchsanleitung für ihre Haartönungen war?

»Ich weiß nicht, wie du dieses eklige Fleisch essen kannst«, stellte Becky fest, als Nina sich eine Portion Ketchup auf ihr Hamburger-Brötchen drückte.

»Ganz einfach. Schau mal.«

Als sie in den Burger biss, quoll das Grillfleisch an beiden Seiten heraus. Ich musste mich beherrschen, um ihr das Ding nicht aus der Hand zu reißen.

»Dann lass es dir mal schmecken!«, sagte Becky an mich gewandt.

Ich blickte auf den dampfenden Haufen brauner Pampe auf meinem Teller. Daneben waren ein Haufen aus gelber und einer aus grüner Pampe. Das Gelbe war Kürbiscufflé, wie Becky mir mitteilte, und das Grüne Sojasprossen.
Nina warf einen Blick auf unsere Teller und rümpfte angewidert die Nase.
»Und ich weiß nicht, wie ihr *dieses* Zeug essen könnt«, sagte sie. »Ich habe gerade von einer Frau gelesen, die zu viele Sojasprossen gegessen hat, die haben sie innerlich total verstopft, und sie mussten sie aufschneiden und sechzig Zentimeter Darm entfernen. Da waren Fäkalien, die waren schon sechs Monate alt.«
Es geht doch nichts über ein anregendes Tischgespräch zum Tofu-Steak.
Nina warf mir einen mitleidigen Blick zu.
»Möchtest du ein paar Pommes?«, fragte sie.
»Nein«, kam Becky mir zuvor, »sie möchte keine Pommes. Nicht zu diesem köstlichen Kürbissoufflé. Stimmt doch, Jaine?«
»Na ja, vielleicht ein paar«, meinte ich und nahm mir eine Handvoll.
Ich inhalierte sie förmlich.
Nina steckte sich den letzten Bissen ihres Hamburgers in den Mund und leckte sich die Finger ab. Würde diese Quälerei denn niemals enden?
»Ich muss mich für die Arbeit umziehen, ich muss gleich los«, sagte sie.
»Nina ist Krankenschwester«, erklärte Becky. »Sie hat Nachtschicht.«
Ich konnte nur hoffen, dass sie ihre Patienten nicht mit

Geschichten von verstopften Därmen und versteinerten Fäkalien erfreute.

Nina verschwand, um sich umzuziehen, und ich brachte es irgendwie fertig, eine beachtliche Menge meines Essens zu verspeisen. Dieser Tofu enthielt so viel Östrogen, dass ich damit locker mein Klimakterium überstehen würde.

Als ich fertig war, huschte Becky in die Küche, um den Nachtisch zu holen, eine frustrierende Auswahl zucker- und fettfreier Kekse. Dazu gab es einen Kräutertee, der einen höchst beunruhigenden Grünton hatte.

Während Becky mich über die bisherigen Werbekampagnen von Passions aufklärte, nagte ich an einem der Kekse herum.

»Eigentlich gibt es gar nicht viel dazu zu sagen«, begann sie. »Grace sagt zwar immer, dass sie diesmal etwas ganz anderes machen möchte, aber letzten Endes entscheidet sie sich doch immer wieder für eine klassische Modeaufnahme mit dem Logo von Passions.«

Das war alles? Das hätte sie mir in zwei Sekunden im Laden sagen können. Aber jetzt wusste ich natürlich, warum Becky mich eingeladen hatte. Sie wollte einfach mal wieder für jemanden kochen. Und für mich war es in Ordnung, ihr kulinarisches Opfer sein zu dürfen. Na gut, es war nicht wirklich in Ordnung für mich. Eigentlich könnte man wohl sagen, dass ich mich elend fühlte. Doch ich sagte mir immer wieder, dass Becky ein wirklich nettes Mädchen war und dass ich das Vorstellungsgespräch ohne sie nie bekommen hätte.

»Hey«, sagte Becky, nachdem ich es fertiggebracht hatte, einen Pappkeks hinunterzuwürgen, »würdest du dir gern

ein paar von meinen selbst entworfenen Klamotten ansehen?«
»Wahnsinnig gern«, antwortete ich. Alles, aber wirklich alles, um diesem schrecklichen Abendessen ein Ende zu bereiten.
Becky sprang auf und kam nach einigen Minuten mit einem Arm voller Eigenkreationen aus dem Schlafzimmer zurück. Nun bin ich ja nicht gerade eine Modekennerin, wie Lance jederzeit bezeugen würde, aber die Sachen sahen ein wenig merkwürdig aus. Viel Blumenmuster und schwarzes Leder. Eine Kreuzung aus Laura Ashley und Marquis de Sade.
»Sind die nicht superklasse?«, fragte Nina, als sie in ihrer Schwesterntracht aus dem Schlafzimmer kam.
»Superklasse«, lautete mein Echo.
Beckys Augen strahlten vor Stolz.
Und wer weiß? Vielleicht hatte sie ja wirklich Talent. Zumindest sahen ihre Kreationen um einiges besser aus als viele der Klamotten, die als Haute Couture auf den Pariser Laufstegen angepriesen werden.
Ich bemühte mich redlich, Begeisterung zu zeigen, und gerade als mir die »Oohs« und »Ahhs« auszugehen drohten, klingelte es an der Tür.
Becky stürzte hin.
Es war Tyler, der noch süßer aussah als bei Passions. Im Laden hatte er die enganliegenden, modischen Sachen getragen, die zum Sortiment des Hauses gehören. Doch jetzt hatte er seine Lycra-Klamotten gegen eine Khakihose und ein Hemd getauscht, in dem er sehr wie der angehende Schriftsteller aussah, der er laut Becky war. Er hatte sich das Gel aus dem sandbraunen, zurückge-

kämmten Haar gewaschen, und nun hing es ihm jungenhaft ins Gesicht.
Tyler war ein Jahrzehnt zu jung für mich, aber trotzdem fand ich ihn einfach hinreißend. Und offensichtlich war ich nicht die Einzige. Denn genau in diesem Moment schlang Becky ihm die Arme um den Hals und küsste ihn auf den Mund. Und er küsste sie mit unübersehbarer Hingabe zurück.
Etwas verriet mir, dass dies keine platonische Beziehung war.
»Du bist Tylers Freundin?«, platzte ich heraus. »Die, wegen der er mit Frenchie Schluss gemacht hat?«
Beide nickten.
»Wir versuchen, es im Laden geheim zu halten«, erklärte Tyler. »Frenchie würde ausrasten, wenn sie dahinterkäme.«
»Soll sie doch«, sagte Becky. »Grace feuert sie wahrscheinlich sowieso.«
»Das können wir nur hoffen«, antwortete Tyler mit einem tiefen Seufzer.
»Hey, Schatz«, sagte Becky. »Möchtest du etwas Sojasteak? Es ist noch jede Menge übrig.«
»Nein, danke, Becky«, wehrte Tyler schnell ab. »Ich habe schon gegessen.«
Seine Augen huschten nervös umher, wie ein Tier, das gerade um Haaresbreite einer tödlichen Gewehrkugel entgangen ist.
»Also dann, ich mache mich lieber auf die Socken«, kündigte Nina an und schnappte sich ihre Schlüssel.
»Ich auch«, meldete ich mich zu Wort. Ich hatte das Gefühl, dass Tyler und Becky allein sein wollten. Hauptsäch-

lich lag es daran, dass sie die Hände nicht vom Hinterteil des anderen lassen konnten.
»Ach, bleib doch noch ein bisschen«, drängte Becky halbherzig.
»Nein, nein. Ich muss wirklich los. Vielen Dank für alles.«
»Hat dir das Essen wirklich geschmeckt?«
Es fiel mir nicht leicht, aber ich brachte es fertig, ja zu sagen.
Nina und ich verabschiedeten uns und gingen gemeinsam den Flur entlang zum Aufzug.
»Tyler ist ein echt feiner Kerl«, sagte sie.
»Ja, er scheint wirklich süß zu sein.«
»Ein Engel. Und das wird auch Zeit.«
»Wie meinst du das?«
»Becky hat eine Schwäche für miese Typen. Sie fällt immer wieder auf Männer rein, die nicht gut für sie sind. Das kommt alles von ihrer mangelnden Selbstachtung.«
»Ach, wirklich?«
»Klar.« Nina warf sich einen Kaugummi in den Mund. »Ich hatte auf der Schwesternschule Psychologie. Und mangelnde Selbstachtung ist genau Beckys Problem«, erklärte sie und blies eine riesige rosa Blase auf.
Weiter so, Dr. Freud.
»Aber das spielt ja jetzt keine Rolle mehr«, stellte sie fest. »Endlich hat sie den Hauptgewinn gezogen.«
Der Aufzug öffnete sich, und wir fuhren gemeinsam nach unten, wobei Nina die ganze Zeit ihren Kaugummi aufblies. Ich hoffte nur, dass sie nicht auf der Neurochirurgie arbeitete.

Nachdem ich mich von Nina verabschiedet hatte, fischte ich die Tofu-Shrimps aus meiner Hosentasche und warf sie in einen Mülleimer.
Dann setzte ich mich in meinen Corolla und fuhr so schnell ich konnte zum nächsten McDonald's.

7. Kapitel

Der einzige Auftrag in meinem Briefkasten war wieder einmal der Lebenslauf eines College-Absolventen, dessen Berufsziel darin bestand: »etwas zu tun, was irgendwie echt voll Spaß macht«. Ich erledigte seine Anfrage so schnell wie möglich, so dass mir fast noch eine ganze Woche Zeit blieb, an der Werbung für Passions zu arbeiten.

Für diejenigen unter Ihnen, die wissen wollen, wie eine professionelle Texterin an einer großen Kampagne arbeitet, hier meine typische Vorgehensweise:

Zuerst spitze ich einen Haufen Bleistifte. Dann löse ich ein Kreuzworträtsel, um mein Gehirn aufzuwärmen. Danach esse ich eine Kleinigkeit. Daraufhin kraule ich Prozacs Bauch, was mir Glück bringen soll. Danach esse ich noch eine Kleinigkeit. Dann lese ich die Online-Schlagzeilen bei AOL. Daraufhin spitze ich noch ein paar Bleistifte. Und so weiter und so fort, bis irgendwann Oprah Winfreys Talkshow und *Judge Judy* im Fernsehen kommen und es Zeit fürs Abendessen ist.

Es ist eine Schande, ich weiß. Was soll ich sagen? Ich arbeite am besten unter Zeitdruck.

Und deshalb hatte ich am Abend vor meiner Präsentation bei Grace nichts weiter vorzuweisen als eine ganze Reihe gespitzter Bleistifte und eine gut gekraulte Katze.

Na schön. Es war erst sechs Uhr abends. Wenn ich die

nächsten fünf Stunden ohne Unterbrechung durcharbeitete, würde ich sicher etwas aufs Papier bekommen. Und dann fiel es mir siedend heiß ein: Ich musste heute Abend im Shalom-Altenheim unterrichten. Verdammt. Es sah ganz danach aus, als würde ich heute eine Nachtschicht einlegen müssen.

Wütend auf mich selbst, weil ich so viel Zeit verschwendet hatte, gab ich Prozac ihr Abendessen, verschlang eine uralte Packung Kartoffelecken, die ich in meinem Eisfach gefunden hatte, und machte mich auf den Weg zum Shalom-Altersheim.

Als ich dort ankam, lag auf meinem Platz am Kopfende des Tisches eine angebrochene Packung mit gefüllten Keksen.

»Für Sie, Schätzchen«, sagte Mr. Goldman mit einem Zwinkern.

»Vielen Dank«, antwortete ich und lächelte ihn matt an.

»Ich hoffe, es stört Sie nicht«, fuhr er fort, während er sich Krümel von der Weste klopfte, »aber ich hab schon einen gegessen.«

Ach, nichts sagt so deutlich *Ich liebe dich* wie angebrochene Essenspackungen.

»Na gut, meine Lieben«, begann ich. »Wer möchte heute als Erstes lesen?«

Wie immer streckte Mr. Goldman seine Hand in die Luft.

Ich ließ den Blick durch das Zimmer schweifen und hoffte, dass sich vielleicht noch jemand anderes melden würde. Doch keine der Damen hob auch nur den kleinen Finger.

»Also gut, Mr. Goldman«, seufzte ich. »Dann legen Sie mal los.«
Mit einer ausholenden Gebärde holte er seinen Block hervor und begann zu lesen.
»Meine Gallenblasenoperation, von Abe Goldman.«
Mit der Selbstsicherheit von Abraham Lincoln bei seiner Gettysburg-Rede fuhr Mr. Goldman fort, uns über seine Gallenblasen-OP zu berichten und davon, wie die Schwestern alle mit ihm geflirtet haben und wie der behandelnde Arzt sagte, dies sei die größte Gallenblase, die er in seiner langjährigen Tätigkeit jemals entfernt habe, und wie dann – als er endlich Besuch empfangen durfte – Debbie Reynolds mit einem großen Strauß Rosen aufgetaucht sei.
»Also wirklich!«, stieß Mrs. Petcher hervor, und ihr riesiger Busen bebte vor Entrüstung. »Jetzt fangen Sie nicht schon wieder mit Debbie Reynolds an.«
»Genau«, meldete sich Mrs. Rubin zu Wort. »Es reicht!«
»Sind Sie sicher, dass Sie keine Halluzinationen hatten?«, erkundigte sich Mrs. Zahler.
»Nein, ich hatte keine Halluzinationen«, schnappte Mr. Goldman. »Debbie Reynolds hat mich damals im Krankenhaus besucht!«
»Ja, sicher«, erwiderte Mrs. Petcher. »Genauso, wie Tom Cruise mich damals besucht hat, als ich mir meine Hühneraugen habe entfernen lassen.«
Die anderen Damen gluckten fröhlich. Mr. Goldman funkelte sie wütend an und klappte dann geräuschvoll seinen Block zu.
Eins zu null für Mrs. Petcher.
»Gut, wer möchte jetzt vorlesen?«, fragte ich.

Mr. Goldmans schmachvolle Niederlage im Verbalkrieg gegen Mrs. Fetcher schien den anderen Damen Mut zu machen. Mehrere Hände schnellten in die Höhe. Und ich freute mich besonders darüber, dass eine der Freiwilligen Mrs. Stein war.

Lilian Stein war noch nicht lange dabei, weder im Shalom-Altersheim noch in meinem Kurs. Sie war mollig und hatte große, traurige Augen, mit denen sie mich an ein Kind an seinem ersten Tag im Kindergarten erinnerte. Seit Wochen hatte ich gehofft, dass sie etwas vorlesen würde, aber sie hatte schweigend nur dagesessen und dem Geplapper um sich herum gelauscht.

Und jetzt hatte sie sich endlich gemeldet.

»Mrs. Stein«, sagte ich. »Ich freue mich sehr, dass Sie uns heute etwas von sich vorlesen wollen. Fangen Sie bitte an.«

Die anderen Damen murmelten ebenfalls aufmunternde Worte.

Mit zitternden Händen entfaltete sie ein einzelnes liniertes Blatt Papier.

»*Mein Mann Max*«, las sie mit dünner, kaum hörbarer Stimme vor.

»Lauter!«, rief Mr. Goldman. »Wir verstehen nichts.«

»Ja, Mrs. Stein«, pflichtete ich ihm bei. »Lesen Sie doch bitte ein bisschen lauter.«

Sie begann erneut.

»*Mein Mann Max und ich waren 52 Jahre miteinander verheiratet, bevor er an einem Herzinfarkt starb.*«

Mitleidiges Zungenschnalzen drang durch den Raum.

»*Als wir uns zum ersten Mal begegneten, arbeitete ich in der Herrenabteilung von Macy's, und Max kam, um eine Krawat-*

te zu kaufen. Ich wusste, dass er ein Auge auf mich geworfen hatte, weil er schließlich fünf Krawatten erstand. Und zwei Anzüge. Und einen Mantel.«

Die Damen kicherten verständnisvoll.

»Er fragte mich, ob wir uns zum Bowling verabreden wollten. Eigentlich machte ich mir nicht viel aus Bowling, aber ich sagte nichtsdestotrotzdem zu.«

Mr. Goldmans Hand schnellte in die Luft.

»Fehler!«, schrie er. »›Nichtsdestotrotzdem‹ gibt's doch gar nicht!«

Mir war klar, was los war. Mr. Goldman war noch immer beleidigt, weil Mrs. Petcher ihn mundtot gemacht hatte, und nun ließ er seinen Ärger an der armen Mrs. Stein aus. Doch er hatte natürlich recht. Der Ausdruck »nichtsdestotrotzdem« war falsch.

»Heben wir uns unsere Anmerkungen für später auf, ja?«, sagte ich. »Weiter, Mrs. Stein. Sie machen das sehr gut.«

Obwohl sie leicht erschüttert dreinblickte, setzte Mrs. Stein ihre Geschichte fort und berichtete über ihre Flitterwochen und davon, wie sie und Max auf der Route 66 quer durch Amerika gereist waren und dabei Sehenswürdigkeiten wie den Grand Canyon und die Black Hills von North Dakota besucht hatten.

»Schon wieder ein Fehler!«, rief Mr. Goldman. »Zu den Black Hills kommt man nicht über die Route 66.«

»Himmel noch mal«, fuhr Mrs. Petcher auf. »Halten Sie endlich die Klappe, Abe!«

»Ich mache lediglich auf einen kleinen Fehler aufmerksam. Schließlich habe ich fünfzig Jahre als Handelsvertreter gearbeitete. Ich sollte wissen, wohin die Route 66 führt.«

Mittlerweile war Mrs. Stein kurz davor, in Tränen auszubrechen.
»Mrs. Stein hat nicht vor, einen Atlas zu schreiben, Mr. Goldman«, erwiderte ich. »Sie schreibt eine Geschichte aus ihrem Leben. Und jetzt sollten wir ihr wirklich weiter zuhören, okay?«
Der Zorn in meiner Stimme war nicht zu überhören.
»Bitte, Mrs. Stein, lesen Sie weiter«, sagte ich mit einem aufmunternden Lächeln.
Widerwillig nahm Mrs. Stein erneut ihr Papier zur Hand, das vor Schweiß schon ganz feucht war, und fuhr fort.
»Mein Max war schon immer ein guter Koch gewesen, und nachdem wir nach Los Angeles gezogen waren, eröffnete er sein eigenes Restaurant. Er nannte es Max' Delikatessen.«
Wieder meldete sich Mr. Goldman zu Wort.
»Das Max' Deli hat Ihnen gehört?«, fragte er.
Mrs. Stein nickte.
»Das auf der Fairfax Avenue?«
Sie nickte wieder.
»Da habe ich immer gegessen!«, rief Mr. Goldman.
Mrs. Stein lächelte dankbar.
»Es war nicht besonders«, fuhr er achselzuckend fort. »Die Pastrami war zu fett.«
Mrs. Steins Unterlippe begann zu zittern, und ehe ich wusste, was los war, weinte sie. Da hatte es länger als einen Monat gedauert, bis sie den Mut aufgebracht hatte, etwas vorzulesen, und dank Mr. Goldman bezweifelte ich jetzt, dass ich sie jemals wieder in meinem Kurs sehen würde.
»Herrgott noch mal, Mr. Goldman!«, fauchte ich. »Sie sind wirklich der unausstehlichste Kerl, dem ich jemals begegnet bin. In meinem ganzen Leben. Sie sind wie abge-

brochene Kreide auf einer Tafel. Wie langsame Autofahrer auf der linken Spur. Wie Handyklingeln im Kino. Können Sie nicht den Mund halten und diese arme Frau vorlesen lassen?«

Ja, genau das sagte ich.

Im gesamten Raum herrschte betroffene Stille. Und niemand blickte fassungsloser drein als Mr. Goldman. Plötzlich wich die Farbe aus seinem Gesicht.

»Mein Herz!«, rief er und presste sich die Hand auf die Brust.

Und damit kippte er um und fiel zu Boden.

»Großer Gott«, sagte Mrs. Petcher. »Er hat einen Herzinfarkt.«

»Jemand muss den Notarzt rufen«, schrie irgendjemand immer wieder hysterisch. Bis ich bemerkte, das ich diejenige war, die schrie. Ich griff nach meinem Handy und rief den Notruf an. Wenige Minuten später kamen Sanitäter und verfrachteten Mr. Goldman auf eine Rolltrage.

»Warten Sie«, sagte er mit kraftloser Stimme, als man ihn zur Tür hinausschieben wollte. »Ich habe noch etwas zu sagen.«

»Was denn?«, fragte ich. »Was möchten Sie denn sagen?«

»Die Black Hills sind in South Dakota«, erklärte er mit einem schwachen, selbstgefälligen Lächeln. »Und nicht in North Dakota.«

8. Kapitel

An Schlaf war nicht zu denken. Ich blieb die ganze Nacht wach, rief immer wieder im Krankenhaus an und flehte, dass man mir sagte, wie es Mr. Goldman ging. Doch da ich nicht mit ihm verwandt war, erhielt ich keine Auskunft.

Zu behaupten, dass ich Probleme hatte, mich auf die Passions-Kampagne zu konzentrieren, wäre stark untertrieben. Ich fühlte mich ungefähr so kreativ wie ein Waschlappen. Nach einigen fruchtlosen Stunden vor meinem Computer war der beste Slogan, mit dem ich aufwarten konnte: *Nur Passion versteht was von Fashion!*

Ich weiß, dass das grottenschlecht ist, aber Sie wären genauso grottenschlecht, wenn Sie gerade am Herzinfarkt eines hilflosen, wenn auch nervtötenden alten Mannes schuld gewesen wären. Als die Sonne schließlich über Beverly Hills aufging, wurde mir klar, dass ich jegliche Chance, diesen Auftrag zu bekommen, vertan hatte.

Um neun Uhr tippte ich meine Vorschläge, machte Prozac ihr Frühstück und ließ mich dann für eine erfrischende halbe Stunde Tiefschlaf ins Bett fallen.

Danach trabte ich unter die Dusche und hoffte, mit einem Strahl eiskalten Wassers meine Lebensgeister wieder erwecken zu können. Zu erschöpft, meine Haare glatt zu föhnen, zwirbelte ich meine Locken achtlos zu einem Pferdeschwanz zusammen

Es wird Sie sicher freuen, dass Prozac an diesem Morgen nicht in die Nähe meines Prada-Anzugs kam. Nein, diesmal fand ich sie auf meiner letzten Strumpfhose, die sie gut gelaunt in Stücke riss. Na, toll. Jetzt würde ich auch noch mit nackten Beinen zu meinem Termin gehen müssen.

Nachdem ich eine Tasse Leitungswasser-Kaffee hinuntergeschüttet hatte, zog ich mich an und achtete darauf, die Preisschilder gut zu verstecken. Dann betrachtete ich mich eingehend im Spiegel. Lassen Sie uns eine kurze Bestandsaufnahme machen, ja? Augenringe, so groß wie Handgepäckstücke. Nackte Beine, die dringend mal wieder rasiert werden mussten. Und das Ganze gekrönt von einem Lockenkopf, der dem von Harpo Marx um nichts nachstand. Wenn mich die Designer von Prada so hätten sehen können, hätten sie sicher eine einstweilige Verfügung erlassen, um mich daran zu hindern, ihren Anzug zu tragen.

Ein letztes Mal versuchte ich, im Krankenhaus etwas in Erfahrung zu bringen, doch ich bekam noch immer keine Auskunft. Dann griff ich nach meinem Autoschlüssel und verließ meine Wohnung in der Hoffnung, Mr. Goldman möge noch am Leben sein, um mich wieder in den Wahnsinn treiben zu können.

»Was ist denn mit dir passiert?«, fragte Becky, als ich bei Passions ankam. »Du siehst aus wie aufgewärmte Hundescheiße.«

Na gut, in Wirklichkeit sagte sie: »Hi, Jaine.« Aber ich wusste genau, was sie eigentlich dachte.

»Rate mal, was los ist!«, sprudelte sie. »Frenchie ist schon seit einer Stunde in Grace' Büro. Und die Tür ist zu. Grace war stinkwütend, als sie gehört hat, wie sich Frenchie über Mrs. Tucker lustig gemacht hat. Ist das nicht super? Sieht aus, als wäre Frenchie endlich fällig.«

»Wie gemein von dir, das zu sagen.« Wir drehten uns um, und vor uns stand die Buchhalterin Maxine, ein Klemmbrett an die Brust gedrückt. Auf unheimliche Weise beherrschte diese Frau den Trick, immer wie aus dem Nichts aufzutauchen.

»Tut mir leid, Maxine, aber das ist mein Ernst. Ich wäre wirklich glücklich, wenn Frenchie hier nicht mehr arbeiten würde.«

»Wie kannst du nur so etwas sagen?«, fragte Maxine, und ihre winzigen Knopfaugen funkelten wütend. »Frenchie ist ein wunderbarer Mensch! Eine der sympathischsten Personen, die ich kenne.«

Wenn sie Frenchie für wunderbar hielt, musste diese Frau dringend öfter unter die Leute.

»Wo steckt Tyler?«, fragte Maxine und blickte auf ihr Klemmbrett. »Er hätte schon vor einer Stunde hier sein sollen.«

»Ich weiß es nicht«, erwiderte Becky. »Ich hab mich auch schon gewundert.«

»Sag mir Bescheid, wenn er kommt. Ich werde ihm seinen Lohn entsprechend kürzen müssen.« Sie wollte gerade in ihr winziges Büro zurückhuschen, in dem sie die Bücher der Firma verwaltete, als sich Grace' Bürotür öffnete.

Frenchie kam mit einem breiten Lächeln auf dem Gesicht herausgetänzelt und sah nicht im Geringsten aus wie jemand, der gerade entlassen worden war.

Grace folgte ihr mit aschfahlem Gesicht, als habe man ihr mit einer Eisenfaust in die Magengrube geschlagen.

»Hört mal alle her«, begann Frenchie. »Grace möchte euch etwas mitteilen.«

Grace trat vor und räusperte sich. »Nach dreißig Jahren in diesem Geschäft«, sagte sie kaum hörbar, »habe ich mich entschlossen, mich zur Ruhe zu setzen.«

Dann blickte sie zu Frenchie hinüber, wie eine Schauspielerin, die ihren Text vergessen hat.

»Und …?«, soufflierte diese ihr.

»Und ich werde meine Boutique an Frenchie verkaufen.«

»Was?«, keuchte Becky.

»Ihr habt richtig gehört«, schloss Frenchie. »Sie verkauft mir den Laden.«

Becky stand mit ungläubig aufgerissenen Augen da. Maxine hingegen sah kein bisschen überrascht aus. Bildete ich es mir nur ein, oder zwinkerte sie Frenchie tatsächlich zu?

»Du kannst später wiederkommen, um deine Sachen abzuholen, Grace«, sagte Frenchie. »Warum gehst du jetzt nicht nach Hause.«

Grace nickte stumm, als Frenchie ihr ihre Handtasche reichte.

Ich habe zwar noch nie jemanden schlafwandeln sehen, aber ich denke, das müsste so ähnlich aussehen wie Grace' Gang, als sie den Laden verließ. »Also, da bist du ja wieder«, begann Frenchie und wandte sich mir zu. »Willst du deine Anzeigenkampagne vorstellen?«

Auch ich nickte stumm. Frenchie schien das bei anderen Menschen auszulösen.

»Komm mit in mein Büro!«, befahl sie. Betonung auf *mein*.

Ich folgte ihr in Grace' Büro, wo sie einen großen Schrank aus Pinienholz öffnete. Dort – zwischen einigen Loseblattsammlungen und Stoffmusterbüchern – lagen ein paar Flaschen Wein. Frenchie suchte herum, bis sie die richtige Flasche gefunden hatte.

»Château Neuf du Pape«, sagte sie und hielt dabei eine Flasche mit edlem Rotwein hoch. »Grace hatte sie für einen besonderen Anlass aufgehoben. Und ich denke, um den handelt es sich hier.«

Sie öffnete die Flasche und goss sich etwas Wein in ein Glas. Dann schwenkte sie das Glas und schnupperte am Wein. Mit einem zufriedenen Nicken nahm sie einen kräftigen Schluck.

»Lecker«, sagte sie, ohne die geringsten Anstalten zu machen, mir etwas davon anzubieten.

Nicht dass ich morgens um halb elf gern ein Glas Rotwein getrunken hätte. Aber immerhin wäre es freundlich von ihr gewesen, mich zu fragen. Doch mittlerweile war mir völlig klar, dass Frenchie mit dem Begriff Freundlichkeit nicht gerade auf Du und Du war. Sie trank einen weiteren Schluck und blickte sich im Büro um, machte sich ein Bild von ihrem neuen Territorium.

»Morgen schmeiße ich als Allererstes *dieses* Ding weg«, verkündete sie.

Sie zeigte auf die ramponierte Schaufensterpuppe, die Grace von ihrer ersten Schaufensterauslage behalten hatte. »Hast du gehört, Bessie?«, kicherte sie. »Du kommst auf die Müllhalde.«

Mit ihren Augen, von denen der Lack bereits abblätterte, sah die arme Bessie uns an, als wüsste sie bereits, welche Zukunft ihr bevorstand.

»Alles, was du dir ausgedacht hast, kannst du in die Tonne treten«, sagte Frenchie. »Ich habe mir schon einen tollen Werbetext überlegt.«
Sie ließ sich in Grace' weißen Korbstuhl fallen.
»Der Slogan wird lauten: *Einfach umwerfend schön!*«
Das war wohl besser als *Nur Passion versteht was von Fashion*. Aber nicht viel.
»Und jetzt kommt der geniale Teil«, fuhr sie fort. »Auf den Anzeigen werden lauter Tote zu sehen sein. Und im Schaufenster auch. Verstehst du? Tote Models? In Anspielung auf den Slogan ›Einfach *umwerfend* schön!‹«
»Verstehe«, versicherte ich ihr.
Ich fand ihre Idee grässlich, aber ich verstand.
»Natürlich fotografieren wir keine echten Leichen«, plapperte sie weiter. »Es werden professionelle Models sein, in Särgen, auf elektrischen Stühlen oder auf OP-Tischen. Toll angezogen, in den neuesten Klamotten von Passions. Das wird bestimmt wahnsinnig witzig, oder?«
Sicher. Genauso witzig wie eine operative Entfernung der Gebärmutter.
Sie legte die Füße auf Grace' Pinientisch, schlug ihre Jimmy-Choo-Imitate übereinander und bewunderte ihre schlanken Knöchel. »Alles, was ich von dir brauche, ist ein kurzer Fließtext für die Anzeige. Etwas über mich, dass ich das Geschäft übernommen habe, und etwas über mein phänomenales Gespür für Stil.«
Sie war nicht etwa ein wenig zu selbstverliebt, oder?
»Wie viel wollte Grace dir für die Kampagne zahlen?«, fragte sie.
»Fünftausend Dollar.«
Sie lachte herzhaft.

»Ich zahle dir dreihundert«, verkündete sie, nachdem sie sich wieder beruhigt hatte. »Und ich möchte die Anzeigentexte morgen früh auf meinem Schreibtisch haben.«

»So bald schon?«

»Na, du wirst doch für ein paar läppische Anzeigen keine halbe Ewigkeit brauchen«, erwiderte sie. »Wir sehen uns dann morgen um sieben.«

»Um sieben Uhr morgens?«

»Ich bin eine Frühaufsteherin. Wenn dir das nicht passt, suche ich mir jemand anderes.«

Nie im Leben würde ich für dieses Miststück arbeiten. Und das wollte ich ihr gerade mitteilen, als die Bürotür aufflog. Tyler stand im Türrahmen, seine freundlichen Gesichtszüge waren verzerrt vor Wut.

»Du Aas!«, schrie er und nahm mir die Worte aus dem Mund. »Wie konntest du mir das antun?«

»Ich weiß nicht, wovon du redest«, antwortete Frenchie mit gespielter Unschuld.

»Und ob du das weißt. Du bist in meine Wohnung eingebrochen und hast meinen Computer zertrümmert. Und du hast die Disketten im Kamin verbrannt.« Die Adern in seinem Nacken standen mittlerweile wie dicke Schnüre unter seiner gespannten Haut hervor. »Du hast meinen Roman vernichtet. Drei Jahre harter Arbeit umsonst.«

»Ach, wirklich?«, feixte Frenchie.

»Ich zeige dich an.«

»Tu dir keinen Zwang an«, erwiderte sie. »Du kannst nicht beweisen, dass ich es war.« Sie trank einen weiteren Schluck von ihrem Wein und lächelte ihn spöttisch und verschlagen an. »Ich habe dir doch gesagt, du hättest nicht mit mir Schluss machen dürfen.«

Da verlor Tyler die Beherrschung.

Mit zornig funkelnden Augen stürzte er sich auf sie, so dass ihr Weinglas quer durch den Raum flog.

»Ich bringe dich um!«, schrie er, während sich seine Hände um ihren Hals legten.

Großer Gott. Er wollte sie erwürgen! Nicht dass ich dafür kein Verständnis gehabt hätte, aber trotzdem war es sehr beängstigend.

Wenn Frenchie Angst hatte, ließ sie es sich jedenfalls nicht anmerken.

»Na los«, forderte sie ihn heraus. »Dafür hast du doch gar nicht den Mumm.«

Sie hatte recht. Langsam nahm Tyler seine Hände von ihrem Hals, und seine Schultern sanken geschlagen herab.

»Und jetzt raus hier!«, befahl sie. »Ach, und übrigens, du bist gefeuert.«

Er warf ihr einen letzten hasserfüllten Blick zu und ging zur Tür.

Genau in diesem Moment begann ich hysterisch zu schreien. Nein, das war keine verzögerte Reaktion auf Tylers Attacke auf Frenchie. Ich schrie, weil ich an mir herabsah und bemerkte, dass mein 3000 Dollar teurer Prada-Anzug mit Rotwein bespritzt war.

»Was ist denn mit dir los?«, fragte Frenchie.

»Mein Anzug«, jammerte ich. »Er ist ruiniert.«

»Und nicht nur das, das Preisschild hängt auch raus.«

Es stimmte. In all der Aufregung hatte sich das Preisschild aus seiner sicheren Position unter dem Gummiband gelöst und baumelte mir nun am Handgelenk.

»Du hast also die alte ›Kauf-es-trag-es-bring's-zurück-Num-

mer‹ abgezogen«, schlussfolgerte sie. »Das mache ich auch immer.«
Allein der Gedanke, dass jemand wie Frenchie und ich dieselben Moralvorstellungen teilten, ließ mich vor Scham erröten.
»Ich habe sowieso nicht geglaubt, dass der Anzug dir wirklich gehört«, fügte sie hinzu. »Du bist eigentlich kein Prada-Typ, oder?«
Jetzt war ich diejenige, die sie erwürgen wollte. Überflüssig zu sagen, dass ich mich beherrschte.
In diesem Augenblick klopfte es an der offen stehenden Hintertür. Zwei stämmige Kerle standen im Türrahmen.
»Eine Lieferung von Hollywood-Requisiten«, sagte einer der beiden.
Frenchies Gesicht hellte sich auf.
»Mein Sarg. Immer rein damit, Jungs.«
Sie begannen, einen glänzenden Mahagonisarg hereinzurollen.
»Bringt ihn nach vorn!«, befahl sie.
Gemeinsam mit Frenchie folgte ich den beiden, als sie den Sarg nach draußen in den Laden brachten.
»Stellt ihn da hin, ins Fenster«, sagte Frenchie.
»Wir werden eine Leiche reinlegen«, sinnierte sie laut, als die Männer die Kiste ins Schaufenster hievten. »Vielleicht lassen wir eine von einer Schlinge baumeln. Wow! Das wird noch heißer als der Heroin-Look!«
Maxine huschte an ihre Seite wie Dr. Frankensteins Gehilfe Igor.
»Ach, Frenchie«, schwärmte sie, und ihre Augen leuchteten vor Bewunderung, »du bist ja so kreativ.«
Mittlerweile waren etliche Kunden aufgetaucht und be-

obachteten interessiert, wie der Sarg im Schaufenster plaziert wurde. Zweifelsohne hatten sie die Szene in Grace' Büro gehört. Und gleich sollten sie Zeugen einer weiteren Auseinandersetzung werden. Denn genau in diesem Moment kam Becky, die Zähne vor Wut zusammengebissen, auf Frenchie zu.

»Tyler hat mir erzählt, was du mit seinem Roman gemacht hast, und ich finde das einfach widerlich.«

»Als ob es mich einen Scheiß interessiert, was du denkst«, lautete Frenchies elegante Antwort.

»Komm, Schatz«, sagte Becky zu Tyler. »Verschwinden wir.«

Die beiden gingen zur Tür.

»*Schatz?*«, fragte Frenchie. »Moment mal. Erzähl mir bloß nicht, du bist seine neue Freundin?«

»Doch.« Trotzig reckte Becky das Kinn vor.

»Für dieses kleine Ding hast du mich verlassen?«, brachte Frenchie lachend hervor. »Dein Pech, Tyler.«

»Ganz im Gegenteil, Frenchie«, antwortete Tyler. »Mein Pech war, dich jemals gekannt zu haben.«

Das schien sie zu treffen.

»Raus hier, alle beide!«, keifte sie. »Ihr seid gefeuert!«

Dann wandte sie sich an mich und schenkte Becky demonstrativ keine Beachtung mehr.

»Ja, wir stellen Leichen im Schaufenster aus. Vielleicht verteilen wir sogar ein paar hier im Laden.«

Aber Becky ließ sich nicht abwimmeln.

»Wie wär's denn damit, Frenchie?«, schlug sie vor. »Wie wär's, wenn du selbst eine von diesen Leichen wärst?«

Schweigen herrschte im Laden, als Becky Tylers Arm packte und mit ihm aus der Tür stürmte. Es war so still,

dass man fast hören konnte, wie Frenchies Blutdruck stieg. Wutentbrannt ging sie auf den nächstbesten Prügelknaben los. Und das war ich.
»Setz dich lieber an deine Anzeigentexte, Jaine«, fauchte sie mich an, »wenn du vorhast, rechtzeitig fertig zu werden.«
»Soll das ein Witz sein? Deinen Auftrag kannst du dir unter dein Sargbouquet stecken«, waren die Worte, die auszusprechen ich so gern den Mut gehabt hätte. Doch nur für den Fall, dass Sie es schon vergessen haben: Dank der Weinflecken auf meinem Prada-Anzug hatte ich jetzt 3000 Dollar Schulden. Ich konnte es mir nicht leisten, einen Auftrag abzulehnen. Selbst dann nicht, wenn er von einem so ausgekochten Miststück wie Frenchie kam. Was ich also sagte, als ich ging, war: »Wir sehen uns dann morgen früh. Um sieben.«

9. Kapitel

Ich war froh, mich von Frenchie (oder von Klein-Napoleon, wie ich sie im Geiste mittlerweile nannte) verabschieden zu können, und ging zum Parkplatz, wo ich Becky und Tyler im Schatten eines riesigen Jakarandabaumes stehen sah.

Tyler, hager und bleich, sah aus wie ein Fahndungsfoto seiner selbst.

»Alles in Ordnung?«, fragte ich.

Was für eine bescheuerte Frage. Wie sollte für die beiden alles in Ordnung sein? Sie hatten gerade ihre Jobs verloren, und Tyler auch noch seinen Roman.

»Das wird schon wieder«, antwortete Tyler, »sobald ich einen bis drei Martinis gekippt habe.«

»O Tyler«, wandte Becky mit gerunzelter Stirn ein. »Meinst du wirklich, dass das eine gute Idee ist?«

»Ja«, sagte er, »ich glaube, das ist eine brillante Idee.«

Um ehrlich zu sein, ich fand die Idee auch großartig.

»Ich möchte auf nüchternen Magen nichts trinken«, erwiderte Becky. »Lass uns lieber etwas essen gehen. Komm, wir gehen rüber zu Pink's. Kommst du mit, Jaine?«

Das Letzte, was ich und meine Oberschenkel gebrauchen konnten, war, bei Pink's zu essen. Das Lokal existiert seit 1939 und ist der Heilige Gral für die Hotdog-Fetischisten von Los Angeles. Die Leute kommen von weither wegen der Chili-Käse-Hotdogs, die ungefähr neun Trilliarden Kalorien pro Stück haben. Nein, ich musste wirklich anfangen aufzupassen, wenn ich jemals in eine Konfektionsgröße der oberen Dreißiger-Skala passen wollte. Also kam das Pink's für mich nicht in Frage. Ganz sicher, überhaupt nicht und auf gar keinen Fall.

»Klar«, antwortete ich. »Hervorragende Idee.«

Fünfzehn Minuten später saßen wir an einem Tisch bei Pink's und schlangen Chili-Käse-Hotdogs mit Pommes hinunter, während uns das Bratfett vom Kinn tropfte. Falsch. Fünfzehn Minuten später schlang *ich* einen Chili-Käse-Hotdog mit Pommes hinunter. Becky und Tyler, zu aufgewühlt, um essen zu können, knabberten nur an ihren Portionen herum. Warum konnte ich nicht zu den glücklichen Menschen gehören, denen es auf den Appetit schlägt, wenn es ihnen schlecht geht?

Becky hatte als Vegetarierin die Jungs hinter dem Tresen zur Verzweiflung getrieben, indem sie einen Chili-Käse-Hotdog ohne Wurst und ohne Chili bestellte. Im Wesentlichen bekam sie daraufhin einen Berg geschmolzenen Käse in einem Brötchen.

»Tyler«, begann sie und nahm einen Bissen von der Größe eines Speckwürfels, »du musst die Polizei anrufen und melden, was Frenchie mit deinem Roman gemacht hat.«

»Zeitverschwendung«, antwortete er und schüttelte den Kopf. »Frenchie ist nicht blöd. Bestimmt hat sie keine Fingerabdrücke hinterlassen.«

»Und was hast du jetzt vor?«, fragte ich.

»Plan A, nämlich sie zu erwürgen, hat offenbar nicht geklappt«, erwiderte er seufzend. »Ich nehme an, Plan B ist, mich wieder an den Computer zu setzen und noch mal von vorn anzufangen. Aber, halt«, er lachte bitter auf, »ich habe ja keinen Computer mehr, richtig?«

»Ich könnte dieses verdammte Miststück wirklich umbringen«, stieß Becky mit ganz untypischer Gehässigkeit hervor.

Geistesabwesend tunkte Tyler eines seiner Pommes in eine Lache aus Ketchup.

»Und was hatte wohl diese komische Szene mit Grace zu bedeuten?«, fragte er. »Ich glaube nie im Leben, dass Grace ihre Boutique freiwillig an Frenchie überschrieben hat.«

»Ihr glaubt nicht, dass Grace sich zur Ruhe setzen wollte?«, fragte ich zurück.

»Niemals«, antwortete Becky. »Passions ist Grace' Leben. Sie würde niemals aufhören.«

»Und wie könnte Frenchie es sich leisten, den Laden zu kaufen?«, überlegte Tyler. »So viel Geld hat sie doch gar nicht.«

»Erpressung«, lautete Beckys Antwort, während sie mit ihrem vegetarischen Hotdog herumfuchtelte. Ein köstlich triefender Klumpen Schmelzkäse fiel auf ihren Teller. Da ich meinen Hotdog bereits eingeatmet hatte, starrte ich ihn hungrig an. Ich fragte mich, ob es die beiden bemerken würden, wenn ich ihn abkratzte.

»Irgendetwas scheint Frenchie gegen Grace in der Hand zu haben«, sagte Becky. »Da bin ich mir ganz sicher. Diese Frau besitzt so viel Anstand wie eine streunende Katze.«

»Ich bitte dich«, entgegnete Tyler. »Das ist eine echte Beleidigung für sämtliche streunenden Katzen.«

»Glaubst du wirklich, dass sie imstande wäre, jemanden zu erpressen?«, fragte ich.

»Aber sicher«, sagte Becky. »Vor Vandalismus hat sie ja auch nicht zurückgeschreckt. Und vor Diebstahl auch nicht.«

»Diebstahl?«

Becky nickte. »Erinnerst du dich an das Malteserkreuz, das sie um den Hals trägt?«

»Ja«, antwortete ich und rief mir das große goldene Kreuz ins Gedächtnis, das ich in Frenchies tiefem Ausschnitt hatte hängen sehen.

»Ich bin mir fast sicher, dass sie es einer Kundin geklaut hat.«

»Wirklich?«

»Eines Tages kam eine Kundin zu uns in den Laden und sagte, sie habe ihr goldenes Malteserkreuz in einer der Umkleidekabinen liegenlassen. Sie hatte es abgenommen, um ein Sweatshirt anzuprobieren. Frenchie und ich haben in den Kabinen nachgeschaut, aber nichts gefunden. Oder zumindest habe ich nichts gefunden. Frenchie hat *behauptet*, dass sie auch nichts gefunden hätte. Zwei Tage später kommt sie dann in den Laden getänzelt, und jetzt rate mal, was ihr um den Hals baumelt? Ein goldenes Malteserkreuz. Sie hat vorgegeben, es von ihrem Mann geschenkt bekommen zu haben, aber ich glaubte ihr kein Wort. Keine Sekunde lang.«

»Und warum hast du Grace nichts davon erzählt?«, wollte ich wissen.

»Ich hatte ja keinen Beweis. Das Kreuz, das der Kundin gehört hat, habe ich nie gesehen, und deshalb wusste ich auch nicht, ob es genauso aussah wie das, das Frenchie getragen hat. Ich hab gehofft, dass die Kundin eines Tages wiederkommt und Frenchie dabei ertappt, wie sie ihren

Schmuck trägt, aber sie ist nicht mehr gekommen. Wie dem auch sei, ich bezweifle jedenfalls nicht, dass Frenchie zu einer Erpressung imstande wäre.«

»Irgendwas hat sie gegen Grace in der Hand, ganz sicher«, pflichtete Tyler ihr bei. »Ich frage mich nur, was.«

»O Mann«, meinte Becky und blickte auf ihren Teller. »Ich habe mein Essen ja kaum angerührt. Und du auch nicht, Tyler.«

Dann sah sie auf meinen Teller. Kein Krümel weit und breit.

»Möchtest du meinen vegetarischen Hotdog aufessen, Jaine?«, fragte Becky und hielt mir ihren Käseberg hin.

In einem seltenen Anflug von Selbstbeherrschung brachte ich es fertig abzulehnen.

Dafür habe ich ihre Pommes gegessen.

»Jetzt sieh dir bloß meinen Anzug an! Er ist hinüber!«

Ich stand vor dem Spiegel in meinem Schlafzimmer und betrachtete das Ausmaß des Schadens an meinem Prada-Anzug. Zusätzlich zu den Weinflecken prangte jetzt auch noch ein sehr attraktiver Chili-Hotdog-Fettfleck auf dem Ellenbogen des Jackettärmels.

Prozac sah von meinem Kopfkissen auf, wo sie ein kleines Schläfchen gehalten hatte, und gähnte.

»Was mache ich denn jetzt?«, jammerte ich.

Mich füttern, natürlich, schien sie mir maunzend zu antworten. Das ist ihre Lieblingsantwort auf die schwierigsten Fragen im Leben, das und *Kraul mich*.

»Bist du eigentlich jemals *nicht* hungrig?«, fragte ich sie.

Sie warf mir einen Blick zu, der mir zweifelsohne sagen sollte: *Das musst gerade du fragen, Monster-Schenkel.*

Ich war eben auf dem Weg in die Küche, um ihr eine Kleinigkeit zu geben, als das Telefon klingelte. Es war Lance.

»Was soll das heißen – dein Anzug ist hinüber?«

Dank papierdünner Zwischenwände und der Tatsache, dass er mit einem Gehör ausgestattet ist, das Superman Konkurrenz machen könnte, bekommt Lance so ziemlich alles mit, was in meiner Wohnung vor sich geht.

»Was ist denn passiert?«, fragte er.

Ich erzählte es ihm.

»Ach, Jaine, du übertreibst doch wieder mal. So dramatisch ist es bestimmt gar nicht. Ich komme gleich rüber.«

Ein paar Sekunden später klopfte er an meine Wohnungstür.

»Großer Gott«, stieß er hervor, als er mich sah. »Das Ding ist ruiniert!«

»Das habe ich dir doch gesagt«, schmollte ich.

»Vielleicht bekommt eine Reinigung die Flecken raus.«

Einen Moment lang dachte ich darüber nach, den Anzug zu meinem ehemaligen Kunden, der Tip-Top-Reinigung, zu bringen, doch ich gönnte ihnen das Geschäft nicht. Ich war noch immer ein wenig eingeschnappt, weil sie mich fallengelassen und sich dieser Werbeagentur anvertraut hatten.

»Ich bringe ihn zu meiner Reinigung«, schlug Lance vor. »Die sind super. Einmal haben sie sogar Schmieröl aus meinem Bettlaken rausbekommen.«

»Wie in aller Welt hast du denn Schmieröl auf dein Laken gekriegt?«

»Das ist eine lange Geschichte, da geht es um einen alten Motorradfreund von mir.«

Verglichen mit Lance, führte ich das Leben einer Klosterschwester. Verdammt, verglichen mit den meisten Leuten, führte ich das Leben einer Klosterschwester. Aber um mein Liebesleben ging es jetzt nicht; alles, was mich augenblicklich interessierte, waren die 3000 Dollar, die ich den lieben Leuten von Barney's schuldete.

Lance wartete im Wohnzimmer, während ich den Prada-Anzug auszog und in meine Jogging-Klamotten schlüpfte.

»Bist du sicher, dass du mir das abnehmen möchtest?«, wollte ich wissen, als ich ihm den Anzug überreichte.

»Das ist das Mindeste, was ich tun kann. Vergiss nicht, ich war derjenige, der dich dazu überredet hat, ihn dir zu borgen.«

Glauben Sie mir, das hatte ich nicht vergessen.

»Jetzt mach doch nicht so ein Gesicht«, forderte er mich auf. »Die Reinigung kriegt die Flecken bestimmt raus. Na ja, ich bin mir nicht hundertprozentig sicher. Also, ziemlich sicher bin ich mir schon. Na ja, irgendwie ziemlich sicher. Vielleicht.«

Mit dieser hoffnungsfrohen Bemerkung machte er sich auf den Weg zurück in seine Wohnung, und ich ging in die Küche, um Prozac einen Snack zu kredenzen.

Ich hatte gerade ein paar Zarte Leckerlis mit Hühnchengeschmack in Prozacs Napf gegeben, als das Telefon klingelte. Diesmal war es Mrs. Petcher, die sich meldete, um mir das Neueste von Mr. Goldman zu berichten.

Zum Glück war er noch am Leben. Und zu meinem erneuten Glück hatte er nur einen leichten Herzinfarkt erlitten.

»Versuchen Sie, sich keine Sorgen zu machen«, sagte Mrs. Petcher. »Er wird wieder im Shalom-Altersheim sein, ehe wir's uns versehen, und uns seine bodenlosen Geschichten vorlesen.«

Ich legte auf und seufzte vor Erleichterung. Mr. Goldman war am Leben!

Ganze dreieinhalb Sekunden lang schaffte ich es, mich zu entspannen, bevor das schlechte Gewissens sich mit Macht zurückmeldete. Er lebte noch, na und? Er hatte einen Herzinfarkt gehabt, und das war meine Schuld! Wenn ich ihn nicht so angeschrien hätte, läge er jetzt nicht im Krankenhaus und würde nicht an Gott weiß wie vielen Schläuchen hängen.

Eines Tages würde ich das irgendwie wiedergutmachen. Aber in der Zwischenzeit musste ich eine Werbekampagne schreiben.

Frenchie hatte recht. Es dauerte wirklich nicht lange, einen schleimigen Anzeigentext über sie und ihr phantastisches Gespür für Mode zu verfassen. Nach wenigen Stunden hatte ich die verschiedenen Anzeigenvarianten aus dem Ärmel geschüttelt. Ich wäre sogar noch schneller fertig gewesen, wenn nicht der Chili-Käse-Hotdog in meinem Magen-Darm-Trakt verrückt gespielt hätte.

Nach dem Abendessen (drei Packungen Maaloxan und ein Glas Chardonnay) fiel ich mit einer Wärmflasche auf dem Bauch ins Bett. Prozac, die spürte, wie schlecht es mir ging, ließ sich neben mich plumpsen und forderte eine Streicheleinheit für ihren Bauch.

Irgendwann kühlte die Wärmflasche ab, und ich legte sie zur Seite. Erschöpft von meiner gestrigen Nachtschicht, fiel ich in tiefen Schlaf. Das Letzte, woran ich mich erinnere, bevor ich einschlief, war, dass Prozac sich zwischen

meinem Hals und meiner Schulter einrollte und ich ihr seidiges Fell unter meinem Kinn spürte.
Vielleicht war mein Leben als Klosterschwester doch nicht so übel.

Es war düster und nieselte, als ich am nächsten Morgen zu Passions fuhr, und das Wetter passte bestens zu meiner finsteren Stimmung. Der Wettermann im Radio sagte, dass es die ganze Nacht geregnet hatte.
Der kleinste Hauch von Feuchtigkeit in der Luft versetzt Autofahrer in Los Angeles in Panik. Und deshalb kroch der Verkehr, der um diese frühe Stunde eigentlich geschmeidig fließen sollte, langsam vor sich hin. Frustriert biss ich die Zähne zusammen. Ich konnte nur hoffen, dass Frenchie ebenfalls in diesem zähflüssigen Schlamassel steckte.
Doch als ich um kurz nach sieben Uhr auf den Parkplatz von Passions fuhr, sah ich bereits dort einen silbernen BMW stehen. Ich nahm an, dass er Frenchie gehörte, denn er hatte ein personalisiertes Nummernschild: HOTBABE 37. (Ist es nicht einfach unglaublich, dass 37 Frauen im Bundesstaat Kalifornien ernsthaft denken, HOTBABE sei eine tolle Idee für ihr Nummernschild?)
Der BMW stand direkt unter dem Jakarandabaum und war über und über mit nassen, lilafarbenen Blüten bedeckt. Angesichts dieser Masse an Blüten auf dem Kühler hatte ich den Eindruck, dass das Auto dort schon vor Stunden geparkt worden sein musste. Frenchie hatte keinen Scherz gemacht, als sie sagte, dass sie Frühaufsteherin sei.

Ich fischte meine Anzeigentexte vom Rücksitz meines Corolla. Hoffentlich würden sie Frenchie gefallen, und sie würde sich nicht davor drücken, mich zu bezahlen. Irgendetwas sagte mir, dass sie eine Weltklasse-Drückebergerin war.

Ich klopfte an die Hintertür, doch niemand öffnete. Also trottete ich nach vorn, weil ich annahm, dass Frenchie im Laden war. Als ich jedoch auf der Straße vor dem Schaufenster stand, war ich überrascht, zu sehen, dass das Geschäft noch dunkel war. Ich versuchte es an der Ladentür, aber auch dort tat sich nichts.

Was zum Teufel sollte das? Frenchie musste da drinnen sein. Schließlich hatte ich ihr Auto auf dem Parkplatz gesehen. Vielleicht war sie auf der Toilette. Oder sie telefonierte gerade mit ihrem Ehemann, um bei ihm ihre Frühstücksbestellung aufzugeben. Oder sie spielte irgendein krankes Spielchen mit mir, Marke Lass-die-Texterin-ruhig-warten. Das würde ich ihr allemal zutrauen.

Während ich sie flüsternd verfluchte, stiefelte ich erneut zur Hintertür. Diesmal klopfte ich mit dem Nachdruck eines Gerichtsvollziehers. Als sich immer noch nichts rührte, drehte ich versuchsweise den Türknauf. Zu meiner Erleichterung öffnete sich die Tür. Ich spähte hinein, doch Frenchie war nirgends zu sehen.

»Frenchie?«, rief ich.

Nichts. Wenn sie auf der Toilette war, dann war dies die längste Pinkelpause der Welt.

Ich ging nach vorn in den Laden. Irgendetwas an diesem Verkaufsraum, der in Dunkelheit gehüllt lag, gruselte mich. All die Klamotten, die auf den Kleiderbügeln hingen und bei Tageslicht so chic aussahen, wirkten im Dunkeln wie körperlose Gespenster. Ich war schon kurz davor, aufzugeben und zu meinem Wagen zurückzugehen, als mein Blick auf den Boden fiel und ich nach Luft schnappte. Da es im Laden so dunkel war, hatte ich sie zuerst nicht bemerkt. Aber dort auf dem Boden lag bäuchlings eine schattenhafte Gestalt, und etwas, das wie ein Messer aussah, steckte in ihrem Nacken.

Zuerst dachte ich, es sei eine Schaufensterpuppe. Mir fiel ein, dass Frenchie gesagt hatte, sie wolle im Zuge ihrer neuen Werbekampagne überall im Laden »Leichen« herumliegen lassen. Wenn das ihre Vorstellung von einem hochwertigen Werbekonzept war, dann hatte sie wirklich einen gewaltigen Sprung in der Schüssel.

Ich trat einen Schritt näher. Wie merkwürdig, stellte ich fest, die Puppe trug nur einen Schuh. Und dann begriff ich mit einem mulmigen Gefühl im Magen, dass das keine Schaufensterpuppe war, sondern ein Mensch. Es war Frenchie. Ich erkannte ihr weißblondes Haar und den winzigen Hintern. Und jetzt sah ich auch, dass die Klinge, die dort in ihrem Nacken steckte, kein Messer, sondern der Stilettabsatz eines Stöckelschuhs war.

»Frenchie?«, flüsterte ich leise und hoffte, dass dies alles nur ein weiteres abartiges Spielchen war, diesmal Marke Wir-erschrecken-die-Texterin-zu-Tode. Doch dieser Wunsch blieb mir verwehrt. Sie lag einfach nur da, steif wie ein Brett. Wie Leichen es in der Regel tun.

Ganz genau, sie war tot. Erstochen mit ihrem eigenen Jimmy-Choo-Imitat.

10. Kapitel

Es bestand nicht der geringste Zweifel. Frenchie war erledigt. Und zum zweiten Mal in weniger als 48 Stunden kreischte ich hysterisch auf und wählte den Notruf. Wenige Minuten später wimmelte es in der Boutique von Polizisten. Sie schoben mich in Grace' Büro, wo ich die folgende Stunde damit zubrachte, auf den leitenden Beamten der Mordkommission zu warten, der den Fall betreute. Während die Beamten hektisch ihre Aufgaben erledigten, drangen immer wieder Gesprächsfetzen an mein Ohr: *»In den Hals gerammt.« – »Hat die Carotis durchstochen.« – »Die Leichenstarre hat schon vor Stunden eingesetzt.« – »Hey, wer hat meinen Blaubeer-Muffin geklaut?«* Endlich kam der Detective hereingeschlendert – ein dickbäuchiger Mann mittleren Alters mit traurigen Augen, die an einen Bluthund erinnerten. Er sah ganz so aus, als habe er für den Rest seines Daseins genug Leichen gesehen, obwohl ich hätte wetten können, dass er noch nie eine gesehen hatte, die mit einem Stilettoabsatz erstochen worden war. Andererseits waren wir hier in Los Angeles, dem Land der Verrückten und der Heimat der Durchgeknallten. Der Himmel allein weiß, was dieser arme Mann in seinem Leben schon alles hatte mit ansehen müssen. Nein, erklärte ich dem Detective, ich sei keine Freundin der Toten, sondern freiberufliche Texterin, und ich sei heute vorbeigekommen, um ihr eine Anzeigenkampagne zu präsentieren. Ich versicherte ihm, dass ich keine Ahnung hatte, wer so etwas Schreckliches hätte tun können. Was nicht ganz stimmte. Mir fielen auf Anhieb drei Leute ein, die froh wären, Frenchie nicht mehr unter den Lebenden zu wissen: Tyler, dessen Roman sie vernichtet hatte. Grace, deren Laden sie sich mit unsauberen Mitteln angeeignet hatte. Und selbst die süße kleine Becky hatte gesagt, dass sie Frenchie am liebsten umbringen würde.

Sie alle hassten sie wie die Pest. Doch das musste noch lange nicht bedeuten, dass einer von ihnen sie tatsächlich auf dem Gewissen hatte. Und ich würde nicht mit dem Finger auf irgendjemanden zeigen. Nicht, nachdem alle so nett zu mir gewesen waren. Das musste die Polizei schon selbst herausfinden. Dafür wurden sie bezahlt.

Der Bluthund-Detective fragte mich, ob ich nach Hause gebracht werden wollte. Ich versicherte ihm, dass ich schon zurechtkäme.

»Sind Sie sicher?«, hakte er nach. »Sie sehen nicht so aus, als gehe es Ihnen gut.«

»Ich erhole mich schon wieder.«

Als ich aufstand, nahm er ein Bustier von einem Ständer hinter Grace' Schreibtisch, das nur einer Barbie-Puppe gepasst hätte.

»Gibt es wirklich Leute, die so etwas tragen?«, fragte er.

»Nicht in meiner Welt.«

Ich ging zur Hintertür hinaus auf den Parkplatz. Mittlerweile hatte es aufgehört zu regnen, und die Sonne schien. Ich schaute auf meine Uhr. Es war erst neun Uhr morgens, und ich hatte bereits eine Leiche entdeckt und einen Auf-

trag verloren. Was für ein schrecklicher Auftakt für einen Tag.
Und es schmerzt mich, zugeben zu müssen, dass sich die Dinge nicht zum Besseren entwickeln sollten.

Als ich nach Hause kam, blinkte mein Anrufbeantworter. Ich drückte den Abhörknopf, und Mr. Goldmans Stimme drang kratzend aus dem Gerät.

Jaine? Sind Sie da? Bäh, ich hasse diese verdammten Dinger. Hören Sie, Schätzchen. Mrs. Petcher hat mir erzählt, dass Sie sich Sorgen um mich machen und glauben, Sie wären an meinen Herzinfarkt schuld. Jetzt machen Sie mal halblang. Nur weil Sie mich angeschrien haben und ich zufällig gleich danach zusammengebrochen bin, muss das noch lange nicht heißen, dass das zusammenhängt. Wie dem auch sei, der Arzt hat gesagt, ich darf Besuch kriegen, also kommen Sie doch einfach mal vorbei. Jetzt lege ich lieber auf. Ich fühle mich ein bisschen schwach.

Ich ließ mich auf mein Sofa fallen und seufzte. Das Letzte, was ich wollte, war, Mr. Goldman einen Besuch abzustatten. Schon gar nicht nach dem, was ich gerade erlebt hatte. Nein, eine Leiche und Mr. Goldman am selben Tag waren einfach zu viel für mich.
Für ein Glas Chardonnay hätte ich jetzt töten können, aber es war erst halb zehn. Irgendwie kam es mir nicht richtig vor, sich ein Glas Wein einzuschenken, solange im Fernsehen noch das Morgenmagazin lief.
Plötzlich begriff ich, dass dies kein guter Zeitpunkt war, um allein zu sein. Ich brauchte unbedingt Gesellschaft,

die mir half, den grausigen Fund zu vergessen. Ich klopfte bei Lance, doch er war nicht zu Hause. Dann versuchte ich, Kandi bei der Arbeit anzurufen, aber sie war gerade bei einem Vorsprechen.

Ich erwog, meine Eltern anzurufen, wollte sie jedoch nicht ängstigen. Ich wusste, dass sie einen Anfall bekommen und darauf bestehen würden, dass ich eine Weile zu ihnen käme, oder – schlimmer noch – dass sie für eine Weile zu mir kämen. Ich war zwar verzweifelt, aber so verzweifelt war ich dann doch nicht.

Ich musste mir etwas Ablenkung verschaffen. Ich würde einfach ein Rundschreiben entwerfen, um neue Aufträge an Land zu ziehen. Schließlich musste ich dringend Geld verdienen, schon weil ich diesen verdammten Prada-Anzug bezahlen musste. Ich würde eine Anzeige texten, die meine Schreibkünste anpries, und das Ganze dann an potenzielle Kunden versenden.

Also schaltete ich meinen Computer ein und machte mich an die Arbeit. Ich schaffte es gerade einmal bis …

Mögliche Ideen für ein Rundschreiben

…, bevor ich wieder an diese schreckliche Szene bei Passions denken musste. Sosehr ich es auch versuchte, ich wurde den Anblick von Frenchie und dem Schuhabsatz in ihrem Nacken einfach nicht los.

Als ich eine Dreiviertelstunde später noch keine einzige Idee niedergeschrieben hatte, gab ich mein Vorhaben auf und versuchte fernzusehen. Ich nahm Prozac auf den Arm, um wenigstens etwas Gesellschaft zu haben, aber das kleine Schätzchen spürte sofort, wie gestresst ich war, zappelte

sich frei und spazierte in die Küche, um am Mülleimer zu schnüffeln.
Ich weiß nicht, wie lange ich dasaß und mit regungslosem Gesicht die unfassbar gut aussehenden Stars der Seifenoper anstarrte, ohne auch nur ein Wort dessen zu hören, was sie sagten. Schließlich gab ich es auf. Es war einfach lächerlich. Wenn ich noch eine Minute länger in meiner Wohnung bleiben musste, würde ich durchdrehen. Ich schnappte mir die Autoschlüssel und ging zur Tür hinaus. Solange ich so unter Stress stand, konnte ich mich genauso gut von Mr. Goldman stressen lassen.

Einen Patienten im Cedars-Sinai-Krankenhaus aufzuspüren ist in etwa so, als versuchte man, eine dicke Frau im Kabelfernsehen zu finden.
Eine ältere Schwesternhelferin an der Information wies mich an, mit dem Aufzug in den vierten Stock zu fahren und der blauen Linie auf dem Linoleumboden zu folgen, bis ich zum Schwesternzimmer käme; von da an sollte ich der roten Linie folgen, dann einer grünen und schließlich wieder einer blauen. Ich begab mich auf die Wanderschaft und fühlte mich ein wenig wie Sir Edmund Hillary, nachdem er beschlossen hatte, mal eben den Mount Everest zu besteigen.
Etliche rote, blaue und grüne Linien später gelangte ich endlich zu Mr. Goldmans Zimmer. Die Tür stand halb offen, und ich lugte hinein.
Mr. Goldman lag in seinem Bett, eine Infusion an der Hand, und sah sich gerade eine Kochsendung auf einem Fernseher an, der hoch oben an der Wand befestigt war. Als ich klopfte, blickte er auf.

»Schätzchen!«, sagte er und winkte mich mit seiner Fernbedienung zu sich. »Kommen Sie rein. Ich habe mir gerade Emeril angeschaut, diesen Chefkoch. Er bereitet frittierte Muscheln zu. Bäh! Der Mann nimmt viel zu viel Gewürz. Das reicht jetzt!«, rief er zum Fernseher hinauf und schaltete ihn angewidert ab.
»Schön, Sie zu sehen, Schätzchen«, wandte er sich lächelnd an mich.
»Ich habe Ihnen ein paar Blumen mitgebracht.«
Ich hielt ihm einen Strauß Rosen entgegen, den ich auf dem Weg zum Krankenhaus besorgt hatte.
»Das ist aber nett von Ihnen. Leider bin ich dagegen allergisch«, antwortete er und nieste.
Na toll. Zuerst bekam er meinetwegen einen Herzinfarkt, und jetzt löste ich bei ihm auch noch einen allergischen Schock aus. Ich sauste nach draußen zum Schwesternzimmer und überreichte meinen Strauß einer dünnlippigen Krankenschwester, die missbilligend den Kopf schüttelte.
»Sie sollten niemals Rosen zu einem Krankenbesuch mitbringen«, schimpfte sie. »So viele Menschen sind allergisch dagegen.«
Ganz offensichtlich hatte diese Frau an dem Tag die Schwesternschule geschwänzt, an dem die Lektion »Wie verhalte ich mich freundlich« dran gewesen war.
Am liebsten hätte ich ihr die Blumen wieder abgenommen und sie stattdessen jemandem geschenkt, der daran seine Freude hatte, doch das war es nicht wert. Stattdessen sauste ich zurück zu Mr. Goldman. Im grellen Tageslicht konnte ich jede Falte und jeden Altersfleck in seinem Gesicht sehen. Diese Altersflecke hatten etwas Trau-

riges, so verletzlich; schon bei ihrem Anblick hatte ich ein noch schlechteres Gewissen als vorher.

»Also«, fragte ich, »wie geht es Ihnen?«

»Ich werd's überleben«, meinte er und zuckte mit seinen schmalen Schultern. Er wirkte so viel kleiner als sonst in meinem Kurs.

»Ach, Mr. Goldman. Ich bin wirklich untröstlich, dass das passiert ist.«

»Seien Sie doch nicht albern. Wie ich Ihnen schon gesagt habe, nur weil Sie mich angeschrien haben und ich einen Herzinfarkt gehabt habe, heißt das noch lange nicht, dass Sie daran schuld sind.«

»Wenn es irgendetwas gibt, womit ich das wiedergutmachen kann, dann sagen Sie es mir bitte einfach.«

»Um ehrlich zu sein«, antwortete er, »da gäbe es etwas.«

»Was denn?«, wollte ich wissen. »Was kann ich für Sie tun?«

Er lächelte mich zögerlich an.

»Na ja, wissen Sie, ich habe Mr. Perez erzählt, Sie wären meine Freundin.«

»Mr. Perez?«

»Der Kerl im Nachbarbett.« Er deutete auf das Bett nebenan. Ich konnte sehen, dass dort jemand gelegen haben musste, weil die Bettwäsche zerknittert war und das Kopfkissen eine Delle hatte. Doch jetzt war das Bett leer.

»Er ist auf der Toilette«, erklärte Mr. Goldman.

»Warum haben Sie ihm denn erzählt, ich wäre Ihre Freundin?«

»Ich weiß, ich hätte das nicht tun sollen, aber er hat die ganze Zeit mit seiner jungen Freundin angegeben und damit, was für eine heiße Nummer sie sei, und er hat getan wie Romeo persönlich. Und da ist es mir ganz plötzlich herausgefahren. Ich habe gesagt, ich hätte auch eine Freundin. Und weil Sie das einzige junge Ding sind, das ich kenne, habe ich ihm gesagt, Sie seien diejenige, welche. Würde es Ihnen sehr viel ausmachen, so zu tun, als wären Sie meine Verlobte?«

Sie sind wahnsinnig?, hätte ich am liebsten geschrien. *Natürlich würde es mir etwas ausmachen!*

Aber dann blickte ich auf diese mitleiderregenden Altersflecke, und ehe ich wusste, was ich tat, antwortete ich: »Klar. Das macht mir überhaupt nichts aus.«

In diesem Augenblick wurde im anliegenden Badezimmer die Toilettenspülung betätigt.

»Ach, und übrigens«, fügte Mr. Goldman hinzu, »ich habe ihm erzählt, dass wir beide uns Spitznamen gegeben haben. Sie sind mein Schmusehase, und ich bin Ihr Teddybär.«

Kann mir mal jemand ganz schnell eine Kotztüte geben?

Die Badezimmertür öffnete sich, und heraus tippelte ein Mann von der Größe eines der sieben Zwerge. *Das* war der Krankenhaus-Romeo?

»He, Perez«, sagte Mr. Goldman und hielt meine Hand. »Das ist meine Freundin, von der ich Ihnen erzählt habe.«

»Wie geht's denn so?«, fragte Mr. Perez mit einem Zwinkern. »Goldman, da haben Sie ja wirklich nicht zu viel versprochen, als Sie gesagt haben, dass sie eine echt heiße Braut ist.«

»Und ob«, grinste Mr. Goldman. »Stimmt doch, Schmusehase?«

Wo zum Teufel war meine Kotztüte?

»Ich mag's ja, wenn Frauen ein bisschen Fleisch auf den Hüften haben«, stellte Mr. Perez fest, während er mich vom Kopf bis zu den Füßen musterte.

»Ich für mein Teil bevorzuge es eher, wenn meine Kerle gehfähig und noch keine Pflegefälle sind«, hätte ich am liebsten erwidert. Doch es wird Sie freuen zu hören, dass ich mich zusammenriss und stattdessen ein falsches Lächeln aufsetzte.

Die nächsten fünfzehn Minuten verbrachten wir mit angespanntem Smalltalk, und Mr. Perez setzte mich über alle Details seiner Bruchoperation in Kenntnis. (Er hatte einen Leistenbruch von der Größe einer Weintraube, falls Sie das interessieren sollte.) Währenddessen hielt Mr. Goldman meine Hand eisern umklammert und ließ keine Sekunde los, während er die Unterhaltung mit einer Fülle von Schmusehase-hier und Schmusehase-da ausschmückte.

Just als ich dachte, mein Gesicht würde vor lauter Lächeln gleich zerspringen, kam eine winzige Dame an einem Krückstock ins Zimmer gewackelt. Sie trug ihr gebleichtes, blondes Haar zu einem hohen Dutt aufgetürmt, und die Masse an Make-up, die sie aufgelegt hatte, hätte problemlos gereicht, um erst Elizabeth Taylor und dann Ivana Trump damit zu schminken. Doch kein Make-up der Welt konnte die Tatsache verbergen, dass sie die Achtzig überschritten hatte.

»Hi, Ramón!«, sagte sie und küsste ihn zur Begrüßung auf die Wange. »Wie geht es meinem Alten heute?«

Wie sich herausstellte, war dies Mr. Perez' heiße, »junge« Freundin. Wenigstens hatte Mr. Goldman in seinem Bettnachbarn endlich einen ebenbürtigen Gegner in Sachen lebhafte Phantasie getroffen.

Sie mochte vielleicht nicht jung sein, doch diese alte Dame war ganz gewiss eine heiße Braut. Erstaunt sah ich ihr zu, wie sie sich auf Mr. Perez' Bett fallen ließ und beide begannen, heftig miteinander zu knutschen. Pfui Teufel! Gleich würden sie anfangen rumzufummeln. Ich musste hier raus, bevor Mr. Goldman auf dumme Gedanken kam.

»War nett, Sie kennenzulernen«, sagte ich, »aber ich muss mich jetzt leider auf den Weg machen.«

»Jetzt schon?«, fragte Mr. Goldman.

»Ja, Teddybär. Ich habe einen Zahnarzttermin. Wurzelbehandlung. Ich kann auf keinen Fall absagen.«

Ich ging zur Tür.

»Moment noch«, sagte Mr. Goldman. »Möchtest du deinem Teddybär denn keinen Abschiedskuss geben?«

Ich biss die Zähne zusammen und ging zurück zu ihm. Dann beugte ich mich hinab und gab ihm einen keuschen Wangenkuss.

»Ist das alles?«, fragte er.

»Ja, das ist alles«, erwiderte ich unnachgiebig. »Wir wollen doch nicht, dass du dich aufregst und noch einen Herzanfall bekommst, oder?«

Und dann machte ich mich eilig davon. So schnell, wie mich meine fleischigen Hüften eben tragen konnten.

11. Kapitel

Sobald ich wieder zu Hause war, nahm ich den kürzesten Weg in die Badewanne, wobei ich mir im Gehen die Kleider vom Leib riss. Nach allem, was mir heute widerfahren war, hatte ich ein schönes, langes Schaumbad bitter nötig. Es geht eben nichts über eine heiße Wanne, um Leichen oder schlüpfrige alte Kerle zu vergessen.

Ich hatte gerade das Wasser aufgedreht, mein Lieblingsbadeöl mit Erdbeerduft hineingegeben und sah nun zu, wie das Wasser sanfte Blasen warf, als mein Telefon klingelte. Unvorsichtigerweise ging ich ran. Es war Kandi.

»Ich hole dich um sieben Uhr ab«, kündigte sie an.

»Wozu?«

»Jetzt sag bitte nicht, dass du es vergessen hast. Heute Abend gehen wir doch zum Speed Dating.«

»Entschuldige, Kandi, aber ich kann auf keinen Fall mitgehen.«

»Warum denn nicht?«

»Irgendwie hatte ich einen ziemlich schlechten Tag.«

»Da bist du nicht die Einzige, Süße. Es war heute die reinste Hölle im Studio. Der Kollege, der bislang Fred den Floh gespielt hat, ist wegen sittenwidriger Entblößung in der Öffentlichkeit angezeigt worden, und wir haben den gesamten Tag damit zugebracht, neue Flöhe vorsprechen zu lassen.«

»Ich fürchte, mein schlechter Tag übertrifft deinen schlechten Tag noch.«
Ich berichtete ihr, wie ich Frenchies Leiche entdeckt hatte.
»Wow«, meinte sie. »Tod durch Designer-Stöckel.«
»Eigentlich sagt Lance, dass es Imitate waren. Aber die Sache ist die, Kandi, bin ich echt ziemlich am Ende.«
»Du armes Ding«, antwortete sie. »Aber umso besser wäre es für dich, wenn du heute Abend ausgehen würdest. Du brauchst Ablenkung.«
»Wahrscheinlich hast du recht«, gab ich zu. Der Gedanke, den ganzen Abend zu Hause zu bleiben und an Frenchie denken zu müssen, war mir nicht wirklich geheuer.
»Na gut«, lenkte ich ein. »Dann komme ich eben mit.«
»Prima. Was hast du an?«
»Im Augenblick gar nichts. Aber mach dir keine Sorgen. Ich suche mir ein passendes Outfit für die Männerjagd aus.«
Und so kam es, dass ich mich nach einem echten Marathonbad in Schale warf, sprich, in meinen Ann-Taylor-Blazer, Jeans und mein bestes weißes T-Shirt. Dann rundete ich meinen Look noch mit langen Silberohrringen ab, die mir meine Mutter über den Einkaufskanal hatte zukommen lassen.
»Du siehst gar nicht so schlecht aus«, stellte Kandi fest, als sie mich abholte.
»Halt, hör auf. Du überhäufst mich ja geradezu mit Komplimenten.«
»Nein, ganz im Ernst. Das ist irgendwie der coole Schriftsteller-Look. Passt gut zu dir.«
»Ich bin ja so froh, dass du mit meinem Aufzug einverstanden bist.«

Sie überging meine sarkastische Bemerkung, legte den Gang ein und fuhr los, zu der Filiale von Starbucks, wo unser Speed Dating stattfinden sollte. Wie immer war Kandi makellos gekleidet. An diesem Abend trug sie eine Designerhose und einen Kaschmirpullover. Bestimmt waren die Kniestrümpfe, die sie darunter trug, allein schon teurer als alles, was ich anhatte.

»Und jetzt erzähl von dieser Toten, die du entdeckt hast«, sagte sie. »Ich kann's nicht fassen, dass du schon wieder eine Leiche gefunden hast.«

»Frag mich mal. Ich erhole mich noch immer von der vom letzten Jahr.«

Das stimmt. Letztes Jahr hatte ich eine Leiche in einer Badewanne gefunden (in meinem Roman *Blond wie der Tod*, den es als Taschenbuch beim Buchhändler Ihres Vertrauens gibt, können Sie die ganze Geschichte nachlesen).

»Was glaubst du, wer könnte es getan haben?«, fragte Kandi.

»Dafür käme so ziemlich jeder in Frage, der sie kannte. Frenchie war nicht gerade beliebt.«

»Ganz ehrlich, Jaine, langsam wird es echt unheimlich, wie du immer wieder über Leichen stolperst.«

»Ich weiß. Ich überlege schon die ganze Zeit, ob ich in meinem früheren Leben vielleicht Bestatterin war.«

»Versprich mir bitte, dass du dich diesmal nicht da reinziehen lässt.«

»Keine Sorge. Ich könnte es mir gar nicht leisten, Zeit mit der Suche nach einem Mörder zu verschwenden. Ich muss unbedingt einen neuen Auftrag an Land ziehen, bevor mein Konto in den einstelligen Bereich rutscht.«

Kandi sah mich besorgt an. »Brauchst du Geld, Süße? Wie viel?«

Das ist es, was ich an Kandi so liebe: ihre Großzügigkeit. Sie bietet mir andauernd an, mir aus meinen finanziellen Nöten zu helfen. Doch sosehr es mich auch verlockt, ich habe es bislang noch nie übers Herz gebracht, ihr Angebot anzunehmen. Das ist wohl eine Frage des Stolzes.

»Danke für das Angebot, Liebes. Aber ich komme schon klar.«

»Bist du sicher?«, hakte sie nach. »Es wäre mir eine Freude, dir zu helfen.«

»Ich weiß. Darum bist du auch so ein besonderer Mensch.«

»Ach, Süße«, antwortete sie und drückte meine Hand. »Du weißt doch, wie gern ich dich habe. Du bist einfach … der größte Vollidiot, dem ich in meinem gesamten Leben je begegnet bin!«

»Wie bitte?«

»Ich meine nicht dich, Schätzchen.« Und damit steckte sie ihren Kopf zum Fenster heraus und brüllte den Fahrer vor uns an. »Wenn Sie noch langsamer fahren würden, würde es rückwärts gehen!«

Mit der risikofreudigen Unbekümmertheit eines Stunt-Fahrers preschte sie hinter der lahmen Ente hervor und fädelte ihren Sportwagen durch den Verkehr, bis wir endlich quietschend auf dem Parkplatz von Starbucks hielten.

Nachdem ich es geschafft hatte, meine verkrampften Hände vom Türgriff der Beifahrerseite zu lösen, überprüfte ich meine Frisur im Spiegel. Gar nicht so übel. Lockig, aber nicht so, als hätte ich den Finger in die Steckdose gesteckt.

»Und vergiss nicht«, befahl Kandi, während sie noch etwas Wimperntusche auf ihre ohnehin schon langen Wimpern auftrug, »ich möchte heute Abend ein Lächeln auf deinen Lippen sehen. Sei offen und empfänglich. Und setz dich gerade hin. Herumlümmeln ist verboten.«

»Dafür, dass du ein so besonderer Mensch bist, kannst du manchmal eine ganz schöne Nervensäge sein.«

»Dafür sind die besten Freundinnen doch da.«

Dann schnappte sie sich meinen Arm und betrat mit mir das Starbucks und die wundervolle Welt des Speed Dating.

Für diejenigen unter Ihnen, die so schlau waren, Speed Dating niemals auszuprobieren: Es erinnert an die »Reise nach Jerusalem«. Man sitzt auf einem Stuhl und unterhält sich drei Minuten lang mit einem Mann. Nach Ablauf dieser drei Minuten ertönt eine Pfeife, und der Typ steht auf und geht zu seinem nächsten Opfer – ich meine, zur nächsten Frau. Der einzige Unterschied liegt darin, dass bei der »Reise nach Jerusalem« immer einer keinen freien Stuhl mehr findet und ausscheidet. Beim Speed Dating hingegen ist einem ein derartiges Glück nicht beschieden. Wenn die Runde erst einmal begonnen hat, ist man bis zum blutigen Ende an seinen Stuhl gefesselt.

Die nächste Stunde verbrachte ich also bei Starbucks, nippte an einem Milchkaffee von der Größe eines Ruderbootes und beantwortete Fragen wie *Wie würdest du dein inneres Selbst beschreiben?* (Soll heißen: *Wie siehst du nackt aus?*), *Bist du ein spontaner Mensch?* (Soll heißen: *Würdest du schon beim ersten Date mit mir schlafen?*), und *Was für Hobbys hast du?* (Erhoffte Antwort: *Fußball und Oralsex.*)

Ich kam mir vor wie in einer schlechten Folge von einer dieser Kuppelsendungen im Fernsehen. Ich kann mich wirklich nicht an alle Männer erinnern, denen ich an diesem Abend begegnet bin. Und das, obwohl ich mir ernsthaft Mühe gebe, das können Sie mir glauben.
Da war dieser Apotheker mit dem Nasenhaar-Problem und ein Kerl, der ohne Punkt und Komma von seinem Boot laberte. Dann gab es da einen Versicherungsvertreter, der, nachdem er offenkundig beschlossen hatte, dass ich ihn nicht interessierte, die Gangart wechselte und versuchte, mir eine Lebensversicherung zu verkaufen. Ein paar Minuten lang sprach ich mit dem Filialführer einer bekannten Donut-Kette, der mir einen Gratisgutschein für einen Marmeladen-Donut schenkte. (Hätte er nicht so einen schrecklichen Mundgeruch und so viele bunte Donut-Krümel im Bart kleben gehabt, hätte ich glatt erwogen, mit ihm auszugehen.)
Doch der absolute Höhepunkt dieses Abends war der arbeitslose Schauspieler, der die gesamten drei Minuten damit verbrachte, am Handy zu hängen und mit seinem Agenten zu telefonieren.
Endlich ertönte der letzte Pfiff. Wir bekamen einen Fragebogen und wurden gebeten, hinter die Personen ein kleines Kreuzchen zu machen, die wir gern wiedersehen würden. Traurig, aber wahr: Ich konnte nicht ein winziges Kreuzchen machen.
Nachdem ich einen dringend nötigen Boxenstopp auf der Toilette eingelegt hatte (das passiert, wenn man einen Milchkaffee von der Größe eines kleinen Ruderbootes trinkt), schnappte ich mir Kandi, und wir gingen hinaus auf den Parkplatz.

»Also, wen hast du angekreuzt?«, fragte mich Kandi, als wir wieder im Auto saßen.
»Niemanden«, gab ich zu.
Innerlich ging ich in Deckung und wartete darauf, dass Kandi mir ordentlich den Marsch blies. Doch zu meiner Überraschung reagierte sie erstaunlich verständnisvoll.
»Das kann ich gut verstehen. Was für eine Bande kompletter Volltrottel. Außer Anton natürlich.«
»Anton? Ich kann mich an keinen Typen mit diesem Namen erinnern.«
»Er gehörte auch nicht zu den Männern, die sich uns vorgestellt haben. Anton ist der Typ an der Espressomaschine. Er hat mich gefragt, ob ich mit ihm ausgehen möchte.«
»Du hast eine Verabredung mit einem Kellner von Starbucks?«
Das überraschte mich. Schließlich war Kandi eine Frau, die einen Haufen Geld damit verdiente, Dialoge für eine Zeichentrick-Kakerlake zu schreiben. Ich konnte mir nicht so recht vorstellen, dass sie sich mit einem Mann traf, der seinen Lebensunterhalt damit bestritt, Milch für Cappuccinos aufzuschäumen.
»Aber das ist doch gar nicht sein richtiger Beruf«, erklärte Kandi, und ihre Augen leuchteten vor Begeisterung. »Anton ist Performance-Künstler. Er arbeitet nur so lange bei Starbucks, bis er entdeckt wird.«
(Wie kommt es bloß, dass 98 Prozent aller Menschen in Los Angeles darauf warten, entdeckt zu werden? Übt denn niemand in dieser Stadt einen Beruf aus, der ihm wirklich Spaß macht?)
»Ich wollte schon immer mal ein Rendezvous mit einem

Performance-Künstler haben«, sagte sie träumerisch. »Die sind so wagemutig und phantasievoll. Und sie haben keine Angst davor, künstlerische Risiken einzugehen.«

Mittlerweile war Kandi im Geiste bereits dabei, die Blumen für ihre Hochzeit zu bestellen. So ist sie eben. Sie begegnet einem Mann und ist auf der Stelle überzeugt, dass er der Prinz auf dem weißen Ross ist. Ganz im Gegensatz zu meiner Wenigkeit, die weiß, dass hinter jedem Prinz auf dem weißen Ross nur ein muffliger Stallbursche auf einem alten Klepper lauert.

Den Rest des Heimwegs verbrachte Kandi damit, von Anton zu schwärmen. Dann setzte sie mich zu Hause ab und schwebte auf einer Wolke unrealistischer Erwartungen davon.

Ich war dankbar, dass dieser schreckliche Tag endlich ein Ende hatte, und sperrte die Wohnungstür auf. Dann aß ich noch einen Apfel und ließ mich ins Bett fallen.

Also gut, ich ließ mich nicht sofort ins Bett fallen. Stattdessen setzte ich mich ins Auto und fuhr zum nächsten Donut-Shop. Ich konnte doch unmöglich meinen Gutschein verfallen lassen, oder?

12. Kapitel

Als ich wieder nach Hause kam, hatte ich das merkwürdige Gefühl, dass irgendetwas nicht stimmte. Ich redete mir ein, dass ich mich einfach nur anstellte. Es lag sicher nur an dem ganzen Stress heute, der mich jetzt nicht loslassen wollte.

Ich ging in die Küche, um mir ein heißersehntes Glas Chardonnay einzuschenken. Als ich nach der Weinflasche griff, blickte ich auf und bemerkte, dass das Küchenfenster offen stand. Mir brach der kalte Schweiß aus. Das Küchenfenster ließ ich doch niemals offen. Jemand musste eingebrochen sein. Ich raste hinüber ins Wohnzimmer und rief nach Prozac, doch sie war nirgends zu sehen.

Mit klopfendem Herzen betrat ich das Schlafzimmer. Aber auch dort war sie nicht. Gerade wollte ich wieder ins Wohnzimmer zurückgehen, als ich einen kurzen Blick in den Spiegel über meiner Frisierkommode warf und sah, dass sich jemand im Schatten meines Kleiderschranks versteckte. Bevor ich mich beherrschen konnte, quietschte ich vor Schreck auf, woraufhin ein Mann, der eine Skimaske über dem Gesicht trug, ins Zimmer getaumelt kam.

O Gott! Das musste Frenchies Mörder sein. Ich war mir ganz sicher. Wahrscheinlich hatte ich irgendetwas Belastendes am Tatort gesehen, irgendein Detail, das mir noch gar nicht aufgefallen, etwas, das mir vielleicht später wieder einfallen und das ich dann der Polizei verraten könnte. Und deswegen war der Mörder, der kein Risiko eingehen wollte, hier, um sicherzugehen, dass ich den Mund hielt. Und zwar für immer.

Ich rannte aus der Wohnung und hinunter zum Olympic Boulevard, mein Peiniger mit der Skimaske mir dicht auf den Fersen. Mittlerweile schrie ich laut um Hilfe, doch keiner der Leute in den vorbeiflitzenden Autos hielt an, um mich zu retten. Was war bloß los mit denen? Konnten sie denn nicht sehen, dass ich in Schwierigkeiten steckte?

Ich blickte nach vorn und sah, dass ich auf das Crazy Eel zulief, ein sehr beliebtes Sushi-Restaurant. Dahinter gab es einen bewachten Parkplatz, und die Parkwächter würden mir bestimmt helfen. Ich rannte die Straße hinunter auf den Parkplatz zu. Doch als ich dort ankam, war er vollkommen leer. Keine Parkwächter. Keine Autos. Das Einzige, was ich zu meinem größten Entsetzen erblickte, war ein Sarg. Auf dem Behinderten-Parkplatz.

Ich wirbelte herum, und mein Verfolger mit der Skimaske war jetzt direkt hinter mir. In seiner Hand hielt er einen Jimmy-Choo-Schuh, dessen langer, tödlicher Stöckelabsatz im Mondlicht glitzerte wie ein Dolch. Ich versuchte wegzurennen, war jedoch vor Angst wie gelähmt. Mein Verfolger lachte, ein schriller, durchdringender Laut; dann griff er nach der Skimaske und zog sie sich vom Gesicht.

Bei dem Anblick rang ich nach Luft. Das Gesicht unter

der Skimaske war überhaupt kein Gesicht – es war ein Marmeladen-Donut! Und an den Seiten lief Himbeermarmelade heraus. Die Kreatur lachte erneut, dieses schrecklich durchdringende Lachen, das sich jetzt genauso anhörte wie das Klingeln eines Telefons.

Und tatsächlich war es ein klingelndes Telefon. Mein Telefon. Benommen erwachte ich und begriff, dass ich außer Gefahr war, zu Hause in meinem Bett, und dass Prozac zusammengerollt auf meiner Brust lag. Gott sei Dank, es war nur ein Alptraum gewesen, zweifellos eine Reaktion auf Frenchies gewaltsamen Tod und die zwei Marmeladen-Donuts, die ich um Mitternacht hinuntergeschlungen hatte.

(Also gut, drei Marmeladen-Donuts.)

Ich griff zum Telefon und nahm den Hörer ab.

»Hast du's schon gehört?«, hörte ich Lance' Stimme. »Diese zickige Verkäuferin vom Passions ist vorgestern Nacht umgebracht worden.«

»Ja, ich weiß. Ich habe ihre Leiche gefunden.«

»Großer Gott! Ich möchte alles ganz genau wissen! Moment, bleib kurz dran. Auf meiner anderen Leitung klingelt es.«

Während ich abwartete, bis Lance das andere Gespräch beendet hatte, zuckte ich beim Anblick der leeren Donut-Schachtel zusammen, die nur wenige Zentimeter vor meinem Bett lag. Es lagen nur noch ein paar Krümel darin. Und ich schäme mich, zugeben zu müssen, dass ich sie aufaß.

»Das war Becky«, erklärte Lance, als er mich aus der Warteschleife zurückholte. »Die Polizei glaubt, dass sie Frenchie ermordet hat.«

»Das ist doch verrückt«, antwortete ich und überlegte, dass es vielleicht doch nicht so verrückt war. Hatte Becky nicht erst gestern gesagt, sie würde Frenchie am liebsten umbringen?
»Ich hab ihr von den beiden Mordfällen erzählt, die du gelöst hast«, fuhr Lance fort, »und sie möchte, dass du ihr hilfst.«
Just in diesem Moment hörte ich, dass jemand auf der anderen Leitung bei mir anklopfte.
»Lance, da versucht mich jemand zu erreichen.«
»Geh lieber ran. Das ist wahrscheinlich Becky.«
Und so war es.
»O Jaine«, jammerte sie. »Die Cops glauben, dass ich Frenchie umgebracht habe. Sie sind gestern gekommen, um mich zu verhören, und ich weiß einfach, dass sie glauben, ich war's. Jedenfalls habe ich gehofft, du könntest den Mörder finden. Lance hat erzählt, dass du ein paar Morde aufgeklärt hast.«
»Das stimmt«, antwortete ich nicht ohne Stolz.
»Toll. Weil, ich kann mir keinen richtigen Detektiv leisten. Die sind so teuer.«
Sie konnte sich keinen *richtigen* Detektiv leisten? Und was war ich dann bitte? Ein Gummibärchen?
»Aber ich würde dir auf jeden Fall etwas zahlen«, fuhr sie fort, als sie mein Zögern bemerkte. »Sagen wir, zweihundert Dollar pro Woche?«
Das entsprach kaum dem gesetzlichen Mindestlohn, doch es war besser als die Nullsumme, die ich augenblicklich verdiente.
»Ich bin gleich bei dir.«
Ich warf mir ein paar Klamotten über, servierte Prozac

ihre allmorgendlichen Makreleninnereien zum Frühstück und verließ die Wohnung, wobei ich fast über die *L.A. Times* gestolpert wäre, die auf meiner Türschwelle lag.

Der Mord an Frenchie machte Schlagzeilen: *Frau in Modeboutique in La Brea getötet*. Dem Artikel zufolge hatte die Polizei niemanden verhaftet, doch es gab einen Verdächtigen, den sie unter die Lupe nehmen wollten. Ich überflog den Artikel, ob mein Name irgendwo genannt war, doch da stand nur, dass eine nicht namentlich genannte Frau die Leiche entdeckt hatte. Gut. Das Letzte, was ich gebrauchen konnte, war, dass meine Eltern von meiner Verwicklung in den Mordfall Wind bekamen.

Ich machte mich gerade auf den Weg zu meinem Corolla, als Lance aus seiner Wohnung gestürzt kam.

»Also, hast du den Fall übernommen?«, wollte er wissen.

»Ja. Und ich bin gerade unterwegs zu Becky.«

»Warte! Bevor du fährst, musst du mir unbedingt noch erzählen, wie du die Leiche entdeckt hast. Und lass ja kein einziges grauenvolles Detail aus! Stimmt es, was in der Zeitung steht, dass sie mit einem Schuh getötet wurde?«

Ich nickte. »Mit einem von ihren gefälschten Jimmy-Choos.«

»Wow.« Er stieß einen leisen Pfiff aus. »So viel zum Thema Schuhe, für die man morden würde.«

Ich erzählte ihm von den grauenhaften Einzelheiten des Leichenfunds und stieg dann in meinen Wagen, um zu Becky zu fahren.

Am liebsten hätte ich unterwegs kurz angehalten, um

einen McMuffin mit Spiegelei zu frühstücken. Doch das wollte ich mir auf keinen Fall erlauben. Nicht nach dem Marmeladen-Donut-Fiasko von letzter Nacht. Stattdessen bestand mein herzhaftes Frühstück aus drei Minzdrops, die ich in den Tiefen meiner Handtasche gefunden hatte.

Mit minzfrischem Atem klingelte ich 15 Minuten später an Beckys Tür. Sie öffnete mir in Shorts und einem Tanktop. Auf ihren Fußnägeln prangten noch immer diese absurden Gänseblümchen. Ihre Augen waren vom Weinen gerötet, und auf einer Seite war ihr Haar vom Schlafen völlig platt gedrückt.

»Ach, Jaine«, begrüßte sie mich. »Ich bin so froh, dass du gekommen bist.«

Ich folgte ihr ins Wohnzimmer, wo sie aufs Sofa sank, und setzte mich ihr gegenüber auf einen der schwarzen Halloween-Sessel.

In diesem Augenblick kam ihre Mitbewohnerin Nina im Trainingsanzug mit einem Tablett aus der Küche herein. Selbst die schlabbrigen Joggingklamotten konnten ihr vollendetes Figürchen nicht verbergen.

»Hier, Becky«, sagte sie. »Ich hab dir Kamillentee und einen glutenfreien Muffin gemacht.« Dabei warf sie einen Blick auf das Gebäck und zog die Nase kraus. »Igitt. Diese Dinger schmecken wie Zement mit Rosinen.«

Becky nahm die Teetasse und lächelte dankbar. »Danke, Nina.«

»Außerdem habe ich ein paar Plunderteilchen mit Quarkfüllung gekauft. Bist du sicher, dass du keines möchtest?«

Becky schüttelte den Kopf.

»Und wie sieht's mit dir aus, Jaine?« Nina hielt mir einen Teller mit den prallen Quarkteilchen entgegen.

Es kam überhaupt nicht in Frage, davon jetzt etwas zu essen. Nicht, wenn mir schon diese Marmeladen-Donuts auf den Hüften klebten. Einmal in meinem Leben würde ich stark sein und dankend ablehnen. Stark, ganz stark.

»Klar«, antwortete ich und schnappte mir eins.

Was kann ich sagen? Ich kann nirgendwo mit mir hingehen.

Nina setzte sich neben Becky aufs Sofa.

»Also, Jaine«, begann Nina. »Ich habe gehört, du hast die Leiche gefunden. Wie schrecklich.«

»Das kannst du laut sagen.«

»In den Hals gestochen. Was für eine furchtbare Art zu sterben«, meinte sie. »Ich habe mal von einem Typen gehört, der mit einem Kebab-Bratspieß durchbohrt wurde. Das ist bei einem iranischen Buffet passiert, wo man essen konnte, so viel man wollte, und der arme Kerl ist mit seinem vollen Teller auf dem Rückweg zu seinem Tisch gestolpert. Und hat sich dabei selbst mit seinem Kebab-Spieß aufgespießt.«

Großer Gott. Erst die Geschichte über die versteinerten Fäkalfunde. Und jetzt das. Diese Frau war eine wandelnde Enzyklopädie medizinischer Gruselgeschichten.

»Nina, bitte.« Becky schauderte.

»Oh, tut mir leid, Süße. Ich bin so ein Trottel. Ich wollte dich nicht aufregen.« Sie legte den Arm um Becky und drückte sie.

»Das arme Ding«, wandte sie sich an mich. »Sie heult schon den ganzen Vormittag.«

Wie um das zu beweisen, sammelte sich eine neue Tränenflut in Beckys Augen.

»Das ist doch alles total verrückt«, stellte Nina fest. »Becky hat Frenchie nicht umgebracht. Das hätte sie nie tun können. Becky würde keiner Fliege etwas zuleide tun. Ehrlich, sie kann nicht einmal eine Spinne totmachen. Sie hebt sie immer mit einem Taschentuch auf und setzt sie dann auf den Bürgersteig aus.«

»Wieso glaubst du, dass die Polizei dich verdächtigt?«, wollte ich wissen.

Blinzelnd hielt Becky ihre Tränen zurück.

»Zum einen hat Maxine ihnen erzählt, was ich vorgestern im Passions gesagt habe, dass man den Laden mit Frenchies Leiche dekorieren sollte.«

»Aber du warst doch nicht die Einzige, die vorgestern etwas Böses zu Frenchie gesagt hat. Jeder konnte hören, dass Tyler gedroht hat, sie zu erwürgen. Warum verdächtigen die Cops ihn nicht?«

»Weil es nicht Tylers Ohrring war, den sie am Tatort gefunden haben.«

»Was soll das heißen?«

»Sie haben meinen goldenen Ohrreif in Frenchies Hand gefunden.«

Ich erinnerte mich an Beckys große goldene Creolen und daran, dass ihr eine davon an dem Tag herausgefallen war, als ich in den Laden kam, um mich mit Grace zu treffen.

»Ich habe versucht, der Polizei zu erklären, dass das Ding andauernd rausfällt, aber ich hab genau gemerkt, dass sie mir nicht geglaubt haben.«

»Offensichtlich hat sie den Ohrring im Laden verloren«,

sagte Nina, »und der Mörder hat ihn gefunden und ihn in Frenchies Hand gelegt, damit es so aussieht, als ob Becky den Mord begangen hätte.«

»Gestern Abend habe ich bemerkt, dass er weg war«, erklärte Becky.

»Wir haben die ganze Bude danach abgesucht«, fuhr Nina fort, »aber wir konnten ihn nirgends finden.«

»Da war mir klar, dass ich ihn im Laden verloren haben musste. Ich dachte, ich warte einfach und hole ihn mir heute. Aber jetzt weiß ich nicht, ob ich ihn jemals zurückbekommen werde. Die Beamten wollen ihn als Beweis…«

Doch dann schaffte sie es nicht, das fehlende »stück« anzufügen, weil sie erneut in Tränen ausbrach.

»Schätzchen, bitte wein doch nicht.« Nina legte den Arm um Becky und streichelte ihr den Rücken, um sie zu beruhigen. Schließlich unterdrückte Becky ihr Schluchzen und sah mich flehend an. »Also, wirst du mir helfen, Jaine?«

»Natürlich helfe ich dir.« Die Zweifel, die ich anfangs hinsichtlich Becky gehegt hatte, waren verschwunden. Ich war ganz Ninas Meinung. Ich konnte mir einfach nicht vorstellen, dass dieses kleine, elfenhafte Wesen eine Mörderin war.

»O Jaine. Danke!«, rief sie und schlang die Arme um mich. Sie roch nach Kamillentee und Baby-Shampoo.

»Ich zahle dir zweihundert Dollar die Woche«, versprach sie, nachdem sie es endlich geschafft hatte, sich von mir loszureißen. »Wie ich es dir versprochen habe.«

»Ich kann nicht zulassen, dass du mich bezahlst. Du hast doch noch nicht mal einen Job.«

Moment mal. Warum konnte ich es nicht zulassen, dass sie mich bezahlte? Ich hatte schließlich auch keinen Job.

»Oh, aber Grace hat doch vorhin angerufen. Sie hat mich wieder eingestellt. Und Tyler auch.«

»Das ist ja super.«

»Also kann ich es mir auf jeden Fall leisten, dich zu bezahlen. Ich habe zwar im Moment kein Bargeld, aber Nina sagte, da gibt es eine Webseite, über die man sich Geld leihen kann, für nur vierzig Prozent Zinsen.«

»Vierzig Prozent? Das kommt überhaupt nicht in Frage.«

Warum in aller Welt denn nicht? Ich brauchte das Geld genauso sehr wie sie. Wahrscheinlich noch dringender.

»Warum warten wir nicht einfach ab, wie sich die Dinge entwickeln?«, schlug ich vor. »Und dann bezahlst du mich einfach später.«

Offenbar hatte ich einen kleinen Schlaganfall erlitten und dabei die Fähigkeit eingebüßt, rational zu denken.

»Ach, Jaine. Du bist ein Engel.«

Wohl eher eine Vollidiotin.

»Was ich jetzt von dir brauche«, erklärte ich, »sind ein paar Adressen und Telefonnummern. Von Grace, Maxine und Tyler. Ich muss sie alle befragen.«

Becky riss erschrocken die Augen auf. »Aber du kannst doch unmöglich Tyler verdächtigen. Er kann es auf keinen Fall gewesen sein.«

»Trotzdem«, antwortete ich, »ich werde mich mit ihm unterhalten müssen.«

»Ich habe irgendwo eine Liste unserer Mitarbeiter«, sagte Becky. Sie ging zu einem Telefontischchen neben der Wohnungstür und begann einen Stapel Unterlagen in einer der Schubladen zu durchsuchen.

»Hier ist sie.« Sie kam zurück und überreichte mir die Adressliste.

»Übrigens«, sagte sie, »Grace hat gesagt, morgen findet eine Gedenkgottesdienst für Frenchie statt.«

»Gehst du hin?«, wollte ich wissen.

Sie schüttelte den Kopf.

»Ich sage ihr schon die ganze Zeit, dass sie unbedingt hingehen soll«, sagte Nina. »Wenn sie sich nicht blicken lässt, denkt die Polizei, dass sie Frenchie nicht mochte.«

»Die wissen schon, dass ich sie gehasst habe. Das habe ich ihnen gesagt.«

»Musst du so verdammt aufrichtig sein?«, fragte Nina.

»Du hast recht. Das war ganz schön blöd von mir. Ich habe damit praktisch ein Geständnis unterzeichnet.« Verzweifelt rang sie die Hände. »Sie werden mich verhaften. Ich weiß es.«

Und wie um dies zu bestätigen, klingelte es an der Tür. Zwei niedliche junge Polizisten standen davor. Wären sie nicht in Uniform gewesen, hätte man meinen können, die beiden wären gekommen, um die Mädchen zu einem gemeinsamen Date abzuholen. Doch sie waren in Uniform, und dies war kein freundschaftlicher Besuch. Der Größere von beiden, offensichtlich der Wortführer im Team, trat vor.

»Ms. Kopek?«, fragte er.

Becky nickte. »Das bin ich.«

»Ich muss Sie bitten mitzukommen, um uns ein paar Fragen zu beantworten.«

Überraschenderweise brach Becky nicht in Tränen aus.

»Ich hole meine Tasche«, sagte sie mit einem steifen Nicken und marschierte dann den Gang zu ihrem Zimmer hinunter.

»Vergiss nicht, einen Pulli mitzunehmen«, rief Nina ihr hinterher. »Und zieh dir lange Hosen an. Es ist kühl draußen.« Mit sorgenvoll gefurchten Augenbrauen wandte sie sich wieder mir zu. »Ich hoffe, sie holt sich keine Grippe. In sieben von hundert Grippefällen kommt es zu tödlichen Komplikationen.«

Ein weiterer amüsanter medizinischer Fakt von Schwester Nina.

Ein paar Minuten später kam Becky in Jeans und einem riesigen Sweatshirt zurück.

»Soll ich mitkommen?«, fragte Nina.

»Tut mir leid«, erklärte der Wortführer. »Ms. Kopek muss allein mitkommen.«

Widerwillig ließ Nina sie gehen.

»Ich wollte auch gerade los«, sagte ich. »Hätten Sie etwas dagegen, wenn ich mit Ihnen im Fahrstuhl fahre?«

»Nicht im Geringsten«, antwortete er, wobei sein Gesicht so teilnahmslos blieb wie ein Stück Toast.

Also fuhr ich mit Becky und den Polizisten im Fahrstuhl nach unten. Als wir vor der Tür standen, umarmte ich sie zum Abschied.

»Mach dir keine Sorgen. Du bist im null Komma nichts wieder zurück.«

»Klar doch«, antwortete sie. Ihre Stimme war winzig vor Angst.

Während die Cops sie davonführten, quietschten ihre Flipflops trauervoll über den Bürgersteig. Sie schlüpfte auf die Rückbank des Einsatzwagens, drehte sich dann um und winkte mir durch das Rückfenster zu, wie ein furchtsames Kind, das zum ersten Mal sein Zuhause verlässt.

Ich blieb stehen und sah zu, wie der Wagen im Verkehr

verschwand. Ich konnte nur hoffen, dass die Polizei nicht zu hart mit einem Mädchen umspringen würde, auf dessen Zehen Gänseblümchen gemalt waren.

SIE HABEN POST

An: Jausten
Von: BigDaddy
Betreff: Untalentierter Stümper!

Alistair St. Germaine ist ein untalentierter Stümper, der eine gute Darbietung nicht mal dann erkennen könnte, wenn sie ihn in den Hintern beißen würde.

An: Jausten
Von: Shop-till-you-drop
Betreff: Kaum zu fassen

Liebes, ich fürchte, ich habe schlechte Nachrichten. Daddy hat die Rolle nicht bekommen. Mr. St. Germaine hat die Hauptrolle des Lord Worthington selbst übernommen. Deinem Vater hat er den Part des Butlers zugeteilt. Der Ärmste muss nur einen einzigen Satz sagen: »Sehr wohl, Sir.« Obwohl er das immerhin im Lauf des Stücks sechs Mal sagen darf. Ich brauche wohl nicht zu erwähnen, dass dein Vater vor Wut schäumt.

Aber weißt du, was passiert ist. Ich habe dir doch geschrieben, dass ich Angst davor hatte, auf die Bühne zu gehen und Daddy seine Stichworte zu geben. Also, es ist kaum zu fassen. Sobald ich da oben stand, hatte ich überhaupt keine Angst mehr. Und ehe ich wusste, wie mir geschah, hat es Riesenspaß gemacht. Wie dem auch sei, du wirst es nicht glauben (ich glaube es ja selbst noch nicht!), aber Mr. St. Germaine war so beeindruckt davon, wie ich den Part der Lady Worthington gelesen habe, dass er mich für die weibliche Hauptrolle ausgewählt hat! Zuerst habe ich abgelehnt. Schließlich wollte ja dein Vater im Stück mitspielen und nicht ich. Aber Mr. St. Germaine hat mir so zugeredet, dass ich schließlich nicht nein sagen konnte. Er sagte, das Stück wäre ohne mich einfach nicht richtig besetzt. Deine alte Mutter wird nun also die Rolle der Lady Cynthia Worthington in der Welturaufführung von *Lord Worthingtons Schalkrawatte* spielen. Ist das nicht wahnsinnig aufregend?

Natürlich ist dein Vater jetzt stinkwütend auf mich, und um des Hausfriedens willen hätte ich die Rolle wahrscheinlich ablehnen sollen, aber wie gesagt, ich konnte Mr. St. Germaines Angebot einfach nicht ausschlagen. Welcher übrigens darauf besteht, dass ich ihn Alistair nenne.

Später mehr
Mom

An: BigDaddy
Von: Jausten

Hi Daddy,
Mom hat mir berichtet, wie das Vorsprechen gelaufen ist. Es tut mir wirklich leid, dass du die Hauptrolle nicht bekommen hast.

Aber ich bin ganz sicher, dass du als Butler ganz ausgezeichnet sein wirst.

An: Jausten
Von: BigDaddy
Betreff: St. Gähn

Ich habe nur deshalb eingewilligt, den Butler in diesem bescheuerten Stück zu spielen, weil ich Mr. Talentlos Alistair St. Germaine im Auge behalten möchte. Oder, wie ich ihn nenne, St. Gähn. Um ehrlich zu sein, glaube ich nämlich, dass er es auf deine Mutter abgesehen hat. Warum sollte er sie sonst zur weiblichen Hauptdarstellerin machen? Seien wir doch mal ehrlich: Deine Mutter ist eine wunderbare Frau, aber sie ist keine Meryl Streep.

Im Übrigen habe ich St. Gähn im Internet gesucht. Wie sich herausstellte, waren seine Stücke »abseits des Broadways« wirklich so abseits des Broadways, wie es nur geht. Den Broadway hinunter, über den Hudson bis rüber nach Hoboken in New Jersey nämlich. Was für ein Billigmime.

An: BigDaddy
Von: Jausten

Jetzt mach aber mal halblang, Daddy. Mr. St. Germaine hat es bestimmt nicht auf Mom »abgesehen«.

An: Jausten
Von: Shop-till-you-drop
Betreff: Das errätst du nie!

Ach, Schätzchen! Du errätst nie, was gerade passiert ist. Eben klingelte es an der Tür. Draußen stand ein Blumenbote mit zwölf Rosen, die mir Mr. St. Germaine hat schicken lassen! Auf dem Kärtchen stand »Ich gratuliere meinem neuen Star.« Ist das nicht einfach hinreißend?

13. Kapitel

Am Tag von Frenchies Gedenkgottesdienst schien die Sonne hell. Vögel zwitscherten, Blumen blühten, und kleine, weiße Wölkchen zogen über den azurblauen Himmel. Ganz offensichtlich ließ es Mutter Natur ziemlich unbeeindruckt, dass Frenchies Leiche im Leichschauhaus von Los Angeles im Kühlfach lag.

Ich bestieg meinen Corolla, und während ich mich auf den Weg zur Kirche St. Joan of Arc machte, grübelte ich über die letzten Schockmeldungen meiner Eltern nach.

Mom hatte also die weibliche Hauptrolle in *Lord Worthingtons Schalkrawatte* bekommen. Irgendwie fiel es mir ziemlich schwer, sie mir als britische Aristokratin vorzustellen. Wir reden hier schließlich von einer Frau, deren Vorstellung von einer Galaveranstaltung sich in der Eröffnung eines neuen Supermarktes erschöpft.

Ich fragte mich, ob Daddy wohl recht hatte. War es möglich, dass der Regisseur wirklich ein Auge auf sie geworfen hatte? Schließlich war Mom eine sehr attraktive Frau. Andererseits war mein Vater bekanntermaßen paranoid. Es war also schwer zu sagen. Aber eines wusste ich ganz sicher. Es würde die Hölle werden, meinen Vater in den nächsten Wochen zu ertragen, nachdem er die männliche Hauptrolle nicht bekommen hatte. Ich war nur froh, dass

ich mich knapp 5000 Kilometer außerhalb ihres Orbits befand.
Das Erste, was ich sah, als ich die Auffahrt zur Kirche hinauffuhr, war eine Marmorstatue der Johanna von Orleans, die im Licht der Mittagssonne glitzerte. Ich betrachtete das großmütige junge Mädchen und kam nicht umhin, sie mit Frenchie zu vergleichen, die ungefähr so viel Großmut besessen hatte wie eine Bisamratte.
Nachdem ich meinen Wagen auf dem Parkplatz abgestellt hatte, eilte ich nach drinnen. In der großen Kirche befanden sich nur eine Handvoll Gäste.
Ich glitt in eine Bankreihe und musterte die Trauernden. Ich entdeckte Grace und Maxine, die an den entgegengesetzten Enden einer Reihe Platz genommen hatten. Immer wieder schaute Maxine zu Grace hinüber, als wolle sie auf sich aufmerksam machen, doch Grace saß stocksteif da und blickte geradeaus. Auf einer anderen Bank saßen ein paar von Frenchies modesüchtigen Freundinnen, die sich im Flüsterton unterhielten. Der einzige männliche Trauergast war ein dickbäuchiger Mann mittleren Alters in der ersten Reihe, der in ein Kleenex schluchzte.
Der Priester, ein untersetzter Mann, an dem ein Footballspieler verloren gegangen war, hielt eine Rede über Frenchie. Mir war völlig klar, dass er sie kaum gekannt haben konnte, denn er sprach davon, was für ein wunderbarer Mensch sie gewesen war.
»Obwohl Giselle nicht mehr unter uns weilt, wird sie im Geiste immer bei uns sein.«
Kein behaglicher Gedanke. War es wirklich nötig, dass Frenchies Geist über unserem Planeten hing? Konnte sie

nicht einfach verschwinden und den Seelen im Jenseits das Leben schwer machen?

»Und nun«, kündigte der Priester an, »würde Giselles Ehemann Owen gern ein paar Worte sprechen. Mr. Ambrose?«

Der dickliche Mann aus der ersten Reihe erhob sich und ging zum Mikrofon. Ich blinzelte erstaunt. Das war Frenchies *Ehemann*? Ich hatte ihn für ihren Vater gehalten. Er hatte das haltlose Aussehen eines Mannes, der zu viel Zeit allein am Ende einer Bar mit einer Flasche Jack Daniels verbracht hatte. Er war groß, mit wuchtigem Oberkörper, und sein dichtes schwarzes Haar war grau meliert. Vor langer Zeit mochte er einmal gut ausgesehen haben, doch jetzt erinnerte er an einen in die Jahre gekommenen Fred Feuerstein.

Er war in seiner Ansprache gerade einmal drei Sätze weit gekommen, als er anfing zu schluchzen. Er versuchte zwar, sich zu fassen, doch er schaffte es nicht, seine Rede zu Ende zu halten, ohne zusammenzubrechen. Schließlich führte der Priester ihn an seinen Platz zurück.

»Wer möchte noch ein paar Worte im Andenken an unsere teure Verblichene sprechen?«, fragte der Priester.

Da niemand etwas sagen wollte, nahm die Trauerfeier ein schnelles Ende. Alles in allem hatte sie ganze sechs Minuten gedauert.

Der Priester verteilte Anfahrtsbeschreibungen zu Frenchies Wohnung, wo ihr Mann zu einem »Gedenkempfang« einlud, und die Gäste erhoben sich von den Bänken. Auf dem Weg nach draußen fing ich ein paar Gesprächsfetzen aus der Unterhaltung von Frenchies Modefreundinnen auf.

»Ich hab gehört, ihre Leiche wird zu ihren Eltern nach New Jersey gebracht. Nach der Autopsie natürlich.«

»Habt ihr Lust, zu diesem Empfang zu gehen?«

»Ach nein, lass uns lieber am Strand essen gehen.«

»Au ja. Das klingt viel amüsanter.«

Ich hoffte nur, dass Frenchies Geist nicht unter uns weilte, um mitzubekommen, in welch atemberaubender Geschwindigkeit ihre Freundinnen ihren Tod verwunden hatten.

Doch dann hörte ich einen Gesprächsfetzen, der mich aufhorchen ließ.

»Grace, kannst du mir jemals verzeihen?«

Es war Maxine. Sie stand mit Grace auf der Kirchentreppe. Ich blieb stehen und tat so, als würde ich die Anfahrtsbeschreibung zu Frenchies Wohnung studieren, um weiter ihrem Gespräch folgen zu können.

»Ich kann gar nicht glauben, dass ich mich so schrecklich benommen habe«, stammelte Maxine. Ihr krauses, braunes Haar sah noch ungebändigter als sonst aus, und ihr kleines Gesicht war verkniffen und unglücklich.

Ich fragte mich, was Maxine so Schreckliches getan hatte.

»Du willst wohl nicht, dass ich weiter im Geschäft arbeite«, sagte sie und blickte auf ihre Gesundheitspumps hinab.

»Ich weiß es noch nicht, Maxine. Ich muss darüber nachdenken«, antwortete Grace.

Anders als Maxine sah Grace in ihrem schwarzen Prada-Anzug erstaunlich munter aus. Ich wusste, dass der Anzug von Prada war, weil ich ihn bei Barneys gesehen hatte. Mit ihren perfekt frisierten weißen Haaren und der Sonnenbrille mit den breiten Bügeln sah sie gut genug aus, um einen Laufsteg in Mailand zu besteigen.

»Ich muss jetzt los«, sagte Grace, während sie einen Blick auf ihre Uhr warf. »Nachher kommt eine Lieferung aus New York.«

Nachdem Frenchie nicht mehr unter uns weilte, sah es ganz so aus, als hätte Grace wieder ihre alte Position im Passions eingenommen. Sie machte auf dem Absatz kehrt und ging zu ihrem Auto, einem silbernen Jaguar.

»Es tut mir wirklich leid«, rief Maxine ihr kleinlaut nach.

Doch mein Interesse galt plötzlich nicht mehr Maxine. Und auch nicht Grace.

Nein, meine Augen waren am Dach ihres Jaguar hängen geblieben. Dieses nämlich war, wie ich jetzt sah, voller Jakarandablüten. Ich dachte an den Jakarandabaum auf dem Parkplatz des Passions und daran, dass seine Blüten nach dem Regen auf dem Dach von Frenchies Auto gelegen hatten. Und nun klebten sie auf Grace' Autodach. Seit der Mordnacht hatte es jedoch nicht geregnet. Wenn es frische Blüten gewesen wären, hätte sie der Wind längst fortgeweht. Doch sie klebten fest, vom Regen auf das Autodach geheftet.

Und dann grübelte ich: War es möglich, dass Grace in der Mordnacht zum Passions gefahren war? War sie etwa diejenige, die Frenchie mit ihrem gefälschten Jimmy-Choo-Stöckel erstochen und in den Modehimmel geschickt hatte? War Grace bereit gewesen, alles zu tun – sogar einen Mord zu begehen –, um ihr Geschäft wiederzubekommen?

Das Haus, in dem Frenchies Wohnung lag, war ein ausdrucksloser Betonwürfel namens Malibu Villa. Ganz ein-

deutig entsprang dieser Name der blühenden Phantasie des Eigentümers, denn das Haus stand weder in nennenswerter Nähe zu Malibu, noch hatte es im Entferntesten Ähnlichkeit mit einer Villa.
Begleitet von zwei jungen Hühnern Anfang zwanzig, deren T-Shirts so eng waren, dass sie aussahen wie Druckverbände, nahm ich den quietschenden Fahrstuhl nach oben. In diesem Haus lebten eindeutig junge Singles auf der Durchreise. Frenchies nicht mehr ganz so frischer Ehemann musste hier auffallen wie ein bunter Hund.
Owen Ambrose öffnete die Wohnungstür und hielt dabei einen Maßkrug in der Hand, der mit etwas gefüllt war, das wie Scotch aussah. Sein gerötetes Gesicht glänzte verschwitzt.
»Mein herzliches Beileid«, murmelte ich.
»Wer sind Sie?«, brummte er und starrte mich mit glasigen Augen an.
»Mein Name ist Jaine Austen. Ich war geschäftlich mit Frenchie bekannt.«
»Kommen Sie rein«, antwortete er, und seine Fahne haute mich fast um.
Ich betrat die Wohnung und sah zu meiner Überraschung, dass das Wohnzimmer voll teurer Möbel stand. Eine Einrichtung, wie man sie normalerweise in einem weitläufigen Anwesen erwarten würde, nicht aber in einem miesen Apartment mit Blick auf ein McDonald's-Restaurant.
»Bedienen Sie sich am Buffet«, meinte Owen und deutete dabei auf einen Kartentisch, der mit einer schwarzen Papiertischdecke bedeckt war.
Frenchies Leichenschmaus-Buffet bestand aus Salzbrezeln, Käsekräckern und einer riesigen Kanne voll Scotch aus

dem Supermarkt. Gut, dass sich Owen für das Buffet nicht in größere Unkosten gestürzt hatte, denn außer mir war niemand gekommen.

Ich schnappte mir eine Handvoll Brezeln und nahm auf einem riesigen Plüschsofa Platz, das gegenüber von einem künstlichen Kamin stand, dessen Holzscheite glühten wie die Heizspirale einer Herdplatte.

»Wer, sagten Sie, sind Sie noch mal?«, fragte Owen erneut und schielte zu mir herüber.

»Eine Geschäftsfreundin von Frenchie.«

Er kratzte sich den Kopf, wobei ihm Schuppen auf die Schultern rieselten.

»Ich kann gar nicht verstehen, dass nicht mehr Gäste in der Kirche waren. Man sollte doch meinen, dass die Leute hätten kommen wollen.«

»Nur um ganz sicherzugehen, dass sie auch wirklich tot ist.«

Natürlich sagte ich das nicht. Ich bekundete lediglich mein Mitgefühl, indem ich mit der Zunge schnalzte und in das Pseudofeuer starrte.

»Ach was, wem mache ich hier eigentlich etwas vor«, begann er wieder und kippte seinen Scotch hinunter. »Eigentlich überrascht es mich nicht. Die meisten Leute konnten Frenchie nicht ausstehen. Sie konnte wirklich ein Miststück sein. Aber, mein Gott, was habe ich sie geliebt.«

Offenbar hatte der Fusel seine Zunge gelöst.

»Für sie habe ich meine Frau und die Kinder verlassen. Habe einfach meine Sachen gepackt und bin ausgezogen. Nach achtzehn Jahren Ehe. Arlene hatte es nicht verdient, so zu behandelt zu werden. Nein, wirklich nicht. Aber was soll ich sagen? Ich war total verliebt.«

Er stemmte sich aus seinem Sessel hoch und schlängelte sich zum Buffet hinüber. Fasziniert sah ich zu, wie er sich den Maßkrug ein weiteres Mal mit Scotch füllte.

»Ich weiß, dass Frenchie es eigentlich nur auf mein Geld abgesehen hatte.«

Geld? Ich wunderte mich. *Welches Geld?*

»Als wir uns kennengelernt haben, war ich reich«, erklärte er, als hätte er meinen Gedanken gelesen. »Ich hatte damals mit einer Internet-Firma ein Vermögen verdient. Zu Beginn unserer Ehe haben Frenchie und ich gelebt wie die Könige. Wir haben in einem Haus mit fünf Schlafzimmern in Beverly Hills gewohnt. Außerdem hatten wir ein Strandhaus in Malibu. Die ganzen Möbel hier«, erläuterte er und deutete mit einer Geste auf den Raum, »stammen aus dem Strandhaus.«

»Sie sind sehr hübsch«, antwortete ich im Bemühen, meinen Teil zum Gespräch beizutragen.

»Aber wir wissen ja alle, was mit der Internet-Blase passiert ist«, fuhr Owen fort, während er sich wieder in seinen Sessel fallen ließ. »Puff!«

Um die schreckliche Erinnerung zu verwinden, nahm er einen beängstigend großen Schluck aus seinem Krug.

»Als ich mein Vermögen verloren hatte, war alles vorbei. Frenchie hatte keine Verwendung mehr für mich. Sie hat mich betrogen, wo, wie und mit wem sie nur konnte, und hat sich dabei nicht einmal die Mühe gemacht, es zu verheimlichen. Dafür hätte ich sie hassen sollen, aber ich konnte nicht. Ich konnte einfach nicht aufhören, sie zu lieben. Es war, als hätte sie mich verhext. Wie in diesem Film mit Marlene Dietrich. Da singt sie doch ›Ich bin von Kopf bis Fuß auf Liebe eingestellt‹.«

»*Der blaue Engel.*«
»Ja, genau, *Der blaue Engel*«, entgegnete er und trank einen weiteren Riesenschluck Scotch. Ich konnte praktisch sehen, wie sich seine Leber vor meinen Augen zersetzte.
»Darf ich Ihnen etwas zu essen bringen?«, fragte ich.
»Ach nein«, antwortete er abwinkend. »Habe keinen Hunger. Aber einen kleinen Scotch könnte ich schon noch vertragen. Schenken Sie mir noch ein bisschen was ein, Süße?«
Er hielt mir seinen Bierkrug entgegen wie ein alkoholabhängiger Oliver Twist.
»Im Ernst«, sagte ich. »Ich mache Ihnen jetzt etwas zu essen.«
Bevor er mich davon abhalten konnte, marschierte ich in seine Küche. Ich inspizierte seine fast leeren Küchenregale, bis ich eine Dose Thunfisch fand. Irgendwie schaffte ich es, aus dieser Dose und einem alten Bagel ein Thunfisch-Sandwich zu zaubern.
»Hier«, sagte ich, als ich ihm den Snack brachte. »Sie müssen wirklich etwas zu sich nehmen.«
Widerwillig biss er in das Sandwich.
»Wissen Sie, für etwas, das Sie so auf die Schnelle zusammengebastelt haben, schmeckt das hier wirklich miserabel.«
Er musste gerade den Mund aufreißen – der Mann mit dem Brezel-Buffet.
»Essen Sie's auf«, befahl ich drohend. »Oder ich mache Ihnen noch eins.«
Ich wartete, bis er das Sandwich aufgegessen hatte, um dann zum Geschäftlichen zurückzukommen.

»Ich weiß nicht, ob es Ihnen bekannt ist, aber die Polizei verdächtigt Becky Kopek, Ihre Frau getötet zu haben.«

»Die kleine süße Becky?« Er sah mich mit echtem Erstaunen an. »Das ist unmöglich.«

»Haben Sie eine Ahnung, wer es gewesen sein könnte?«

»Nein, nicht wirklich. Eine Menge Leute konnten Frenchie nicht ausstehen. Aber ich kann mir nicht vorstellen, dass irgendjemand sie so sehr gehasst hat, dass er sie umbringen wollte. Arlene hätte sie früher mal vermutlich gern um die Ecke gebracht. Aber sie hat inzwischen wieder geheiratet. Einen Gynäkologen. Sie sagt, dass ich sie damals verlassen habe, war das Beste, was ihr jemals passieren konnte. Also kommt Arlene nicht in Frage. Ich gehe davon aus, derjenige, der sie in der Mordnacht angerufen hat, war auch der Täter.«

»Sie hat einen Anruf bekommen?«

»Ja, sie hat einen Anruf von der Sicherheitsfirma bekommen, die das Passions überwacht. Die haben gesagt, jemand sei in das Geschäft eingebrochen. Also ist sie hingefahren. Aber wie sich herausstellte, hatte die Sicherheitsfirma sich überhaupt nicht bei ihr gemeldet. Wer immer sie angerufen hat, wollte sie damit wahrscheinlich in den Laden locken, um sie dort erledigen zu können.«

»Hat Frenchie noch gesagt, ob sie mit einem Mann oder einer Frau telefoniert hat?«

Er schüttelte den Kopf. »Nein, sie hat einfach ihre Schlüssel genommen und ist losgesaust. Und das war das Letzte, was ich von ihr gesehen habe.«

Seine Augen füllten sich mit Tränen, und bevor ich etwas

tun konnte, saß er schluchzend über seine Bagel-Krümel gebeugt.
Irgendwie schaffte ich es, ihn dazu zu bringen, sich aufs Sofa zu legen. Dann wickelte ich ein paar Eiswürfel in ein Handtuch und legte sie ihm auf die Stirn.
Als ich mich mit einer Handvoll Kräcker auf den Weg zur Wohnungstür machte, schnarchte er wie eine Kreissäge.

Ich saß in meinem Corolla, aß meine Käsekräcker (und den Hamburger, den ich mir dazu gekauft hatte) und grübelte über diesen angeblichen Telefonanruf von der Sicherheitsfirma nach. Wenn es jemand darauf angelegt hatte, Frenchie zum Laden zu locken, um sie dort zu töten, warum hatte der Täter dann keine richtige Mordwaffe mitgebracht? Wie konnten er oder sie schon im Voraus gewusst haben, dass Frenchie tödliche Stöckel tragen würde? Vielleicht hatte der Täter sie ja auch nur in den Laden gelockt, um von Angesicht zu Angesicht mit ihr zu reden, doch dann waren die Dinge außer Kontrolle geraten, und plötzlich ging er ihr an die Gurgel.
Andererseits war es auch möglich, dass Owen log. Vielleicht hatte es gar keinen Anruf gegeben. Vielleicht war Frenchie einfach in den Laden gegangen, um noch ein paar Dinge zu erledigen, und Owen war ihr gefolgt. Seine Trauer wirkte zwar glaubwürdig, aber wer konnte das schon so genau wissen? Vielleicht hatten ihm ihre vielen Affären letzten Endes doch zugesetzt. Hatte Owen nach all den Jahren, in denen sie ihm Hörner aufgesetzt hatte, seinem verletzten Ego mit Hilfe eines tödlichen Modeaccessoires Linderung verschafft?

Das waren natürlich alles nur Spekulationen, doch für mich klang es nicht abwegig.
Ich schob mir die Gurkenscheibe meines Hamburgers in den Mund, legte den Gang ein und machte mich auf den Weg, meiner zweiten Verdächtigen einen Besuch abzustatten: Maxine, der Buchhalterin.

14. Kapitel

Maxines Wohnung lag im San Fernando Valley, in einer belebten Straße in Sherman Oaks. Draußen stand ein Schild mit der Aufschrift *Luxusapartments*. Ich schaute an dem beigefarbenen Stuckgebäude und seinen Balkons hinauf, auf denen verrostete Holzkohlegrills standen. Wenn das hier Luxusapartments waren, dann trug ich Größe 30. Zuerst Malibu Villa und jetzt das. Was war nur mit den Eigentümern dieser Apartmenthäuser los? Hatten die noch nie etwas davon gehört, dass man in der Werbung auch die Wahrheit sagen durfte?

Ich parkte direkt vor dem Haus und machte mich dann auf den Weg in die *Luxuskaserne*, wie ich sie nunmehr nannte. Die Einfahrt zum Haus lag voller weggeworfener Faltblätter eines Thai-Lieferdienstes. Auf dem Klingelschild stand Maxines Name neben der Nummer ihrer Wohnung. Zum Glück hatte jemand die Haustür offen stehen lassen, so dass ich nicht bei Maxine klingeln musste, um sie zu bitten, mich reinzulassen. Irgendetwas sagte mir, dass sie mir vielleicht nicht geöffnet hätte.

Die Eingangshalle war klein und quadratisch, die Wände waren mit goldgesprenkelten Spiegeln verkleidet. Ich drückte den Aufzugknopf. Während ich darauf wartete, dass er kam, musste ich an Maxines tränenreiche Entschuldigung bei Grace auf der Kirchentreppe denken. Sie hatte Grace gebeten, ihr zu verzeihen, weil sie sich so »schrecklich« benommen hatte. Was zum Teufel hatte das zu bedeuten?

Schließlich öffneten sich die Aufzugstüren, und ich trat hinein. Ich drückte den Knopf für den dritten Stock, und die Tür schloss sich quietschend. Nach einer weiteren Ewigkeit setzte sich das Ding in Bewegung und schlich seufzend und stöhnend Zentimeter für Zentimeter nach oben. Dieser Aufzug musste eines von Mr. Otis' ersten Modellen gewesen sein. Ich war mir sicher, dass die Kabel jeden Moment reißen würden.

Ich verfluchte mich dafür, dass ich den Hamburger gegessen hatte. Bei meinem Glück war es genau dieser kleine Fleischklops, der das Kabel reißen lassen würde. Ich konnte schon die Schlagzeilen lesen: *Frau mit Gummizughose betritt Aufzug, Kabel reißen*. Erleichtert seufzte ich auf, als der Aufzug im dritten Stock endlich wieder seine Türen öffnete.

Ich ging den Flur zu Maxines Wohnung hinunter und klingelte an der Tür. Dann konnte ich hören, wie sich Schritte näherten und ein Schatten hinter dem Spion vorbeihuschte.

In einem ausgeblichenen Frotteebademantel öffnete Maxine die Tür.

»Jaine«, sagte sie, »was machen Sie denn hier?«

Da mir für mein Erscheinen vor ihrer Wohnungstür keine passable Ausrede einfiel, sagte ich die Wahrheit.

»Um ehrlich zu sein, ich ermittle in dem Mord an Frenchie.«

Erstaunt blinzelte sie mich an. »Das verstehe ich nicht. Ich dachte, Sie wären Texterin.«

»Das bin ich auch, aber nebenbei arbeite ich zusätzlich als Privatdetektivin. Haben Sie etwas dagegen, wenn ich hereinkomme?«
Es sah ganz so aus, als hätte sie etwas dagegen, denn sie stand einfach da und versperrte mir den Weg.
»Tut mir leid«, antwortete sie. »Aber ich habe der Polizei bereits alles erzählt.«
So viel zur Wahrheitstaktik.
Gerade als sie mir die Tür vor der Nase zuschlagen wollte, spürte ich etwas Pelziges um meine Knöchel streichen. Ich blickte nach unten und sah eine alte, graue Katze. Schnell hob ich sie auf und hielt sie in meinen Armen.
»Was für ein süßes Kätzchen«, gurrte ich. Ich glaube, die Katze muss meinen Hamburger-Atem gerochen haben, denn sie begann sich an meiner Wange zu reiben.
»Das ist Sparkles«, erklärte Maxine und lächelte ihre Katze nachsichtig an. »Sie scheint Sie wirklich zu mögen.«
»Das beruht auf Gegenseitigkeit«, antwortete ich und kraulte Sparkles hinter den Ohren. »Sie ist einfach zauberhaft.«
Ja, ich schleimte mich bei Maxine ein, aber ich log sie nicht an. Ich finde alle Katzen zauberhaft. Und Sparkles war keine Ausnahme.
»Können Sie glauben, dass sie schon achtzehn ist?«
Ehrlich gesagt konnte ich mir das sehr gut vorstellen, aber ich tat so, als sei ich maßlos überrascht.
»Nein! Wirklich?«
Maxine nickte traurig. »Mittlerweile hat sie Arthritis. Der Tierarzt sagt, wir können nichts machen.«
»Soll ich Ihnen den Namen meiner Tierärztin geben? Sie ist toll.«

»Haben Sie denn auch eine Katze?«
»O ja. Sie ist die Liebe meines Lebens.«
Jetzt war auch der letzte Widerstand in Maxine geschmolzen. Ich war eine Katzenliebhaberin, eine Schwester im Geiste.
»Kommen Sie rein«, lud sie mich ein. »Ich wollte gerade Tee machen.«
Sparkles noch immer im Arm, folgte ich Maxine in ihre Wohnung und sah mich um. Sie war mit braunen Tweedmöbeln eingerichtet. Die Sorte Massenware, wie man sie in Einrichtungshäusern immer sieht. Ich fand es schwer zu glauben, dass jemand losziehen und freiwillig derartig langweilige Möbel kaufen würde. Genauso gut hätte man sein Wohnzimmer mit Haferflocken dekorieren können.
»Machen Sie es sich bequem«, forderte Maxine mich auf. »Ich setze nur schnell das Teewasser auf.«
Damit huschte sie in ihre Küche, und ich nahm auf ihrem Haferflockensofa Platz, während ich Sparkles noch immer in meinen Armen wiegte. Die Katze blickte mich voller Verehrung an. Warum konnte Prozac sich bloß nicht zu solcher Anbetung hinreißen lassen?
Sparkles und ich verbrachten die nächsten Minuten mit gegenseitigen Liebesbekundungen, bis Maxine mit einem Tablett voll Schokocremekekse zurückkehrte.
»Möchten Sie?«, fragte sie mich und hielt mir das Tablett hin.
»Danke«, antwortete ich. »Ich liebe Schokocremekekse.«
»Ich auch.« Schüchtern lächelte sie mich an und setzte sich dann gegenüber von mir in einen schlammbraunen Liegesessel.
Sparkles schlängelte sich aus meiner Umarmung und ging

langsam zu Maxine hinüber, die sie hochhob und auf ihren Schoß setzte.
»Sitzt meine kleine Sparkles auch gemütlich?«, gurrte sie mit der grauenvollen Babystimme, deren sich Katzenbesitzer auf der ganzen Welt bedienen.
»Das mit Frenchie ist ja so tragisch«, wandte ich mich wieder dem Thema des Tages zu.
»Ja«, wiederholte sie hölzern. »So tragisch.«
Sie können mich verrückt nennen, doch das war nicht wirklich die tränenerstickte Antwort, die ich erwartet hatte. Im Passions war Maxine Frenchies einzige Freundin gewesen. Vielleicht überhaupt ihre einzige Freundin. Sollte sie da nicht ein wenig mehr am Boden zerstört sein?
»Haben Sie irgendeine Ahnung, wer sie umgebracht haben könnte?«
»Na ja, Sie haben ja gehört, was Becky gesagt hat, dass sie Frenchies Leiche auf dem Ladenfußboden sehen wollte.«
»Aber Sie glauben doch nicht im Ernst, dass Becky zu einem Mord fähig wäre, oder?«
»Sie würden sich wundern, wozu manche Menschen fähig sind«, sagte sie und rieb Sparkles' Bauch mit ruhigen, gleichmäßigen Bewegungen. »Das habe ich am eigenen Leib erfahren müssen.«
»Wie meinen Sie das?«
Doch sie hatte keine Chance zu antworten, denn genau in diesem Moment ertönte der schrille Pfiff des Teekessels.
»Ich bin gleich wieder da«, sagte sie und setzte Sparkles in ihren Sessel, um in die Küche zu gehen.
Nachdem sie mich allein im Wohnzimmer zurückgelassen hatte, sah ich mich nach persönlichen Gegenständen um,

doch ich konnte nichts entdecken. Kein Nippes. Keine Reisesouvenirs. Keine gerahmten Fotos von Freunden oder der Familie. Dieses Wohnzimmer besaß ungefähr genauso viel Persönlichkeit wie das durchschnittliche Zimmer einer Mittelklasse-Motel-Kette.

Ich spazierte zu einem kleinen Eichenregal hinüber und warf einen Blick auf die Bücher, die darin standen. Nichts, was mich wirklich interessierte. Nur ein paar Buchhaltungs-Fachbücher und einige Sammelbände mit den besten Geschichten von Reader's Digest. Gerade wollte ich mich wieder auf das Sofa setzen, als mir ein brauner Lederband ins Auge fiel, der zwischen zwei Sammelbänden stand. Ich zog ihn heraus und sah, dass es ein Fotoalbum war.

Ich nahm das Album mit zum Sofa, um es durchzublättern. Es waren nicht sehr viele Fotos darin: zwei förmliche Porträtschüsse von einem Mann und einer Frau, die steif in die Linse lächelten und wohl Maxines Eltern sein mussten. Der Rest bestand aus Schnappschüssen von Maxine als verlegenes Kind, als verlegener Teenager und als noch viel verlegenere Erwachsene.

Abgesehen von Maxines Eltern gab es in diesem Fotoalbum keine Bilder von anderen Menschen. Nur eine ganze Reihe Fotos von Katzen. Die arme Maxine. Was für ein einsames Leben sie geführt haben musste. Ich wollte das Album gerade wieder zuschlagen und ins Regal zurückstellen, als ein Bild auf den Boden flatterte. Es war ein Foto von Maxine, die am Strand in die Kamera grinste. Und zum ersten Mal war sie darauf nicht allein. Nein, sie stand dort Arm in Arm mit Frenchie. Jedenfalls nahm ich an, dass das Frenchie sein musste. Zumindest erkannte ich das

Malteserkreuz in ihrem Dekolleté wieder. Aber ganz sicher war ich mir nicht, denn ihr Gesicht und ihr Hals waren mit einem scharfen Gegenstand zerstochen worden, so dass ich nichts mehr erkennen konnte.

»Was fällt Ihnen eigentlich ein?«

Ich drehte mich um und sah Maxine. Ihre Wangen waren zornesrot.

»Ich wollte mir nur Ihr Fotoalbum ansehen«, stammelte ich. »Ich dachte nicht, dass Sie etwas dagegen haben würden.«

»O doch, das habe ich«, sagte sie und riss mir das malträtierte Foto aus der Hand.

»Die Person, die mit Ihnen auf diesem Bild ist«, begann ich. »Das ist doch Frenchie, oder?«

»Ja, das ist Frenchie.« Der bittere Unterton in ihrer Stimme war nicht zu überhören.

»Das verstehe ich nicht, ich dachte, Sie hätten sie gemocht.«

»Ja, das habe ich auch«, antwortete sie. »Früher.«

Sie zog sich auf ihren Sessel zurück. Sparkles miaute am Fußende, weil sie zu alt und zu arthritisch war, um ihr allein auf den Schoß zu springen.

»Möchten Sir mir davon erzählen?«, fragte ich.

Sie zögerte kurz. Ich strahlte sie mit meinem freundlichsten Lächeln an. Und dabei musste ich mich überhaupt nicht verstellen. In diesem Moment, als ich an das leere Fotoalbum dachte, tat sie mir wirklich leid. Wahrscheinlich musste ich ihr vertrauenswürdig genug erschienen sein, denn ehe ich wusste, wie mir geschah, schüttete sie mir ihr Herz aus.

»Ich hatte nie viele Freunde«, erklärte sie, während sie

Sparkles auf den Schoß nahm. »Als Frenchie dann im Passions angefangen hat und mich gefragt hat, ob ich mit ihr zum Mittagessen gehen wollte, war ich total aus dem Häuschen. Frenchie war alles, was ich nicht war. Schön und selbstbewusst und gebildet. Ich konnte gar nicht glauben, dass sie mich auserwählt hatte, ihre Freundin zu sein. Und sehr bald haben wir nicht nur die Mittagspause miteinander verbracht. Wir sind essen gegangen, ins Kino, und manchmal sogar zum Shoppen. Zum ersten Mal in meinem Leben bin ich mir vorgekommen wie jemand Besonderes.«

Die Erinnerung ließ sie lächeln.

»Eines Abends haben wir zusammen am Strand gegessen, und Frenchie hat mich in ihre Pläne eingeweiht. Es wäre ein Leichtes, sagte sie, Grace' Bücher zu manipulieren und es so aussehen zu lassen, als hätte sie Steuern hinterziehen wollen. Dann könnte Frenchie die gefälschten Bücher benutzen, um Grace zu erpressen, damit sie ihr das Geschäft verkauft. Sie hat gesagt, Grace sei altmodisch und in Modedingen nicht mehr auf der Höhe. Und dass es nur eine Frage der Zeit wäre, bis sie das Passions in den Bankrott treiben würde.

Zuerst habe ich mich geweigert, ihr zu helfen. Auf keinen Fall würde ich Grace so etwas antun. Aber dann hat Frenchie mich überzeugt, dass ich Grace damit eigentlich einen Gefallen täte. Sie hat mir erzählt, dass Grace ihr im Vertrauen mitgeteilt habe, sie hätte ein Herzleiden. Frenchie hat gesagt, der Stress als Geschäftsführerin könnte sie über kurz oder lang das Leben kosten.

Als ich dann immer noch gezögert habe, hat sie mir versprochen, mein Gehalt zu verdoppeln, sobald die Boutique ihr gehörte. Ich muss wirklich verrückt gewesen ein, aber ich habe ihr meine Hilfe zugesagt. Frenchie hatte so eine Art. Irgendwie hat sie es fertiggebracht, dass ich immer genau das tat, was sie wollte.«

Ich musste an Owen denken und dass er gesagt hatte, er sei von Frenchie förmlich verhext gewesen. Offenbar war er nicht der Einzige, den sie verhext hatte.

»Ich wusste, dass es nicht richtig war«, fuhr Maxine fort, »aber ich habe es trotzdem getan. Ein paar Abende bin ich bis spät in die Nacht im Büro geblieben und habe die Bücher getürkt. Grace hat keinen Verdacht geschöpft, denn ich habe meistens ohnehin länger gearbeitet. Damit hatte ich meinen Teil des Plans erfüllt. Und dann übernahm Frenchie. Sie hat Grace gedroht, dass sie sie beim Finanzamt anzeigen würde, wenn sie ihr das Geschäft nicht für einen Nominalpreis verkauft. Das hat Grace völlig kalt erwischt. Sie wusste, dass Frenchie sie in der Hand hatte. Also hat sie eingewilligt, Frenchie den Laden für fünf Dollar zu verkaufen und zu verkünden, dass sie sich zur Ruhe setzt. Sie waren an dem Tag ja auch da und konnten sehen, wie fassungslos sie war. Nachdem alles gelaufen war, bin ich in Frenchies Büro gegangen, um sie zum Mittagessen einzuladen. Ich hatte uns einen Tisch im Four Seasons reserviert, um den Coup zu feiern.«

Bei dem Gedanken an das, was sie mir gleich erzählen würde, krümmte sich Maxine schmerzlich auf ihrem Sessel.

»Frenchie hat mich angeschaut, als sei ich eine Küchenschabe, die aus dem Abwasserkanal in den Laden gekrochen war. Sie hat gesagt, wir würden heute nicht zusammen zum Mittagessen gehen. Und auch sonst nie wieder.

Sie hat gesagt, sie hätte sich von Anfang an mit mir zu Tode gelangweilt und könnte es kaum erwarten, mich loszuwerden. Und dass sie mir nicht nur meine versprochene Gehaltserhöhung streicht, sondern mich außerdem an Ort und Stelle feuert. Ich hab meinen Ohren nicht getraut. Sie hat gesagt, Grace hätte überhaupt kein Herzleiden und sei kerngesund. Und dass ich eine leichtgläubige Idiotin sei, weil ich ihr die Geschichte abgenommen hatte.

Daraufhin habe ich erklärt, ich würde sie anzeigen, aber sie hat nur gelacht. Dann hat sie mich daran erinnert, dass schließlich ich diejenige gewesen war, die in den Büchern herumgepfuscht hatte, und nicht sie. Und sie hat noch hinzugefügt, dass sie, falls ihr Steine in den Weg gelegt würden, dafür sorgen würde, dass ich mit zu Fall käme. O Sparkles«, sagte sie und begrub ihr Gesicht im Fell ihrer Katze. »Wie konnte ich nur so dämlich sein?«

Und dann begann sie zu weinen; große, würgende Schluchzer ließen ihren zarten Körper erzittern.

Ich eilte zu ihr und legte den Arm um sie.

»Sie dürfen nicht weinen«, sagte ich. »Frenchie war eine schreckliche Person. Und es ist nicht Ihr Fehler, dass Sie ihr auf den Leim gegangen sind. Ihr Verhalten war einfach nur menschlich.«

Mit rot geränderten Augen blickte sie zu mir auf.

»Sie haben recht«, antwortete sie. »Frenchie war wirklich ein schrecklicher Mensch. Und wissen Sie was? Ich bin froh, dass sie nicht mehr am Leben ist. Aber ich habe sie nicht umgebracht. Das schwöre ich.«

»Nur der Vollständigkeit halber – würde es Ihnen etwas ausmachen, mir zu sagen, wo Sie in der Mordnacht waren?«

»Nein, kein Problem. Ich war zu Hause. Sparkles und ich haben uns zusammen *So wie wir waren* mit Robert Redford angesehen. Das ist einer von unseren absoluten Lieblingsfilmen. Stimmt doch, Sparkles?«

Sparkles gähnte. Sie war wohl kein Fan von Robert Redford.

»Also, ich mache mich wieder auf den Weg«, sagte ich. »Vielen Dank, dass Sie sich Zeit für mich genommen haben.«

Ich gab Maxine den Namen meiner Tierärztin, und mit Sparkles auf dem Arm begleitete sie mich zur Tür.

»Mach's gut, Sparkles«, sagte ich und kraulte die Katze zum Abschied ein letztes Mal hinter den Öhrchen.

Weil ich mich nicht noch einmal freiwillig in den Höllenfahrstuhl begeben wollte, ging ich ins leere Treppenhaus, wo meine Schritte laut auf den Stufen hallten. Ich konnte nicht umhin, mich zu fragen, ob ich gerade Schokocremekekse von einer Mörderin angenommen hatte.

Es stimmte, die unscheinbare Maxine schien nicht zu einem Mord fähig zu sein. Ich fragte mich, ob sie überhaupt die Kraft besäße, einen Stöckelabsatz in Frenchies Nacken zu rammen. Doch es ist erstaunlich, wozu Menschen in Momenten größter Anspannung fähig sind. Man denke nur an all diese Geschichten von Frauen mit einem Fliegengewicht von 45 Kilogramm, die Autos hochheben konnten, um ihre Kinder zu retten. Ich hatte schließlich gesehen, wie sie Frenchie in ihrem Fotoalbum zugerichtet hatte. Wie konnte ich da sicher sein, dass sie ihrem Zorn nicht auch im wirklichen Leben freien Lauf gelassen hatte?

Auf dem Heimweg von Maxine überkam mich plötzlich die Lust auf Grillhähnchen.

Als ich klein war und wir in Hermosa Beach wohnten, hatte mein Vater jeden Sonntag Grillhähnchen mit Kartoffelbrei gemacht. In unserer Familie ist Daddy der Koch. Ein Amt, das er ziemlich gut im Griff hatte, obwohl er diesen Tick hat, Gemüse akribisch zu waschen. Und so kam es nicht selten vor, dass man im Kartoffelpüree einen Klacks Spülmittel fand. Aber sein Hähnchen war einfach köstlich – außen knusprig, innen saftig –, und ab und zu bekomme ich mächtig Hunger darauf.

Also machte ich bei Gelson's Halt, dem Promi-Supermarkt der Hollywood-Stars, wo man praktisch einen Tieflader braucht, um einkaufen zu gehen, und erstand ein wundervolles Rosmarin-Hähnchen. Ja, ich weiß, dass ich mit Blick auf meinen Kontostand lieber Billiggeflügel hätte einkaufen sollen, aber ich hatte Hunger, und deswegen war es mir egal.

Mit meiner kostbaren Fracht setzte ich mich wieder in meinen Wagen und fuhr nach Hause. Das Aroma des Grillhähnchens füllte den Corolla. Ich tat mein Möglichstes, um mich davon abzuhalten, meine Zähne gleich an der nächsten Ampel in das köstliche Fleisch zu schlagen. Doch ich beherrschte mich. Ich hatte mir vorgenommen, mein Abendessen auf zivilisierte Weise einzunehmen – am Esstisch, mit einem Glas Chardonnay und Tony Bennett, der im Hintergrund leise aus der Stereoanlage säuselt.

»Schau mal, was Mami zum Abendessen mitgebracht hat, Süße«, sagte ich zu Prozac, als ich nach Hause kam. »Leckeres Grillhähnchen.«

Sie schnüffelte anerkennend und eilte an meine Seite. Sie liebt mich ganz besonders, wenn ich Hähnchen mitbringe.

»Keine Sorge. Ich schneide dir ein schönes, großes Stück ab.«

Prozac miaute laut. *Aber nur mageres Fleisch*, wollte sie mir wahrscheinlich sagen.

Ich legte das Hähnchen auf die Anrichte und goss mir ein Glas Chardonnay ein. Dann deckte ich den Tisch mit einem Platzdeckchen und einer Stoffserviette und legte Tony Bennett ein. Ich sollte mich wirklich öfter um diese kultivierten Dinge bemühen.

Kurz dachte ich darüber nach, ob ich mich vor dem Essen noch kurz bei meinem Glas Wein entspannen sollte, wie es kultivierte Menschen tun, doch dann konnte ich dem Duft des Hähnchens nicht länger widerstehen.

Ich war gerade im Begriff die Tüte zu öffnen, als mein Telefon klingelte. Hastig sauste ich ins Wohnzimmer, um abzuheben. Wenn das ein Telefonverkäufer war, würde ich Zeter und Mordio schreien.

Eine fremde Stimme meldete sich. »Hi, hier spricht Darrell Simms.«

Verdammt. Es war wirklich einer von diesen Verkaufsfuzzis.

»Was auch immer Sie mir verkaufen wollen, ich brauche nichts.«

»Aber ich verkaufe doch gar nichts. Wir haben uns neulich kennengelernt. Beim Speed Dating. Erinnern Sie sich? Ich war der mit dem Boot.«

Vage erinnerte ich mich an einen Typen, der ohne Punkt und Komma über sein Boot geschwafelt hatte.
»Woher haben Sie denn meine Nummer?«
»Von den Speed-Dating-Organisatoren. Ich war einer von den Männern, die Sie auf Ihrer Liste angekreuzt haben.«
Aber ich hatte niemanden auf meiner Liste angekreuzt, wie diejenigen unter Ihnen, deren Aufmerksamkeit nichts entgeht, sicherlich noch wissen. Diese Trottel beim Speed Dating hatten meine Nummer wahrscheinlich fälschlicherweise rausgegeben.
»Wie dem auch sei«, fuhr er fort. »Ich wollte fragen, ob Sie vielleicht Lust hätten, sich mit mir zu treffen und einen kleinen Bootsausflug bei Sonnenuntergang zu machen.«
Ich wollte gerade nein sagen, als mir das Bild von Maxine durch den Kopf schoss, die mit Sparkles auf dem Schoß in ihrem Haferflocken-Sessel saß. Wollte ich wirklich genauso enden wie sie, als einsames, trauriges altes Mädchen, deren Katze ihre einzige Gesellschaft ist? Hier sprach ich gerade mit einem netten Mann, der mich auf sein Boot einladen wollte. Zu einem Segeltrip in den Sonnenuntergang. Wie süß war das bitte? Eigentlich spielte es doch keine Rolle, dass er neulich ein wenig langweilig gewirkt hatte? Vielleicht war er einfach nur nervös gewesen? Kandi hatte recht. Ich durfte nicht zulassen, dass meine grauenvolle Ehe mit Dem Klops mich für immer vom männlichen Geschlecht fernhielt. Ich musste endlich anfangen, Männern wieder eine Chance zu geben.
»Hört sich toll an«, antwortete ich.

Nachdem wir uns für Sonntag um vier Uhr am Bootshafen verabredet hatten, legte ich auf und war ziemlich stolz auf mich. Zusätzlich zu der Tatsache, dass ich kultivierter leben wollte, musste ich anfangen, mich neuen Abenteuern zu öffnen. Und vielleicht bei der Gelegenheit auch gleich noch zehn Pfund abnehmen. Doch um diese Pfunde würde ich mich später kümmern. Jetzt galt es, ein Grillhähnchen zu vernichten.

Ich wollte gerade in die Küche zurückgehen, als das Telefon ein zweites Mal klingelte.

Es ist doch immer das Gleiche, oder? Wenn man gerade an einem Textauftrag sitzt und eine totale Blockade hat, würde man seine eigene Seele dafür verpfänden, damit von einem Anruf gestört wurde, doch das Telefon klingelt einfach nicht. Aber wenn ein Grillhähnchen auf der Küchenanrichte appetitlich vor sich hin dampft, ist man plötzlich gefragter als eine blauäugige Blondine in einer Sportbar.

»Ja«, fauchte ich. »Wer ist da?«

»Jetzt reiß mir nicht gleich den Kopf ab. Ich bin's. Kandi.«

»Kandi, eben ist mir was total Merkwürdiges passiert. Einer von den Typen vom Speed Dating hat mich angerufen, um sich mit mir zu verabreden. Die haben ihm meine Nummer wohl aus Versehen gegeben.«

Kandi schwieg.

»Kandi? Bist du noch dran?«

»Mhm, ich bin noch da. Um ehrlich zu sein, es waren nicht die Organisatoren von dem Speed Dating, die ihm deine Nummer verraten haben. Das war ich.«

»Was?«

»Als du auf die Toilette gegangen bist, habe ich hinter alle Namen ein Kreuzchen gemacht.«

»Warum das denn? Du hast doch selbst gesagt, dass das alles totale Volltrottel waren.«

»Ich habe nicht gesagt, dass sie Volltrottel waren. Ich hab gesagt, sie seien Knalltüten.«

»Volltrottel, Knalltüten. Was auch immer. Warum hast du ihnen dann meine Telefonnummer verraten?«

»Ich dachte, in deinem Fall ist eine Knalltüte besser als gar nichts.«

»Was soll das heißen, *in meinem Fall?*«

»Ich wollte einfach, dass du mal aus dem Haus kommst, das ist alles. Du verbringst viel zu viel Zeit mit Prozac.«

»Gar nicht wahr«, antwortete ich und zupfte mir ein paar Katzenhaare vom BH.

»Und außerdem«, fuhr Kandi fort, »auch wenn sie alle wie Knalltüten *gewirkt* haben, muss das noch lange nicht heißen, dass sie auch wirklich Knalltüten *sind.* Herrgott noch mal, es waren doch nur drei Minuten mit jedem. Wir hatten nicht wirklich eine Chance, sie kennenzulernen.«

Ich musste zugeben, dass sie damit durchaus recht hatte. Trotzdem war ich ziemlich sauer. Woher wollte sie wissen, ob nicht einer dieser Knalltüten am Ende ein Massenmörder war. Ich wollte ihr gerade mächtig die Leviten lesen, als ich hörte, dass jemand auf der anderen Leitung anklopfte.

»Hör zu, bei mir klopft jemand auf der zweiten Leitung an. Ich wasche dir später den Kopf, okay?«

Ich nahm den anderen Anruf an. Es war Becky.

»O Jaine. Ich habe schlechte Nachrichten. Die Polizei hat

einen Zeugen, der mein Auto in der Mordnacht vor dem Passions gesehen haben will.«

»Aber das ist doch unmöglich. Du warst doch gar nicht da.«

»Na ja«, antwortete sie etwas kleinlaut, »ich war schon da. Ich bin noch einmal zurückgefahren, um meine Modeentwürfe zu holen. Ich hatte Grace ein paar davon gezeigt, und dann hatte ich Angst, dass Frenchie sie mir nicht zurückgeben würde. Also bin ich so gegen sieben Uhr hingefahren. Da war das Geschäft schon geschlossen, und ich dachte, Frenchie wäre schon gegangen. Und jetzt sagt irgendein Typ aus, dass er mein Auto auf dem Parkplatz hat stehen sehen. Aber er schwört, dass das viel später war, so gegen halb elf. Und die Polizei sagt, dass Frenchie irgendwann zwischen neun und elf Uhr abends umgebracht worden sein muss.«

»Warum ist die Polizei so sicher, dass das Auto auf dem Parkplatz deines war? Hat sich der Zeuge deine Nummer notiert?«

»Mein Auto ist ziemlich leicht zu erkennen. Es ist ein orangefarbener Käfer. Er passt zu meiner Haarfarbe. Und auf meinem Nummernschild steht ›Beckys Käfer‹.«

Na, ganz toll. Sie hätte genauso gut eine Visitenkarte auf der Leiche hinterlassen können.

»Und wer ist dieser Zeuge?«, wollte ich wissen.

»Soweit ich von der Polizei weiß, wohnt er über dem Laden neben dem Passions. Ach, Jaine. Was sollen wir bloß machen?«

Ihre Stimme klang schrill vor Panik.

»Hast du irgendetwas, was du einnehmen kannst, um dich zu beruhigen? Ein Valium vielleicht?«

»Ich habe einen Schlaftee.«

Schlaftee? Das war das stärkste Beruhigungsmittel, das sie im Haus hatte? Und das in einer Stadt, in der die Leute bewusstseinsverändernde Drogen einwerfen wie Smarties?

»Na gut, dann versuch es damit«, antwortete ich. »Ich melde mich morgen bei dir, um zu hören, wie es dir geht.«

Ich versicherte Becky, dass alles gut werden würde, und legte auf. Doch ich hatte sie angelogen. Um ehrlich zu sein, ich bezweifelte stark, dass alles gut werden würde. Schon gar nicht, wenn es einen Augenzeugen gab, der Beckys Auto in der Mordnacht auf dem Parkplatz des Passions gesehen haben wollte. Bestimmt hatte der Typ sich in der Tageszeit getäuscht. Morgen früh würde ich mich gleich auf die Socken machen und ein Wörtchen mit ihm reden.

Bis dahin jedoch gab es ein Grillhähnchen, das auf mich wartete.

Um kein Risiko einzugehen, legte ich den Hörer neben die Gabel und ging schnurstracks zurück in die Küche. Ich konnte es kaum erwarten, mich endlich über mein Abendessen herzumachen.

Doch Prozac, das kleine Biest, war mir zuvorgekommen. Sie saß auf der Anrichte, und ihre zartrosa Nase war in dem weißen Fleisch vergraben.

»Prozac!«, rief ich jammernd. »Wie konntest du nur?«

Es war ganz einfach, schien sie mir zu antworten, während sie sich die Lippen schleckte. *Für den Fall, dass du es vergessen haben solltest, es ist eine meiner Spezialitäten, auf die Anrichte zu hopsen.*

Ich schnappte mir den Vogel und beäugte das Ausmaß des Schadens. Es ist unglaublich, welche Mengen Brathuhn eine fünf Kilo schwere Katze verdrücken kann. Einen kurzen Moment lang erwog ich, die Reste zu essen. Doch egal, wie hungrig ich auch war, ich hätte mich nicht dazu überwinden können, ein Hähnchen zu essen, das über und über mit Katzenspucke bedeckt war.

Also wickelte ich die traurigen Reste ein und legte sie in den Kühlschrank. Prozac würde sie morgen essen können, obwohl sie das bei Gott nicht verdient hatte.

Dann machte ich mir eine Schüssel Cheerios mit Milch, die ich im Stehen über der Spüle verdrückte.

So viel zum kultivierten Leben.

SIE HABEN POST

An: Jausten
Von: Shop-till-you-drop
Betreff: Dein Vater ist einfach unmöglich!

Also, wir haben mit den Proben begonnen, und alles, was ich dir berichten kann, ist: Dein Vater ist einfach unmöglich! Ich schwöre dir, er treibt hier absolut jeden in den Wahnsinn. Er muss einen winzigen Satz sagen: *Sehr wohl, Sir.* Aber er weigert sich. Stattdessen erfindet er seinen eigenen Text. Er sagt Sachen wie: »Wie Sie wünschen, Sir.« – »Ihr Wunsch ist mir Befehl, Sir.« – »Zweifelsohne, Sir.« Alles, nur nicht »Sehr wohl, Sir«.

Und bei jeder noch so kleinen Geste macht er einen riesigen Wirbel. Er schlägt fast einen Salto rückwärts, wenn er die Tür öffnet. In einer Szene soll er Alistairs Zigarette anzünden. Jedes Mal macht er ein solches Gewese und wirbelt mit dem Feuerzeug herum, als wäre es ein Taktstock. Er braucht so lange, Alistair die blöde Zigarette anzuzünden, dass der das Ding in der Zwischenzeit längst hätte rauchen können.
Am schlimmsten ist es bei der Liebesszene zwischen Alistair und mir. Natürlich küssen wir uns nicht richtig. Wir tun nur so. Aber jedes Mal, wenn Alistair sich mir nähert, fängt dein Vater an zu husten und wirft ihm böse Blicke zu. Ach, Liebes, es ist ja so peinlich. Daddy ist überzeugt, dass Alistair ein Auge auf mich geworfen hat. Und das nur, weil er mir den Rosenstrauß geschickt hat. Wie sich herausgestellt hat, hat Alistair allen Damen, die in dem Stück mitspielen, Rosen geschickt. Aber dein Vater ist immer noch überzeugt, dass Alistair es auf mich »abgesehen« hat. Was völlig absurd ist. Unsere Beziehung ist rein beruflicher Natur.

Grüße von deiner gestressten
Mom

An: Jausten
Von: BigDaddy
Betreff: Ein Wolf im Wolfspelz

Ist die Frechheit von diesem St. Gähn zu fassen, deiner Mutter einfach ein Dutzend Rosen zu schicken? Es stimmt, dass er den anderen Damen im Stück auch Blumen geschickt hat, aber das waren *Nelken*! Und was sagt dir das, hm? Der Mann ist ein Wolf im Wolfspelz.

Und du kannst dir ja gar nicht vorstellen, was für einen Wirbel deine Mutter um diese blöden Blumen macht. Man könnte glatt meinen, sie hätte noch nie in ihrem Leben Blumen bekommen. Habe ich ihr nicht erst letztes Jahr zum Muttertag ein Dutzend wunderschöner Rosen geschenkt?

An: BigDaddy
Von: Jausten

Um ehrlich zu sein, Daddy, ich glaube, du hast ihr einen Handstaubsauger zum Muttertag geschenkt.

An: Jausten
Von: BigDaddy
Betreff: Der Gedanke zählt

Wirklich? Ich hätte schwören können, dass ich ihr Rosen geschenkt habe. Na ja. Der Gedanke zählt. Und davon mal ganz abgesehen: Wenn ich deiner Mutter Rosen schenke, dann besorge ich ihr wenigstens Qualitätsrosen. Und nicht solche mit so kümmerlichen kleinen Blüten, wie St. Gähn sie ihr geschickt hat. Ich wette, dass die im null Komma nichts verblüht sind.

An: Jausten
Von: Shop-till-you-drop

P.S. Dein Vater hat irgendetwas mit den Rosen angestellt, da bin ich mir sicher. Sie welken schon. Er schwört zwar, dass er sich nicht in ihre Nähe gewagt hat, aber ich finde, das Blumenwasser riecht nach Gin.

15. Kapitel

Das Geschäft neben dem Passions war ein Friseursalon mit dem Namen Extreme Hair. Und der Name war Programm. Im Schaufenster hingen eine Reihe von Fotos hagerer junger Models, die aussahen, als trügen sie die Hörner von Impala-Antilopen auf ihren Köpfen. Es ist mir vollkommen gleichgültig, was die Leute von Extreme Hair behaupten, ich halte es für keine sonderlich schicke Idee, mit Antilopenhörnern auf dem Kopf herumzulaufen. Schon gar nicht während der Jagdsaison.

Aber ich war schließlich nicht hier, um Frisuren zu beurteilen. Ich war hier, um dem Zeugen, der Beckys Auto in der Mordnacht gesehen haben wollte, einen Besuch abzustatten. Zum Glück gab es über dem Frieseursalon nur eine Wohnung. Auf dem eingedellten Briefkasten stand der Name R.D. Butler.

Ich stieg eine enge Treppe hinauf und klingelte an R.D. Butlers Wohnungstür. Ein dürrer junger Mann öffnete mir die Tür. Sein fettiges blondes Haar war zu Rastazöpfen geflochten, die wie Stacheln von seinem Kopf abstanden. Zweifelsohne war er ein Extreme-Hair-Kunde. Außer einer Pyjamahose trug er nichts am Leibe, so dass seine bemitleidenswert schmale Brust entblößt war, die von Brustwarzenpiercings bedeckt war.

Ich fragte mich, ob R.D. für Richtig Dreckig stand.

»Was woll'n Sie?«, fragte er und stierte mich mit blutunterlaufenen Augen an.
»Ich hoffe, ich habe Sie nicht geweckt«, antwortete ich.
»Ham Sie aber«, kam es prompt zurück.
»Das tut mir leid. Ich würde Ihnen gern ein paar Fragen zu dem Mord von nebenan stellen.«
»Ich hab den Bullen bereits alles erzählt, was ich weiß. Wer sind Sie'n überhaupt – irgend so 'ne Reporterin?« Er blinzelte mich abwägend an. »Sie sind wirklich Reporterin, oder? Bestimmt vonner *L.A. Times*.«
Ich wollte ihn gerade darüber aufklären, dass ich nicht zu dieser nervtötenden Zunft gehöre, als er hinzufügte: »Ich red nur unter einer Bedingung mit Ihnen. Dass Sie den Namen von meiner Band in Ihr'm Artikel erwähnen.«
»Aber sicher doch«, nickte ich. »Kein Problem. Ich werde den Namen Ihrer Band in meinem Artikel erwähnen.«
»Na gut«, sagte er und kratzte sich seinen Rastaschopf. »Abgemacht, dann komm Sie mal rein.«
Wie gut, dass ich nicht von der Gesundheitsbehörde kam, denn sonst wäre seine Wohnung sofort gesperrt worden. Was für ein Schweinestall. In der ganzen Wohnung lagen leere Bierdosen, Fastfood-Schachteln und versteinerte Pizzaränder.
Ich klaubte etwas von einem Stuhl, das nach den Überresten einer Frühlingsrolle im fortgeschrittenen Zerfallsstadium aussah, und setzte mich – allerdings nicht, ohne mir innerlich eine Notiz zu machen, später meine Jeans desinfizieren zu lassen.
»Aus zuverlässiger Quelle habe ich die Information erhalten, dass Sie ein Zeuge im Mordfall Giselle Ambrose

sind«, begann ich und versuchte dabei, so gut wie möglich nach Reporterin zu klingen.
»Stimmt«, antwortete R.D. und kratzte sich am Unterarm.
»Können Sie mir sagen, was Sie gesehen haben?«
»Dead Bats. Tote Fledermäuse.«
»Tote Fledermäuse?«
»So heißt meine Band. Woll'n Sie sich das nich mal notier'n?«
»Brauche ich nicht«, antwortete ich und tippte mit dem Zeigefinger gegen meine Stirn. »Fotografisches Gedächtnis.«
»Echt? Wahnsinn. Ich hab schon Probleme damit, mir meine eigene Telefonnummer zu merken.«
»Sie sollten vielleicht das Kokain weglassen. Es heißt, das hilft.«
Natürlich habe ich das nicht gesagt. Was ich sagte, war: »Also, was haben Sie in der Mordnacht gesehen?«
»Wie ich den Bullen schon gesagt hab, um fünf nach halb elf Uhr hab ich 'nen orangefarbenen VW-Käfer auf'm Parkplatz stehen sehen.«
»Und Sie sind sich ganz sicher, dass das um diese Uhrzeit war?«
»Ja, ganz sicher. Ich wollt' gerade 'n Kater ausschlafen und musste mal aufs Klo. Dabei hab ich zufällig aus'm Fenster geschaut, und da hab ich den Käfer stehen sehen. Und dann hab ich auf die Uhr da geschaut.«
Er deutete auf eine große, runde Neonuhr über seinem Sofa, wie man sie aus Burger-Restaurants kennt. Ich fragte mich, ob er sie wohl geklaut hatte.
»Ich weiß noch, dasses fünf vor halb elf war«, sagte er. »Ganz genau.«

Und das behauptete ein Kerl, der Schwierigkeiten hatte, sich seine eigene Telefonnummer zu merken.

»Und haben Sie auch noch andere Autos gesehen? Zum Beispiel einen BMW?«

»Ich hab kein' BMW gesehen.«

Mein Herz machte einen Satz. Wenn er keinen BMW gesehen hatte, dann konnte Frenchie zu diesem Zeitpunkt nicht in der Boutique gewesen sein, und Becky konnte sie nicht ermordet haben.

»Aber das heißt noch lang nich, dass da keiner war«, fügte er hinzu.

»Was soll das heißen?«

»Komm' Sie mal zum Fenster, dann zeig ich Ihn'n, was ich meine.«

Auf Zehenspitzen bahnte ich mir einen Weg durch den Müll, um einen Blick auf den Parkplatz zu werfen.

»Sie müssen schon genau hier am Fenster stehen, um die Autos sehen zu könn', die direkt unter dem Jakarandabaum stehen«, erläuterte R.D. »Aber wenn Sie mitten im Zimmer sind, wie ich an dem Abend, dann könn' Sie die Autos da nich sehen. Alles, was ich sehen konnte, war'n die Autos auffer andern Seite vom Parkplatz. Da hätt also jederzeit noch 'n Auto unter dem Baum stehen könn'.«

Entmutigt ließ ich mich wieder auf den Frühlingsrollen-Stuhl fallen und sah R.D. dabei zu, wie er einen Stapel Papiere auf seinem Kaffeetisch durchwühlte.

»Für Sie«, sagte er und reichte mir ein Blatt Papier. »Unsere Auftritte.«

»Was für Auftritte?«

»Na, von der Band. Das is' der Plan mit unseren Auftritten.«

Ich warf einen Blick auf das Papier, das er mir gegeben hatte.

»Das ist die Speisekarte vom Pizza-Lieferdienst.«

»Oh, 'tschuldigung, ohne meine Linsen kann ich nich so wahnsinnig viel sehen.«

»Sie tragen Kontaktlinsen?«

»Ja.«

»Haben Sie die auch in der Mordnacht getragen, als Sie den orangefarbenen Käfer gesehen haben?«

»Nein, aber ich weiß, dass ich den Wagen gesehen hab.«

»Das glaube ich Ihnen.«

Doch die Sache war die: Ohne seine Kontaktlinsen hätte er sich leicht in der Zeit irren können. Er war sich ganz sicher, dass er den Wagen um 22 Uhr 35 gesehen hatte. Was aber, wenn er – verschlafen und ohne Kontaktlinsen – die Uhrzeiger verwechselt hatte? Was, wenn es statt 22 Uhr 35 in Wirklichkeit fünf Minuten vor sieben gewesen war?

»Hier, jetzt hab ich den Plan gefunden.« Wieder reichte er mir einen Zettel, diesmal die Lieferkarte des Falafel-Palasts.

»Prima«, antwortete ich und ging zur Tür.

»Und Sie vergessen auch ganz sicher nich, uns zu erwähnen?«

»Nein. Die Dead Rats werden die Top-News der Ausgabe sein.«

»Dead Bats.«

»Richtig. Tote Fledermäuse.«

Misstrauisch verengten sich R.D.s Augen zu Schlitzen.

»Moment mal. Sie ha'm doch gerade gesagt, Sie hätten 'n fotografisches Gedächtnis.«

»Da habe ich wohl eben den Fokus nicht richtig eingestellt. Jedenfalls, ich muss weiter. Im Rathaus wartet eine Wahnsinnsstory auf mich.«

Er kratzte sich unter der Achsel, und ehe er etwas sagen konnte, sauste ich zur Tür hinaus.

Wenn meine Theorie stimmte, dann war Becky zum Zeitpunkt des Mordes überhaupt nicht in der Nähe von Passions gewesen. Alles, was ich jetzt noch tun musste, war, herauszubekommen, wer *stattdessen* dort gewesen war. Und schon hatte ich meinen Mörder.

Auf der Straße konnte ich beobachten, wie die Stylisten von Extreme Hair eifrig damit beschäftigt waren, die Frisuren ihrer Kunden zu verunstalten. Im Stillen kondolierte ich den Opfern und ging nach nebenan, um mit Grace Lynbrook zu sprechen. Von all meinen Verdächtigen schien Grace am meisten von Frenchies Tod zu profitieren.

Als ich die Boutique betrat, waren Becky und Tyler beide mit Kunden beschäftigt. Becky warf mir ein mattes Lächeln zu. Ihre Haut war bleich und fleckig, und die dunklen Ringe unter ihren Augen verrieten, dass sie nicht viel Schlaf bekommen hatte.

Ich winkte ihr kurz zu und ging dann nach hinten zu Grace' Büro. Die Tür stand offen, und ich konnte Mrs. Tucker, den recycelten Teenager, gegenüber von Grace' Schreibtisch in einem der weißen Korbstühle sitzen sehen. Sehr zu meiner Freude lehnte die Schaufensterpuppe Bessie immer noch an ihrem angestammten Platz an der Wand. Trotz Frenchies Drohungen, sie auf den Müll zu werfen, hatte Bessie Frenchies Gewaltherrschaft ohne großen Schaden überlebt – abgesehen von einem Arm, den sie verloren hatte und der nun beim Saum ihrer Schlaghosen auf dem Boden lag.

»Siehst du, Grace?«, sagte Mrs. Tucker gerade. »Ich habe dir doch gesagt, dass alles glatt gehen würde.« Sie schaute auf ihre Armbanduhr. »Ach du lieber Himmel. Ich komme zu spät zu meiner Botox-Behandlung.« Sie schoss von ihrem Korbstuhl hoch. »Ich muss sofort los, Süße. Ich rufe dich später an.« Sie warf ihr eine Kusshand zu und eilte durch die Hintertür zum Parkplatz hinaus.

Ich wartete einige Sekunden, bevor ich den Kopf durch den Türspalt steckte.

»Jaine!« Grace warf mir ein breites Lächeln zu. »Kommen Sie rein, setzen Sie sich.«

Sie sah ungefähr 300-mal besser aus als an dem Tag, an dem sie ihren »Ruhestand« angekündigt hatte. Ihre Augen strahlten, und ganz im Gegensatz zu Becky sprudelte sie fast über vor guter Laune.

Ich setzte mich in den Stuhl, in dem Mrs. Tucker bis eben gesessen hatte. Ihr Parfum lag noch immer in der Luft, es war einer dieser schweren Düfte, die in Aufzügen Asthmaanfälle auslösen können.

»Liebe Jaine«, sagte Grace. »Ich fürchte, ich muss nun leider doch auf Ihre Dienste verzichten.« Sie zeigte auf die Ausgabe der *Los Angeles Times* auf ihrem Schreibtisch. »Wir bekommen gerade mehr Presse, als wir bewältigen können.«

Und das stimmte. Die Geschichte beherrschte schon seit Tagen die Titelseiten.

»Um ehrlich zu sein«, begann ich, »ich bin nicht deswegen hier.«

»Ach?«
»Ich wollte mich mit Ihnen über den Mord an Frenchie unterhalten.«
»Was für eine schreckliche Tragödie«, tss-tss-te sie mit einem beachtlichen Mangel an Mitgefühl.
»Wussten Sie, dass die Polizei Becky verdächtigt?«, erkundigte ich mich.
»Nein, das wusste ich nicht. Das ist ja furchtbar. Becky ist doch keine Mörderin.«
»Deswegen ermittle ich in ihrem Namen in diesem Fall und versuche herauszubekommen, wer den Mord wirklich begangen hat.«
»Sagen Sie bloß nicht, Sie sind Privatdetektivin?« Sie riss ungläubig die Augen auf.
»Ab und zu.«
»Aber muss man dafür nicht gut in Form sein?«
Autsch.
So unglaublich es Ihnen erscheinen mag, hätte ich am liebsten erwidert, *aber es ist mir schon gelungen, in meinen XL-Strumpfhosen den einen oder anderen Fall zu lösen.*
Sie musste mir angemerkt haben, dass ich verärgert war.
»Entschuldigen Sie bitte. Ich wollte Sie nicht kränken. Es ist nur, all diese Privatermittler im Fernsehen sind immer so wahnsinnig durchtrainiert.«
»Im Fernsehen sind alle wahnsinnig durchtrainiert. Das gehört zur wundervollen Welt des schönen Scheins.«
»Da haben Sie wohl recht.« Sie lächelte ironisch. »Also«, sagte sie und faltete die Hände auf ihrem Schreibtisch, »wie kann ich Ihnen behilflich sein?«
»Zunächst einmal, indem Sie mir sagen, ob Ihnen irgendjemand einfällt, der Frenchie umgebracht haben könnte.«

»Ich habe nicht die leiseste Ahnung.« Wieder begann sie mit ihrer Tss-tss-Nummer. »Die arme Frenchie. Ich hatte sie so gern. Und fürs Geschäft war sie unersetzlich.«

Sie bemühte sich redlich, aufrichtig zu wirken, doch es gelang ihr nicht. Vielleicht war sie früher einmal Model gewesen, aber sie war ganz sicher keine Schauspielerin.

»Hören Sie«, kam ich zur Sache, »ich weiß, dass Sie von Frenchie erpresst wurden. Maxine hat mir erzählt, wie sie Sie gezwungen hat, ihr die Boutique zu verkaufen. Maxine hat mir alles erzählt.« Mit der Betonung auf *alles*.

Auf einmal war ihre unechte Trauer verschwunden.

»Na gut«, sagte sie und warf ihr schneeweißes Haar zurück. »Es stimmt. Frenchie hat mich gezwungen, ihr das Geschäft zu verkaufen. Zum Glück wurde sie ermordet, bevor wir den Vertrag unterschreiben konnten, also gehörte der Laden zum Zeitpunkt des Todes noch mir.«

»Ich sage das wirklich nur ungern, aber Sie hatten damit ein wirklich starkes Mordmotiv.« Nach ihrer Bemerkung über meine mangelnde Fitness sagte ich das nicht wirklich ungern. »Manche Leute könnten denken, Sie hätten Frenchie umgebracht, um Ihre Boutique wiederzubekommen.«

»Dann lägen manche Leute damit völlig falsch. Ich gebe zu, dass ich anfangs unter Schock stand. Aber nachdem ich darüber nachgedacht hatte, habe ich beschlossen, dass ich nicht kampflos aufgeben würde. Ich hatte vor, zur Polizei zu gehen und Frenchie anzuzeigen. Schließlich war sie diejenige, die die Gesetze gebrochen hatte, nicht ich. Es war Erpressung, schlicht und einfach, und dafür wäre sie mit Sicherheit im Gefängnis gelandet. Sie verstehen also, auch wenn ich nicht sagen kann, dass ich Frenchies Tod betrauere, ich habe sie nicht auf dem Gewissen.«

Wenn sie jetzt schauspielerte, legte sie eine wirklich überzeugende Vorstellung hin.

»Dürfte ich Sie fragen, wo Sie zur Tatzeit waren?«

»Natürlich. Ich war mit einer Freundin essen.«

Ich versuchte es auf gut Glück.

»Diese Freundin ist nicht zufällig Mrs. Tucker, oder?«

»Doch. Amanda und ich sind schon seit Jahren miteinander befreundet.«

»Sie sind also an diesem Abend nicht noch einmal ins Geschäft zurückgekehrt?«

Ihr Lächeln wurde starr. Ich hatte einen Nerv getroffen.

»Ich frage nur«, fuhr ich fort, »weil ich zufällig die Jakarandablüten auf dem Dach Ihres Wagens bemerkt habe. Wie Sie sich bestimmt erinnern, hat es in der Mordnacht geregnet, und Sie wissen ja, wie klebrig Jakarandablüten bei Regen werden. Die sind wie Leim.«

»Nein«, antwortete sie. Das Lächeln war jetzt auf ihrem Gesicht festgefroren. »Ich war in der Mordnacht nicht einmal in der Nähe des Ladens. Fragen Sie Mrs. Tucker, wenn Sie mir nicht glauben. Wenn Sie mich jetzt bitte entschuldigen würden, ich habe zu arbeiten.«

Sie setzte sich eine Großmutterbrille mit Metallgestell auf und begann die Unterlagen auf ihrem Schreibtisch zu ordnen. Wegtreten.

Es sah nicht so aus, als würde ich zu meinen Lebzeiten Anzeigen für Grace Lynbrook texten.

Gedankenverloren ging ich nach vorn in den Verkaufsraum. Ich hätte eine Monatsmiete darauf verwettet, dass Grace in der Mordnacht in der Boutique gewesen war. Sicher, das hieß nicht, dass sie die Mörderin war. Sie hätte nur zurückkommen können, um etwas zu holen, so wie Becky es getan hatte. Vielleicht wollte sie sich einen von den Korbstühlen holen, oder eine Stretch-Radlerhose als Souvenir.

Andererseits war es durchaus möglich, dass sie Frenchie umgebracht hatte. Vielleicht hatte sie gar nicht mit Mrs. Tucker zu Abend gegessen. Vielleicht war Mrs. Tucker bereit, für sie zu lügen. Oder vielleicht log Grace auch für Mrs. Tucker. Nach allem, was ich wusste, könnten die beiden unter einer Decke stecken. Vielleicht waren sie mit Grace' Wagen zum Passions gefahren, hatten Frenchie dort mit ihrem Jimmy-Choo-Imitat erstochen und waren dann nach Hause gefahren, um zusammen ein Glas Brandy zu trinken.

Ich musste mich unbedingt mit Mrs. Amanda Tucker unterhalten.

Im Verkaufsraum faltete Tyler gerade ein paar Tanktops zusammen, und Becky kassierte bei einer Kundin ab. Ich wartete, bis sie fertig war, und eilte dann zu ihr. Aus der Nähe waren ihre dunklen Augenringe noch auffälliger.

»Hi, Jaine«, begrüßte sich mich mit einem schwachen Lächeln. »Wie läuft's denn so?«

»Prima«, versicherte ich mit gespielter Zuversicht. »Ich mache große Fortschritte bei den Ermittlungen.«

»Wirklich?« Ihr Gesicht leuchtete auf.

Nein, aber das würde ich ihr nicht sagen.

»Könntest du mir Mrs. Tuckers Adresse und Telefonnummer geben?«

»Kein Problem«, antwortete sie. »Die steht bestimmt in unserem Gästebuch.« Sie blätterte das Gästebuch an der

Kasse durch. »Da haben wir sie ja. Amanda Tucker, gleich an erster Stelle.«

Becky notierte die Kontaktdaten auf der Rückseite einer Passions-Visitenkarte.

»Vielen Dank«, sagte ich und steckte die Karte in meine Handtasche. »Und versuch, heute Nacht ein bisschen Schlaf zu kriegen. Alles wird gut. Ich versprech's dir.«

Dann umarmte ich sie und ging in der Hoffnung, dass es mir gelingen würde, mein Versprechen wahr zu machen, hinaus.

16. Kapitel

Ich war gerade auf dem Weg zum Parkplatz, als mir jemand nachrief: »Jaine! Warte mal!« Ich drehte mich um und sah, wie Tyler mir nacheilte. Genau wie Grace sah auch er deutlich besser aus als bei unserer letzten Begegnung.

»Ich wollte mir gerade einen Hotdog bei Pink's holen«, sagte er. »Möchtest du mitkommen?«

Das Letzte, was mein Verdauungstrakt jetzt gebrauchen konnte, war eine weitere Ladung Chili-Käse-Hotdogs. Doch ich wollte die Gelegenheit nicht verpassen, mit Tyler zu reden. Schließlich gehörte er zu den Verdächtigen.

»Klar«, antwortete ich. »Gern.«

Zehn Minuten später saßen wir draußen vor Pink's und machten uns über Chili-Käse-Hotdogs mit Pommes her. Tyler verspeiste seine Portion genüsslich und wischte sich mit dem Handrücken die Chilisoße vom Mund. Selbst wenn ihm das Fett vom Unterarm tropfte, war der Kerl immer noch unglaublich attraktiv.

»Ich liebe diese Dinger«, gestand er. »Aber ich habe ein schlechtes Gewissen dabei, sie zu essen, wenn Becky in der Nähe ist. Sie hat schon recht, von wegen Tiere essen und so. Wenn man so darüber nachdenkt, ist das eigentlich ziemlich schrecklich, aber ich komme einfach nicht davon los.«

»Sag dir einfach, dass die Tiere eines natürlichen Todes gestorben sind. Das mache ich auch immer.«
»Das muss ich auch mal versuchen«, antwortete er mit einem Grinsen, bei dem einem das Herz schmolz. Ich konnte mir sehr gut vorstellen, wie vielen Frauen er mit diesem Blick puddingweiche Knie beschert hatte.
Dann verschwand das Grinsen.
»Ich mache mir Sorgen um Becky«, erklärte er. »Ich habe sie noch nie so aufgelöst gesehen.«
»Ich wäre auch aufgelöst, wenn die Polizei mich des Mordes verdächtigen würde.«
»Sie hat gesagt, du ermittelst für sie.«
»Das stimmt«, nickte ich.
»Komisch, ich hätte nie gedacht, dass du Privatdetektivin bist.«
Ist es nicht erstaunlich, dass alle Welt denkt, ich könnte nicht einmal ein Kreuzworträtsel vollständig lösen?
»Was glaubst du, wer war's?«, wollte er wissen.
»Das kann ich im Moment noch nicht sagen«, antwortete ich und dachte, dass es möglicherweise Tyler gewesen war. Sicher, er schien ein netter Kerl zu sein, doch das galt auch für Ted Bundy. Und ich hatte den mörderischen Blick in seinen Augen gesehen, als er die Hände um Frenchies Hals gelegt hatte. Er hatte gesagt, er würde sie am liebsten umbringen, und in der Tat hätte er es auch fast getan. Vielleicht war er später zurückgekommen, um sein Vorhaben endgültig in die Tat umzusetzen?
»Ich hoffe, ich trete dir nicht zu nahe«, begann ich und leckte mir dabei die letzte Chilisoße von den Fingern, »aber wo warst du an dem Mordabend?«
»Du trittst mir damit nicht zu nahe. Überhaupt nicht.

Detektive müssen doch jeden verdächtigen, nicht wahr? Sonst machen sie ihren Job nicht richtig.«

»Wo warst du in der Mordnacht?«

»Ich war bei meinem Schreibkurs an der Uni.«

Ich hatte selbst an der Uni Abendkurse besucht und wusste, dass sie gegen zehn Uhr endeten. Becky hatte gesagt, Frenchie sei irgendwann zwischen neun und elf Uhr abends getötet worden. Was bedeutete, dass Tyler mit Leichtigkeit hätte zum Passions fahren und den Mord begehen können.

»Der Unterricht war so gegen zehn zu Ende«, fuhr er fort, als hätte er meine Gedanken gelesen, »aber ich bin noch geblieben, um mit der Dozentin zu sprechen. Ms. Garrett war immer eine richtige Mentorin für mich. Sie kommt ganz toll mit all ihren Schülern zurecht. Letztes Jahr hat einer von ihren Studenten sein Buch an Random House verkauft und es ihr gewidmet. Jedenfalls, Ms. Garrett hat gemerkt, wie fertig ich war, also ist sie nach dem Unterricht noch geblieben und hat mir geholfen, das alles auf die Reihe zu kriegen. Sie hat mir geholfen, zu begreifen, dass bloß mein Roman zerstört worden war und nicht mein Leben. Wir haben dann gemeinsam das Buchkonzept rekonstruiert und sind fast bis Mitternacht geblieben.«

Ich starrte auf einen kleinen Tropfen Chilisoße an Tylers Kinn und hatte plötzlich das unwiderstehliche Bedürfnis, die Hand auszustrecken und ihn wegzuwischen. Natürlich hielt ich mich zurück, doch irgendetwas an Tyler weckte meine mütterlichen Instinkte.

Ehrlich, ich war froh, dass er ein Alibi hatte.

»Schau«, sagte er, »einen ganz kurzen, wahnsinnigen

Moment lang wollte ich Frenchie wirklich umbringen. Schließlich hatte sie drei Jahre harter Arbeit vernichtet. Aber ich hab's nicht getan. Ehrlich. Außerdem ist die Situation längst nicht so hoffnungslos, wie es am Anfang ausgesehen hat. Ms. Garrett hat noch Kopien von ein paar Kapiteln meines Romans, die ich ihr im Rahmen des Kurses gegeben hatte. Damit und mit dem Konzept kann ich das Buch wieder neu aufbauen.«

Er sah mich so offenherzig und vertrauensvoll an, dass es mir plötzlich absurd erschien, ihn des Mordes zu verdächtigen.

»Wenn es irgendetwas gibt, das ich tun kann, um Becky aus diesem Schlamassel zu helfen«, sagte er, »dann sag mir Bescheid. Ich finde es schrecklich, sie so zu sehen.«

»Hast du eine Ahnung, wer es getan haben könnte?«, wollte ich wissen.

Er zuckte mit den Schultern. »Ich tippe auf Grace. Nach außen hin macht sie einen netten Eindruck, aber sie hat einen eiskalten Zug. Ich würde ihr so etwas glatt zutrauen. Besonders, weil sie von Frenchies Tod so sehr profitiert.«

Exakt meine Gedanken.

»Ich gebe dir meine Visitenkarte«, sagte ich. »Für den Fall, dass dir irgendetwas Hilfreiches einfällt. Du kannst dich jederzeit bei mir melden. Tag und Nacht.«

»Alles klar«, antwortete er und steckte meine Karte in seine Brieftasche.

Nachdem wir unsere Hotdogs aufgegessen hatten, machten wir uns auf den Rückweg zum Passions. Ich war dankbar für das bisschen Bewegung. Meiner Kalkulation nach würde ich bis zum Laden bestimmt hundert Kalorien meines Chili-Käse-Hotdogs verbrennen.

Na toll. Hundert Kalorien weniger. Blieben nur noch acht Trillionen.

Als wir am Parkplatz des Passions ankamen, sahen wir Becky aus der Hintertür treten.
»Hey, Becky«, rief Tyler. »Wo willst du hin?«
»Grace möchte, dass ich ihr Auto waschen lasse.«
Bestimmt um die verdächtigen Jakaranda-Blüten loszuwerden.
»Ich bin gleich wieder da«, sagte sie und gab Tyler einen flüchtigen Kuss auf den Mund. »Moment mal. Rieche ich da etwa einen Chili-Käse-Hotdog?«
Tyler grinste verlegen. »Schuldig im Sinne der Anklage.«
»Ich wünschte, du würdest diesen Ausdruck nicht benutzen«, erwiderte Becky mit schmerzvoller Miene. »Ich fürchte nämlich, dass ich genau das demnächst vor Gericht hören werde.«
»Sei doch nicht albern«, wehrte Tyler ab. »Alles wird wieder gut. Jaine findet den Mörder schon. Stimmt doch, oder, Jaine?«
Ich nickte schwach und wünschte mir, ich könnte seine Zuversicht teilen.
Tyler umarmte Becky. Es war eine Umarmung, die – wäre ich nicht da gewesen – durchaus zu weiterem Geturtel geführt hätte. Doch ich war da, und so löste er sich widerwillig von ihr und ging zurück in die Boutique.
»Schickt dich Grace oft los, um ihren Wagen waschen zu lassen?«, wollte ich wissen, während Becky und ich zu Grace' Jaguar gingen.
»Ja, aber normalerweise immer montags. Aber aus irgendeinem Grund wollte sie, dass ich es heute tue.«

Ich kannte den Grund. Man nannte so etwas Beweisvernichtung.

»Ich hasse es, ihren Jaguar zu fahren«, sagte Becky. »Ich habe immer Angst, dass ich einen Unfall baue. Wo hab ich denn jetzt wieder den Schlüssel?«

Sie durchwühlte ihre Handtasche, einen großen Filzbeutel in Form eines Affen.

»Interessante Tasche«, stellte ich fest.

»Danke«, antwortete Becky. »Die habe ich selbst entworfen.«

Nur eine Elfe wie Becky kam damit durch, mit einem Affen am Arm herumzulaufen.

»Ach, da ist er ja.« Als sie den Autoschlüssel aus der Tasche zog, fiel etwas klappernd zu Boden.

Ich blickte nach unten und sah Frenchies Malteserkreuz.

»Ach du Schande«, sagte Becky, während sie es hastig aufhob. »Ich hab ganz vergessen, dass ich das in meiner Tasche hatte.«

Dann musste sie wohl bemerkt haben, dass mir der Mund offen stand.

»Das sieht jetzt gar nicht gut aus, nicht wahr?«, fragte sie.

»Kann man wohl sagen. Dürfte ich fragen, wo du das her hast?«

»Ich hab's auf dem Waschbecken auf der Toilette gefunden, ein paar Tage vor Frenchies Tod. Frenchie hat sich immer auf der Damentoilette umgezogen, bevor sie ein Date hatte. Jedenfalls hab ich das Kreuz auf dem Waschbecken gefunden, und ich weiß auch nicht, was über mich gekommen ist, aber ich hab es einfach an mich genommen. Ich wusste, dass Frenchie es gestohlen hat-

te, und ich hätte den Teufel getan, es sie behalten zu lassen.«
»Und was wolltest du damit?«, fragte ich.
»Ich war mir nicht ganz sicher. Ich dachte, ich würde vielleicht versuchen, die Kundin ausfindig zu machen, der sie es gestohlen hatte. Oder ich würde es Grace geben. Ich wusste nur, dass ich auf keinen Fall wollte, dass Frenchie es hatte. Also habe ich es in meine Tasche gesteckt. Und dann, mit dem Mord und alldem, habe ich es total vergessen.«
Ängstlich riss sie die Augen auf. »Wenn die Polizei herausfindet, dass ich Frenchies Kette habe, dann werden sie ganz sicher sein, dass ich Frenchie umgebracht habe. O Jaine, was soll ich nur machen?«
Und da tat ich etwas sehr Unüberlegtes.
»Gib es mir«, antwortete ich.
Sie reichte mir die Kette, und ich ließ sie in meine Tasche gleiten.
»Ich bewahre sie für dich auf, bis die Angelegenheit geklärt ist.«
»Vielen Dank, Jaine«, stieß sie hervor und fiel mir um den Hals. »Du bist ein Engel!«
Dann bestieg sie Grace' Jaguar und fuhr davon, das Lenkrad so fest umklammert, dass ihre Fingerknöchel weiß wurden, ihre absurde Affentasche auf dem Beifahrersitz.

Erst auf dem Heimweg wurde mir klar, wie dumm ich gewesen war.
Was, wenn Becky mich angelogen hatte? Wenn sie trotz ihrer kindlichen Erscheinung eine eiskalte Mörderin war?

Was, wenn sie Frenchie die Kette mit dem Malteserkreuz vom Hals genommen hatte, nachdem sie sie erstochen hatte? Hatte die Polizei es am Ende doch auf die richtige Verdächtige abgesehen?
Aber warum hatte mich Becky dann engagiert? Vielleicht hielt sie mich für einen solchen Trottel, dass ich den Falschen überführen würde. Oder vielleicht verdrängte sie einfach alles und hielt sich trotz allem für unschuldig. Vielleicht war sie ernsthaft überzeugt, dass dort draußen ein »echter Mörder« unterwegs war.
Schuldig oder nicht, eines war klar: Es war völlig bescheuert von mir gewesen, die Kette an mich zu nehmen. Das Geringste, was mir blühen konnte, war, wegen Zurückhalten von Beweisen verhaftet zu werden. Und schlimmstenfalls würde man mich wegen Beihilfe zum Mord verhaften.
Als ich schließlich zu Hause ankam, war ich mit den Nerven völlig am Ende. Ich konnte es kaum erwarten, mir ein Glas Chardonnay einzugießen.
Doch wie das Schicksal es wollte, konnte ich keinen Parkplatz finden. Das ist das Problem bei meiner Wohnung. Sie hat jede Menge Charme, aber leider keinen Stellplatz. Es schien Stunden zu dauern, bis ich endlich einen Parkplatz fand.
Ich stellte den Corolla ab, und während ich nach Hause ging, befühlte ich den goldenen Anhänger in meiner Tasche wie einen Unglücksbringer. Einmal nahm ich ihn heraus, um zu überprüfen, ob getrocknetes Blut daran war. Ich konnte nichts finden, doch das hatte nichts zu bedeuten. Becky hätte es in der Zwischenzeit bestimmt schon abgewaschen.

Endlich war ich zu Hause und schenkte mir ein Glas Chardonnay ein. Als ich es ausgetrunken hatte, fühlte ich mich schon um einiges besser. Ganz bestimmt war Becky keine Mörderin. Ich hatte überreagiert, das war alles. Ich würde weiterermitteln und den wahren Mörder finden. Und danach würde ich darüber lachen, wie sehr ich mich gefürchtet hatte.

Doch sicherheitshalber versteckte ich das Malteserkreuz in einem Paar grell pinkfarbener, paillettenbesetzter Hausschuhe, die mir meine Mutter beim Einkaufskanal bestellt hatte, passend zu einer pinkfarbenen, paillettenbesetzten Caprihose und dem passenden Tanktop, die sie mir ebenfalls geschickt hatte. Im Laufe der Jahre habe ich immer wieder versucht, meiner Mutter zu sagen, dass ich als Texterin arbeite und nicht als Prostituierte, aber sie besteht nach wie vor darauf, mir diese ungeheuerlichen Klamotten zu schicken. Doch das ist eine ganz andere Geschichte, die ich einem Therapeuten anzuvertrauen gedenke, sobald ich mir einen leisten kann.

In der Zwischenzeit hatte ich einen Mordfall zu lösen. Also beschloss ich, mich bei dem Detective mit den traurigen Augen zu melden, der laut seiner Visitenkarte Lieutenant Frank Mula hieß.

Zum Glück erreichte ich ihn sofort.

»Lieutenant Mula«, sagte ich, »hier ist Jaine Austen.«

»Klar. Und ich bin Charles Dickens.«

»Erinnern Sie sich nicht? Ich bin diejenige, die im Passions die Leiche entdeckt hat.«

»O ja, richtig. Entschuldigen Sie. Wie geht es Ihnen?«

»Prima. Ich habe sogar ein paar Informationen, die für Sie hilfreich sein könnten.«

»Eigentlich kommen wir in diesem Fall sehr gut voran.«
»Wunderbar«, antwortete ich. »Aber ich glaube, Sie werden sich sehr für das interessieren, was ich Ihnen mitzuteilen habe.«
»Also gut.« Er sprühte nicht gerade vor Begeisterung. »Was haben Sie denn mitzuteilen?«
Ich berichtete ihm von meinem Besuch bei seinem Kronzeugen R.D. Butler und davon, dass R.D. quasi blind wie eine Fledermaus war, wenn er seine Kontaktlinsen nicht trug, und dass er leicht die Uhrzeit hätte falsch ablesen können, als er Beckys Auto auf dem Parkplatz des Passions bemerkt hatte.
»Sehr interessant«, antwortete er ohne das geringste Interesse. Ich hätte sogar schwören können, dass er ein Gähnen unterdrückte.
Dann erzählte ich ihm von den Jakarandablüten auf Grace Lynbrooks Autodach, und dass sie dort seit dem Regen kleben mussten, wobei die einzige Nacht, in der es in den vergangenen zwei Wochen geregnet hatte, die Mordnacht gewesen war.
»Verstehen Sie?«, schloss ich und kam mir dabei vor wie Sherlock Holmes. »Ich bin mir ziemlich sicher, dass Grace Lynbrook in der Mordnacht im Passions war.«
Ich lehnte mich zurück und wartete darauf, dass ihn meine logischen Schlüsse vom Stuhl hauten.
Ich wartete vergebens.
»Was sind Sie eigentlich?«, fragte Lieutenant Mula. »So eine Art Detektivin?«
»Genau.«
»Ich dachte, Sie sind Werbetexterin.«
»Das auch. Als Detektivin arbeite ich nebenbei.«

»Komisch, von Ihnen hätte ich niemals gedacht, dass Sie als Privatschnüfflerin arbeiten.«
Wenn das noch einmal jemand sagte, würde ich losschreien.
»Also, was halten Sie nun von meiner Jakaranda-im-Regen-Theorie?«
»Ich lasse unsere Jungs aus der forensischen Meteorologie das mal überprüfen.«
»Forensische Meteorologie? Davon habe ich noch nie gehört. Gibt's das wirklich?«
»Nein«, antwortete er mit einem widerlichen Glucksen. »Ein bisschen Polizistenhumor.«
Hahaha, wirklich sehr witzig.
»Danke für die Informationen«, sagte er dann. »Ich kümmere mich darum. Aber jetzt muss ich Schluss machen. Hier kommt ein wichtiger Anruf rein.«
Bevor ich etwas sagen konnte, hatte er mich aus der Leitung geworfen. Jedenfalls dachte er das. Doch ohne dass er es wusste, hörte ich noch immer mit.
»Hey, Eddie«, hörte ich ihn sagen. »Wie sieht's heute Abend mit Bowling aus?«
Angewidert knallte ich den Hörer auf die Gabel.
Lieutenant Mula würde mit Sicherheit keine meiner Theorien in Betracht ziehen. Offenbar hatte er mich als inkompetente Amateurin abgeschrieben.
Dann musste ich ihm wohl das Gegenteil beweisen, oder?

15 Minuten später lag ich bis über beide Ohren im Schaum. Ich hatte mich in die Badewanne zurückgezogen, um über den Fall nachzudenken. In der Wanne kann ich

am besten denken. Dort ist mir zum Beispiel auch mein höchst erfolgreicher Slogan für die Firma Ackerman Markisen Inc. eingefallen: *Bei Sonnenlicht lautet die Devise – es dunkelt am besten die Ackerman Markise*. Okay, es ist nicht gerade Shakespeare, aber immerhin kann ich meine Miete zahlen.

So lag ich also in der Badewanne, malträtierte meine Oberschenkel mit einem Massagehandschuh und versuchte auszuknobeln, wer Frenchie Ambrose getötet hatte.

Grace Lynbrook hatte auf jeden Fall ein Motiv. Auch Maxine konnte ich nicht ausschließen, wenn ich an das verunstaltete Foto von Frenchie in ihrem Fotoalbum dachte. Dann war da noch Frenchies Mann Owen, der mir seine Tränen genauso gut vorgegaukelt haben könnte. Und wie stand es um Grace' beste Freundin Amanda Tucker? Ich dachte daran, wie sie zu Grace gesagt hatte, sie sei sich die ganze Zeit sicher gewesen, dass Grace die Boutique wiederbekommen würde. Woher hatte sie das so genau gewusst, wenn sie nicht selbst die Hände im Spiel gehabt hatte?

»Was meinst du?«, wandte ich mich an Prozac, die auf dem Spülkasten der Toilette hockte. »Wer ist unser Mörder?«

Doch Prozac war zu sehr damit beschäftigt, sich ihr Hinterteil zu lecken, um sich an dem Gespräch zu beteiligen.

Ich griff nach dem Notizblock und dem Bleistift, die ich mit ins Bad genommen hatte, und begann mir Notizen zu machen. Es hilft mir ungemein, meine Gedanken aufzuschreiben, wenn ich ein Problem lösen muss. Ich hatte gerade …

Meine Verdächtigen
Von Jaine Austen

… geschrieben, als es an der Tür klingelte.

Wer in aller Welt konnte das jetzt sein? Vielleicht war es Lance, der meinen Prada-Anzug aus der Reinigung abgeholt hatte.

Ich hievte mich aus der Badewanne und schlüpfte in meinen Bademantel.

»Lance?«, fragte ich und eilte zur Tür. »Bist du's?«

»Nein, Ms. Austen. Hier ist die Polizei.«

Die Polizei? Verdammt. Wahrscheinlich beschatteten sie Becky und hatten gesehen, wie sie mir das Malteserkreuz gegeben hatte. Und jetzt würden sie mich wegen Beihilfe zum Mord verhaften!

»Einen Moment bitte«, rief ich nach draußen. Ich rannte ins Schlafzimmer, um mir ein paar Joggingklamotten überzuwerfen. Als ich schließlich den beiden Beverly-Hills-Cops die Tür öffnete, war ich bereits in Panik.

Ich atmete tief durch und zwang mich zur Ruhe. Solange die Polizisten das Kreuz nicht fanden, hatten sie keinen Beweis, dass es sich in meinem Besitz befand. Ich musste einfach cool bleiben.

Ich setzte ein falsches Lächeln auf.

»Kann ich Ihnen behilflich sein?«, fragte ich mit ängstlicher Quietschstimme. So viel zum Thema cool bleiben.

»Ja, Ma'am«, entgegnete einer der beiden, »das können Sie.«

Denk immer daran, befahl ich mir selbst, *nichts zugeben. Solange sie das Kreuz nicht finden, kann dir nichts passieren.*

Und dann erblickte ich zu meinem Entsetzen Prozac, die mit einem pinkfarbenen Pailletten-Slipper im Maul ins Wohnzimmer stolziert kam.
Ich stand wie angewurzelt da und sah ihr zu, wie sie auf die Polizisten zutänzelte, während der Hausschuh ihr aus dem Maul hing.
Schaut mal, was ich euch mitgebracht habe, schien sie zu sagen. *Einen hässlichen Schuh.*
O Gott, betete ich, bitte mach, dass das der Schuh ohne das Kreuz ist.
Doch das Glück war nicht auf meiner Seite.
Prozac ließ den Slipper vor die Füße der Beamten fallen, und das Kreuz purzelte heraus.
»Ich weiß, dass ich das nicht hätte tun dürfen!«, jammerte ich und schaltete in Rekordzeit von lässig auf panisch. (Erinnern Sie mich bitte daran, dass ich niemals einen Job als internationale Spionin annehme.)
»Stimmt«, pflichtete mir einer der beiden Polizisten bei. »Das hätten Sie nicht tun dürfen.«
»Ich weiß nicht, was in mich gefahren ist.«
»Das entschuldigt Sie leider nicht«, entgegnete der andere kopfschüttelnd.
»Sie werden mich jetzt wohl festnehmen«, sagte ich und malte mir bereits aus, wie ich mir eine Zelle mit einer Frau namens Big Pete würde teilen müssen.
Die Cops wechselten überraschte Blicke. »Normalerweise verhaften wir niemanden fürs Falschparken, Ms. Austen.«
»Was?«, blinzelte ich verdutzt.
»Sie haben doch einen weißen Corolla, richtig?«
»Das stimmt.«

»Sie haben Ihren Wagen unerlaubt vor einer Einfahrt geparkt.«
Darum ging es hier? Die Polizisten waren hier, weil ich falsch geparkt hatte? Es gab doch einen Gott!
»Der Hausbesitzer hat uns angerufen, Ihr Auto blockiert seine Ausfahrt. Sie müssen Ihren Wagen umparken. Und wir werden Ihnen einen Strafzettel verpassen müssen.«
»Das ist schon in Ordnung, Officer. Das macht nichts. Nur sechzig Dollar? So ein Schnäppchen.«
Und es stimmte. Zum ersten Mal in meinem Leben war ich tatsächlich hocherfreut, einen Strafzettel zu bekommen.
Nachdem ich den Corolla umgeparkt hatte, kehrte ich nach Hause zurück, wo Prozac, die kleine Verräterin, bereits lautstark nach ihrem Abendessen verlangte. Mit unschuldigen grünen Augen blickte sie zu mir auf, als hätte sie eben nicht versucht, mich der Staatsgewalt auszuliefern.
»Du hast das nicht verdient«, erklärte ich, während ich ihr ein Schälchen mit Köstlichen Fischinnereien hinstellte.
Dann stopfte ich das Malteserkreuz in meine Sockenschublade, warf meine unvollendete Verdächtigen-Liste in den Papierkorb und verzog mich mit einer Konserven-Minestrone ins Bett, die ich direkt aus der Dose löffelte. Für heute hatte ich genug ermittelt.
Den Rest des Abends brachte ich damit zu, mir ein Andy-Hardy-Festival anzusehen. Als die letzte Folge des Abends anfing (Andy hat Prostata-Probleme), war Andy bereits in mittleren Jahren und ich der Erschöpfung nahe. Also machte ich das Licht aus und ließ es für heute gut sein.

Das Letzte, woran ich mich erinnere, bevor ich einschlief, war Prozac, die sich an meinen Hals schmiegte und mir Köstliche Fischinnereien ins Gesicht hauchte.

SIE HABEN POST

An: Jausten
Von: Shop-till-you-drop
Betreff: Die Ruhe vor dem Sturm

Ach, Liebes. Du errätst nie, was passiert ist! Alistair hat mit einem Reporter der *Tampa Tribune* gesprochen, der gerade an einer Story über örtliche Gemeindetheater arbeitet. Er möchte sich unser Stück ansehen, aber er hat einen festen Abgabetermin für seinen Artikel. Also hat Alistair unsere Premiere einfach vorverlegt. Du wirst es kaum glauben, aber wir stehen schon in zwei Tagen mit *Lord Worthingtons Schalkrawatte* auf der Bühne. Großer Gott, meine Nerven! Ich muss ja nicht nur meinen ganzen Text auswendig lernen, sondern das auch noch mit britischem Akzent!

Und dein Vater hat mir das Ganze nicht im Geringsten erleichtert, weil er so verrückt gespielt hat. Obwohl er sich in den letzten Tagen anscheinend beruhigt hat. Er hat aufgehört, eigene Dialoge zu erfinden und während der Liebesszenen zu husten.

Aber irgendwie traue ich ihm nicht. Es ist wie die Ruhe vor dem Sturm. Ich weiß genau, dass er irgendetwas im Schilde führt. Ich habe einen Riecher dafür.

An: Shop-till-you-drop
Von: Jausten

Keine Sorge, Mom. Bestimmt hat Daddy inzwischen begriffen, wie schlecht er sich benommen hat, und reißt sich jetzt zusammen. Geh am Premierenabend einfach raus auf die Bühne und reiß das Publikum von den Stühlen!

An: BigDaddy
Von: Jausten

Mom glaubt, dass du irgendetwas vorhast. Stimmt das?

An: Jausten
Von: BigDaddy

Wer? Ich?

17. Kapitel

Als ich am nächsten Morgen aufwachte, schien die Sonne in mein Schlafzimmer. Es war ein unfassbar schöner Tag, mit einem Himmel so blau wie die Augen eines Filmsternchens. Meine Zweifel an Beckys Unschuld waren über Nacht verschwunden. Ich konnte einfach nicht glauben, dass sie zu einem Mord fähig war.

Und so ging ich mit großer Erleichterung in die Küche, um das Frühstück zuzubereiten.

»Komm her, Prozac«, sagte ich, als ich ihr eine Schüssel mit rosafarbenem Brei hinstellte. »Leckerer Garnelenbrei.«

Dann warf ich einen Blick in mein gähnend leeres Küchenregal und fragte mich, woraus ich mir mein Frühstück zusammenbasteln sollte. Während ich noch zwischen einer altbackenen Waffeltasche und einem altbackenen Bagel hin- und herschwankte, klingelte es an der Tür.

Es war Lance.

»Schau mal, was ich mitgebracht habe«, sagte er und hielt mir zwei Papiertüten hin. »Französischer Röstkaffee und warme Croissants vom Bäcker. Mit Butter. Und Erdbeermarmelade.«

Warum sind die besten Männer eigentlich immer schwul?

Drei Minuten später saßen wir an meinem Esstisch im

Wohnzimmer und sahen zu, wie die Butter auf unseren Croissants schmolz.

»Ich habe gute Nachrichten für dich«, sagte Lance. »Die von der Reinigung glauben, dass sie die Weinflecken aus deinem Prada-Anzug rausbekommen können.«

»O Lance. Das ist ja wundervoll!«

Ich wäre ihm ja um den Hals gefallen, doch ich brachte es nicht fertig, mein Croissant aus der Hand zu legen.

»Also, jetzt erzähl von deinen Ermittlungen«, bat Lance. »Hast du schon eine Ahnung, wer's war?«

»Nicht wirklich. Aber ich habe jede Menge vielversprechender Verdächtiger.«

Ich spulte meine Liste ab und berichtete Lance von den Jakarandablüten auf Grace' Autodach, dem zerstörten Foto von Frenchie in Maxines Fotoalbum, Frenchies betrogenem Ehemann Owen und Grace' bester Freundin und möglicher Verbündeter, Mrs. Amanda Tucker.

»Ich wusste gar nicht, dass Amanda Tucker eine Freundin von Grace ist«, sagte Lance, während er sich noch ein Croissant nahm. Ich war längst mit meinem zweiten fertig und hatte mir bereits mein drittes vorgeknöpft.

»Kennst du sie?«, wollte ich wissen.

»Nicht persönlich, aber man sieht ihr Foto ständig in den Zeitschriften. Diese Frau hat sich schon so oft liften lassen, es ist ein Wunder, dass sie noch die Augen schließen kann.«

»Weißt du irgendetwas über sie?«

»Nur dass sie im Geld schwimmt. Ihr Mann war ein Ölbaron, hat Milliarden verdient.«

»War? Vergangenheitsform?«

»Ja, er ist irgendwann letztes Jahr gestorben. Riesenbeerdigung. In der Woche habe ich ’ne Menge schwarze Schuhe verkauft. Wo ich gerade davon spreche«, fuhr er fort und blickte auf seine Uhr, »ich muss mich beeilen, sonst komme ich zu spät zur Arbeit.«

»Willst du dein Croissant nicht aufessen?«, fragte ich und schielte auf die halbe Köstlichkeit auf seinem Teller.

»Nein, ich bin satt.«

Nur ein Hänfling wie Lance ist schon nach dürftigen eineinhalb Croissants satt.

Lance sauste zur Arbeit, und ich setzte mich, nachdem ich seinen Croissantrest verschlungen hatte, an meinen Computer. Dort las ich die jüngsten E-Mails meiner Eltern und stöhnte auf. Ganz bestimmt führte mein Vater irgendetwas im Schilde. Eines Tages würde ich sein Fahndungsfoto in einer Polizeidienststelle hängen sehen. Doch ich konnte mich jetzt nicht um meinen Vater sorgen. Nicht jetzt, wo ich mich voll auf diesen Mordfall konzentrieren musste. Also schob ich alle Gedanken an meine Eltern beiseite und loggte mich in das Online-Archiv der *L.A. Times* ein, um Informationen über Amanda Tucker zu sammeln.

Wie Lance gesagt hatte, tauchte ihr Name in einer Reihe von Artikeln über die High Society auf. In einem Artikel wurde erwähnt, dass sie die Witwe des verstorbenen Milliardärs Andre Tucker war. Daraufhin recherchierte ich über Andre, und was glauben Sie, was ich fand? Den Angaben der *Times* zufolge war Andre an einer Lebensmittelvergiftung gestorben und hatte seiner Frau sein komplettes Milliardenvermögen hinterlassen. Offiziell wurde sein Tod als Unfall eingestuft, doch so klar war das für mich nicht. Schließlich war Gift immer noch Gift. Nach allem, was

ich wusste, konnte es demnach auch vorsätzlicher Mord gewesen sein.
Und so hatte ich plötzlich aus heiterem Himmel eine neue Hauptverdächtige.

Amanda Tucker wohnte im schicksten Teil des Stadtviertels Brentwood, wo selbst renovierungsbedürftige Häuser noch für Millionen verkauft werden. Und Amandas Villa war alles andere als renovierungsbedürftig. Eine knapp zwei Meter hohe Hecke und der dahinterliegende Rasen, der die Ausmaße eines Fußballfeldes hatte, trennten das Anwesen von der Straße. Ich parkte meinen Corolla – nebenbei bemerkt, der einzige Kleinwagen weit und breit – auf der Straße und machte mich auf den langen Weg zur Haustür.
Die Villa war ein Prunkstück im englischen Landhausstil, mit Bleiglasfenstern und jeder Menge Holzbalken. Fast erwartete ich, dass der Herzog und die Herzogin von Windsor um die Ecke spaziert kämen, um eine Partie Krocket zu spielen.
Ich hatte beschlossen, Mrs. Tucker unangekündigt zu besuchen, weil ich davon ausging, dass sie mich nicht so schnell abwimmeln würde, wenn ich persönlich aufkreuzte.
Ich klingelte an der Tür und sog den berauschenden Duft von blühendem Flieder ein. Eine untersetzte Frau in Dienstmädchentracht öffnete mir rasch die Tür.
»Ja«, sagte sie blinzelnd. »Was wollen Sie?«
Ich schenkte ihr mein strahlendstes Lächeln.
»Ich würde gern mit Mrs. Tucker sprechen.«
»Wenn Sie wegen des Mordes im Passions hier sind«, ent-

gegnete sie mit eng vor ihrem beachtlichen Dekolleté verschränkten Armen, »Mrs. Tucker hat nichts zu sagen, außer dass Grace Lynbrook eine der respektabelsten und wundervollsten Frauen ist, die zu kennen sie die Ehre hat.«

Sie wollte die Tür wieder schließen.

»Warten Sie«, fuhr ich dazwischen. »Ich bin nicht wegen des Mordes gekommen.«

»Ach? Und worum geht es dann?«

Bühne frei, Vorhang hoch – ich begann zu schwindeln, wie ein Politiker im Wahlkampf.

»Haben Sie denn keinen Anruf von der Redaktion erhalten?«

»Nein«, antwortete sie. »Von welcher Zeitschrift sind Sie denn?«

»*Vanity Fair*. Wir bringen einen Artikel über Mode-Trendsetter in Los Angeles und wollen Mrs. Tucker interviewen.«

»Aber von *Vanity Fair* hat niemand angerufen.«

Im hellen Tageslicht konnte ich einen deutlichen Schnurrbart über ihren gekräuselten Lippen erkennen.

»Diese verdammten Trottel in der Redaktion.« Ich klappte mein Handy auf und rief bei mir zu Hause an, wo der Anrufbeantworter ansprang.

»Kimberly«, bellte ich in den Hörer, »ich stehe vor Amanda Tuckers Villa, und man sagt mir, dass Sie hier nicht angerufen haben, um einen Termin zu vereinbaren … Ich möchte keine Entschuldigungen hören. Sie haben einen Job zu machen, also machen Sie ihn!«

Energisch ließ ich mein Handy zuschnappen.

»Nicht zu glauben!«, sagte ich. »Diese Gören möchten

Journalisten werden und sind noch nicht einmal in der Lage, einen einfachen Anruf zu erledigen.«

Das Hausmädchen blickte mich teilnahmslos an. Kaufte sie mir meinen Auftritt ab?

»Warten Sie hier«, befahl sie schließlich. »Ich setze Mrs. Tucker davon in Kenntnis, dass Sie hier sind.«

Jippiee! Sie hatte es mir abgekauft.

Als ich so dastand und wartete, wurde mir bewusst, dass ich gerade ein Wagnis einging. Schließlich hatte mich Mrs. Tucker bei Passions gesehen. Es war durchaus möglich, dass sie mich wiedererkannte. Doch ich hatte den deutlichen Eindruck, dass Amanda Tuckers Hauptaugenmerk auf Amanda Tucker gerichtet war. Irgendwie glaubte ich nicht, dass sie besonders auf die Menschen in ihrer direkten Umgebung achtete. Jedenfalls hoffte ich das.

Ein paar Minuten später kam das Hausmädchen zurück und nickte knapp. »Folgen Sie mir«, befahl sie.

Und das tat ich, in ein britisches Landhaus-Wohnzimmer voller Chintz und frischer Blumen. Amanda Tucker wartete in einer engen weißen Caprihose und einem noch engeren pinkfarbenen Angorapulli auf mich. Ich konnte nicht umhin, ihre Brüste zu bemerken, die wie zwei perfekte Hügel aus der Angorawolle hervorragten. Zweifellos Handarbeit.

»Ich freue mich, Sie kennenzulernen, Ms. …?«

»Russell«, improvisierte ich wild. »Rosalind Russell.«

War ich völlig verrückt? Hatte ich ihr gerade den Namen einer toten Hollywood-Schauspielerin genannt?

»Sie meinen, wie der Filmstar?«

»Ja«, bestätigte ich mit einem matten Lächeln. »Meine Mutter war ein großer Fan von ihr.«

»Sind wir uns nicht schon einmal irgendwo begegnet? Ihr Gesicht kommt mir bekannt vor.«
Verdammt. Ihre Beobachtungsgabe war besser, als ich gedacht hatte.
»Das könnte sein«, antwortete ich. »Waren Sie auch auf dieser Cocktailparty von *Women's Wear Daily* letzten Monat?«
»Nein, daher kenne ich Sie nicht.«
»Mein Gesicht wird oft verwechselt«, erklärte ich. »Das passiert mir ständig.«
»Na gut. Egal«, antwortete sie. »Es fällt mir schon wieder ein. Setzen Sie sich doch bitte, Ms. Russell. Darf ich Ihnen von Greta etwas zu trinken bringen lassen?«
»Nein, danke.«
»Einen Apfelstrudel vielleicht? Frisch aus dem Ofen.«
»Nein, vielen Dank.«
Na gut, das habe ich nicht wirklich gesagt. Was aus meinem Mund kam, war, wie Sie wahrscheinlich schon längst ahnen: »Ja, sehr gern.«
Einen Augenblick lang vernachlässigte Amanda ihre Landadelpose und brüllte: »Greta! Bring uns etwas von dem Strudel.«
Dann ließ sie ihr flaches Hinterteil auf das Sofa mir gegenüber fallen und lehnte sich gegen einen Wall aus Kissen.
»Ich bin wirklich entzückt«, schwärmte sie. »Man stelle sich vor – von *Vanity Fair* interviewt zu werden!«
Dann blickt sie sich um.
»Wo ist denn der Fotograf? Sie werden doch ein paar Fotos machen, oder?«
»Selbstverständlich. Der Fotograf kommt nach. So arbei-

ten wir immer, zuerst mache ich das Interview und dann kommt er dazu, um die Bilder zu machen.«
»Gut«, antwortete sie. »Dann bleibt mir ja genügend Zeit, noch etwas Make-up aufzulegen.«
O ja. Als trüge sie nicht schon genug Make-up, um einen ganzen Klinikstand damit auszustatten.
»Also«, begann sie und klebte ein Lächeln auf ihr gestrafftes Gesicht. »Legen Sie los. Fragen Sie mich, was Sie wollen.«
Was um Himmels willen sollte ich sie fragen? Von der Welt der Haute Couture verstand ich so viel wie sie von den Sonderangeboten im Supermarkt.
»Ähm ...«, brachte ich hervor, »wer sind Ihre Lieblingsdesigner?«
Sie begann eine Reihe von Namen herunterzurattern, als sie plötzlich innehielt.
»Moment mal. Wollen Sie sich denn keine Notizen machen? Haben Sie kein Aufnahmegerät dabei?«
»Richtig, mein Diktiergerät.«
Ich griff in meine Tasche und zog mein Handy heraus.
»Aber das ist doch ein Handy.«
»Und ein Diktiergerät. Eine fabelhafte Erfindung. Das Mikrofon ist genau hier eingebaut.« Ich deutete auf eines der kleinen Löcher am unteren Ende meines Handys.
»Was denen wohl als Nächstes einfällt?«, fragte sie.
Ich legte mein Handy auf den Kaffeetisch.
»Versuchen Sie, in das Loch zu sprechen, okay?«
Sie fing wieder an, eine endlose Liste ihrer Lieblingsdesigner herunterzuspulen. Während sie sprach, warf ich einen Blick auf das Sofakissen, das sie in ihrem Schoß hielt. Es war aus moosgrüner Seide, und auf der Vorderseite war

ein Spruch eingestickt: *Nicht das Leben nehmen. Lieber Rache nehmen.*

Ich erinnerte mich an den Tag im Passions, als Mrs. Tucker Frenchie dabei erwischt hatte, wie sie sich über sie lustig gemacht hatte, und wie sie geschworen hatte, sie dafür bezahlen zu lassen. Ich fragte mich, ob sie ihre Drohung mit Hilfe des Jimmy-Choo-Imitats in die Tat umgesetzt hatte.

Meine Grübelei nahm ein jähes Ende, als Mrs. Tucker plötzlich innehielt.

»Jetzt weiß ich, woher ich Sie kenne!«, rief sie. »Passions!«

Mist.

»Habe ich Sie da nicht in einem Prada-Anzug gesehen?«

»Ja, das stimmt. Ich war dort, um Grace Lynbrook für unseren Artikel zu interviewen.«

»Das ist ja merkwürdig«, antwortete sie. »Grace hat nichts davon gesagt, dass Sie Ihnen ein Interview gegeben hat.«

»Weil sie unsere Vertraulichkeitserklärung unterzeichnet hat.«

»Vertraulichkeitserklärung?«

»Wir lassen alle unsere Interviewpartner eine Vertraulichkeitserklärung unterzeichnen, damit die Interviewdetails nicht vor der eigentlichen Veröffentlichung bekannt werden.«

Wenn ich noch einmal log, würde meine Nase anfangen zu wachsen.

»Und abgesehen davon«, fuhr ich fort, »wenn man den Mord in Ms. Lynbrooks Boutique bedenkt, war das Interview wohl nicht gerade das Wichtigste für sie.«

Für diese galante Wendung des Gesprächs hin zum Mordfall verdiente ich ein paar Extrapunkte.

»Eine schreckliche Tragödie, nicht wahr?«, sagte ich.

»Schrecklich«, wiederholte sie.

»Haben Sie eine Ahnung, wer das getan haben könnte?«

Doch ich sollte nicht in den Genuss kommen, mir Amanda Tuckers Vermutungen anhören zu dürfen, denn als ich einen Blick durchs Fenster warf, sah ich Grace' Jaguar die Auffahrt heraufrollen.

Ich musste hier verschwinden, und zwar so schnell wie möglich.

»Dürfte ich wohl einmal Ihre Toilette benutzen?«, fragte ich.

»Natürlich. Den Gang hinunter und dann rechts.«

Ich warf mein Handy in meine Handtasche und spurtete los.

»Warten Sie«, sagte Amanda. »Wozu nehmen Sie denn Ihr Diktiergerät mit?«

»Der Akku ist fast leer, ich muss ihn aufladen.«

Ich sauste den Gang hinunter und wäre fast mit Greta zusammengestoßen, die ein Tablett mit warmem Apfelstrudel trug. Ich schaffte es, mich zurückzuhalten und weiter den Gang hinunterzueilen, statt mir eines der Stücke vom Tablett zu schnappen.

Schließlich fand ich die Toilette – ein weiterer geblümter Raum mit handgefalteten Gästehandtüchern aus Leinen und Bergen von Potpourri, die ausgereicht hätten, um die städtische Müllhalde auszuräuchern. Doch was mich anbetraf, so war das wichtigste Detail dieses Raumes ein Fenster. Schnell öffnete ich es, sprang hinaus und landete in einem Fliederbusch.

Ein kleiner Tipp: Versuchen Sie, niemals in einem Fliederbusch zu landen. Es ist weitaus unkomfortabler, als Sie vielleicht denken.

Nachdem ich mich aus den Ästen des Flieders befreit hatte, schlich ich an der Längsseite des Hauses entlang, bis ich Grace' Stimme durch ein offenes Fenster hören konnte. Ich hielt inne und lauschte.

»Es gibt schlechte Neuigkeiten«, sagte sie. »So eine Privatschnüfflerin weiß, dass wir am Abend des Mordes noch einmal im Passions waren.«

Also hatte ich recht gehabt! Sie waren wirklich in jener Nacht dort gewesen. Was auch immer sie planten, sie steckten unter einer Decke.

»Nicht so laut«, mahnte Amanda. »Die Journalistin könnte dich hören.«

»Was für eine Journalistin?«

»Von *Vanity Fair*. Sie hat dich auch schon für ihren Artikel über Trendsetter in Los Angeles interviewt.«

»Ich habe mit keiner Journalistin von *Vanity Fair* gesprochen.«

»Nein?«, fragte Amanda in höchst misstrauischem Ton.

Ich hielt dies für einen exzellenten Moment, um das Weite zu suchen, was ich auch tat. Und während ich davonrannte, pflückte ich mir Fliederzweige vom Allerwertesten.

18. Kapitel

Ich war wieder zu Hause, stand in meinem Badezimmer und rieb mir meinen Hintern mit Aloe-vera-Lotion ein, als Becky anrief. Sie klang aufgeregt.

»Mir ist gerade etwas eingefallen, was wirklich wichtig sein könnte«, sagte sie.

»Was denn?«

»Also, heute Morgen bin ich zum Supermarkt gefahren, um Johannisbrotpulver zu kaufen, weil ich Brownies backen wollte. Und dabei habe ich mich versehentlich aus meinem VW ausgesperrt.«

»Und?«

»Und als ich in meiner Handtasche nach dem Ersatzschlüssel gesucht habe, war er nicht da!«

Bis jetzt klang das Ganze nach einem Fall für den Schlüsseldienst.

»Und dann ist es mir wieder eingefallen. Vor ein paar Monaten war Maxines Wagen in der Werkstatt, und da habe ich ihr den VW geliehen. Ich habe ihr damals meinen Ersatzschlüssel gegeben. Das habe ich total vergessen, aber heute ist mir klar geworden, dass sie ihn mir nie zurückgegeben hat.«

»Also hatte Maxine in der Mordnacht deinen Ersatzschlüssel.«

»Richtig.«

Sehr interessant.
»Stellst du deinen Wagen eigentlich in einer Garage ab?«, wollte ich wissen.
»Nein, auf der Straße.«
»Wo Maxine leicht an ihn herangekommen wäre. Das bedeutet also, sie hätte zum Passions fahren können.«
Vielleicht hatte R.D. Butler zur Mordzeit ja wirklich einen orangefarbenen VW gesehen. Und hinter dem Lenkrad Maxine, die unscheinbare Buchhalterin.
»Es ist so schwer, mir Maxine als Mörderin vorzustellen«, meinte Becky. »Und außerdem, weshalb sollte sie wollen, dass ich unter Verdacht gerate? Ich habe ihr nie was getan.«
»Um ihre Haut zu retten.«
»Das ist ziemlich mies«, stellte Becky fest.
»Mörder sind in der Regel ziemlich mies.«
Ich legte auf, nachdem ich Becky versprochen hatte, mich noch einmal mit Maxine zu unterhalten. Dann stäubte ich Babypuder auf mein geschundenes Hinterteil und machte mich auf den Weg. Allerdings erst, nachdem ich mir meine Hose wieder angezogen hatte.

Als ich bei Maxine ankam, sah sie sich gerade mit Sparkles *Frühstück bei Tiffany* an.
»Jaine! Wie schön, Sie zu sehen«, begrüßte sie mich und führte mich in ihr Haferflocken-Wohnzimmer. »Der Film ist gleich zu Ende, jetzt kommt Sparkles' Lieblingsszene, wie Holly Golightly ihre Katze rettet.«
Sparkles lag im Tiefschlaf zusammengerollt auf Maxines Liegesessel, und ihre kleine rosa Zunge hing ihr aus dem Maul.

Maxine nahm sie auf den Arm.

»Aufwachen, Sparkles! Jetzt kommt die Stelle, bei der wir immer heulen müssen, weißt du?«

Wir drei sahen zu, wie Audrey Hepburn, George Peppard und Audreys roter Kater in inniger Umarmung im strömenden Regen standen und der Abspann langsam über den Bildschirm flimmerte. Na ja, Maxine und ich sahen zu. Sparkles war sofort wieder eingepennt.

»Was für ein hinreißender Film«, stellt Maxine seufzend fest.

Dann schaltete sie den Fernseher aus und strahlte mich an.

»Raten Sie mal, was passiert ist!«, forderte sie mich auf. »Grace hat mich wieder im Passions eingestellt!«

»Das ist ja toll, Maxine.«

»Warum bleiben Sie nicht zum Abendessen und helfen mir und Sparkles beim Feiern?«, lud sie mich mit einem schüchternen Lächeln ein. »Es gibt Kentucky Fried Chicken. Extra knusprig.«

Einen schmachvollen Moment lang erwog ich, ihre Einladung anzunehmen. Zufällig fahre ich total auf die KFC-Hähnchen ab. Aber ich verdächtigte diese Frau des Mordes. Da konnte ich ja wohl schlecht sagen: *Ich hätte gern noch ein Bein, und wo wir gerade dabei sind, haben Sie Frenchie um die Ecke gebracht?*

»Um ehrlich zu sein, Maxine, ich bin hier, um Sie noch einmal wegen des Mordfalls zu befragen.«

»Oh?«

Bildete ich es mir nur ein, oder sah ich, wie sie sich versteifte?

»Becky hat gesagt, Sie haben sich vor ein paar Monaten ihren Wagen geliehen.«

»Das stimmt. Mein Auto war in der Werkstatt, und ich hatte einen dringenden Zahnarzttermin. Ich hatte so schlimmes Zahnfleischbluten. Und da hat Becky mir ihren Wagen geliehen.«
»Sie sagt, Sie hätten ihr ihren Ersatzschlüssel nicht zurückgegeben.«
»Ach, du lieber Gott. Das stimmt. Ich habe den Schlüssel total vergessen«, sagte sie und sprang aus ihrem Sessel hoch. »Ich hole ihn sofort. Er muss irgendwo in meiner Handtasche sein.«
Sie huschte eilig davon und kam nur wenige Sekunden später mit einer großen braunen Tragetasche im Arm zurück.
»Hier drin ist so viel Mist«, stellte sie fest, als sie ihre Tasche durchwühlte. »Das ist er ja. Er hatte sich in meiner Packung Kosmetiktücher versteckt. Ich habe immer Kosmetiktücher dabei. Und Zahnseide. Einmal ist mir ein Stückchen Garnele zwischen den Zähnen hängen geblieben, das war einfach schrecklich. Und seitdem verlasse ich das Haus nicht mehr ohne Zahnseide in meiner Handtasche. Aber ich verstehe nicht«, sagte sie, als sie mir den Schlüssel gab. »Was hat denn der Autoschlüssel mit dem Mord an Frenchie zu tun?«
Ich atmete tief durch. Das würde kein Vergnügen werden. Ich hatte vergessen, wie empfindsam Maxine war. Hatte ich wirklich vor, diese unscheinbare, schüchterne Frau des Mordes zu bezichtigen?
Doch dann riss ich mich zusammen.
»Maxine, Sie sind in der Mordnacht nicht zufällig mit Beckys Auto zum Passions gefahren, oder?«
Sehr zu meiner Überraschung brach Maxine nicht zusam-

men. Ganz im Gegenteil. Ihr Gesicht verdüsterte sich vor Zorn.

»Ich hab's Ihnen doch schon gesagt«, zischte sie durch zusammengebissene Zähne. »Ich habe Frenchie nicht umgebracht.«

Aha. Die unscheinbare Maus besaß offenbar doch Rückgrat.

»Und was würden Sie sagen, wenn ich Ihnen erzähle, dass es einen Augenzeugen gibt, der eine Frau, auf die Ihre Beschreibung passt, dabei beobachtet hat, wie sie am Abend des Mordes aus Beckys Wagen stieg?«

Streng genommen log ich damit nicht. Ich sagte ja nicht, dass es *tatsächlich* einen Augenzeugen gab. Ich hatte sie nur gefragt, was sie sagen würde, wenn es einen gäbe.

»Wer das behauptet, lügt!« Ihr Gesicht lief vor Wut rot an. »Ich bin in der Mordnacht *nicht* mit Beckys Wagen zum Passions gefahren! Ich habe meinen eigenen genommen!«

Dann schnappte sie nach Luft, als sie begriff, womit sie eben herausgeplatzt war. Und plötzlich war der Zorn vergessen und die unscheinbare Mäusefrau wieder zurückgekehrt. Sie starrte mich entsetzt an.

»Ich glaube, es ist besser, wenn Sie mir alles erzählen«, sagte ich.

»Wenn ich das tue, sagen Sie es dann der Polizei?«

»Nicht, wenn es nicht absolut notwendig ist.«

Ich saß da und tat mein Bestes, möglichst vertrauenswürdig zu wirken.

»Na gut«, gab sie schließlich klein bei.

Sie sackte in ihren Lehnsessel und begann die komatöse Sparkles zu streicheln.

»Ich konnte in dieser Nacht nicht schlafen, ich musste immer daran denken, wie schrecklich Frenchie mich behandelt hatte. Also habe ich beschlossen, die Buchhaltung wieder in Ordnung zu bringen, damit sie Grace nicht mehr erpressen konnte. Es muss so gegen zwei Uhr morgens gewesen sein, als ich rüber ins Passions gefahren bin. Aber als ich dort ankam, war Frenchie bereits tot. Diesen schrecklichen Anblick vergesse ich mein Leben lang nicht mehr. Ich bin auch nicht geblieben, um die Bücher zu korrigieren. Ich bin einfach abgehauen. Und das ist die Wahrheit. Ich schwöre bei Gott, ich habe sie nicht umgebracht.«

Und dann brach sie in Tränen aus.

»Sie glauben mir doch, oder?«

»Ja«, erwiderte ich.

Und in diesem Moment glaubte ich ihr wirklich. Aber das bedeutete noch lange nicht, dass sie nicht doch eine Mörderin war. Vielleicht bedeutete es nur, dass ich ein leichtgläubiges Weichei war und sie eine verdammt gute Lügnerin.

Ich reichte ihr ein Kleenex aus der Schachtel aus ihrer Handtasche und ging.

Zählen wir doch mal, wer alles in der Mordnacht noch einmal im Passions war?

Zunächst einmal Becky, die zurückgekommen war, um ihre Design-Entwürfe zu holen. Dann Grace und Amanda, die ins Passions gekommen waren, um der Himmel weiß was zu tun. Und dann Maxine, die behauptete, dort gewesen zu sein, um die Bücher wieder in Ordnung zu bringen. Wenn noch mehr Leute aufgetaucht wären, hätten sie Nummern ziehen müssen.

Auf dem Rückweg nach Beverly Hills legte ich einen Boxenstopp bei Kentucky Fried Chicken ein. Seit Maxine die knusprigen Hähnchenschenkel erwähnt hatte, gingen sie mir nicht mehr aus dem Kopf. Und da ich seit meinen Frühstückscroissants nichts mehr gegessen hatte, war ich schier am Verhungern.

Prozac setzte sich achtsam auf, als ich nach Hause kam. Diese Katze hat Antennen, die ihr sagen, wenn jemand in Nevada Hühnchen brät. Um ein Haar hätte sie die Packung selbst geöffnet.

Während sie mir miauend um die Beine strich, schnitt ich ihr ein paar mundgerechte Hähnchenstücke ab und legte sie in ihren Napf. Dann setzte ich mich mit meiner Portion im Wohnzimmer auf mein Sofa. Ich wollte gerade nach dem zweiten Hühnerbein greifen, als das Telefon klingelte. Ich erinnerte mich an Prozac und das gestohlene Brathuhn und nahm deshalb meine Portion mit zum Telefon.

Es war Kandi.

»Also«, sagte sie ohne Umschweife, »was ziehst du an?«

»Was ziehe ich wo an?«

»Auf deinem Segeltrip in den Sonnenuntergang.«

Verdammt. Heute hatte ich mein Rendezvous mit Darrell, dem Segler vom Speed-Dating-Abend, und ich hatte es total vergessen.

Kandi seufzte theatralisch. »Du hast es völlig vergessen, oder?«

»Ja, gut, ich hab's vergessen. Das ist ja wohl kein Weltuntergang.«

»Doch, das ist ein Weltuntergang. Wie willst du jemals wieder in einer glücklichen Beziehung leben, wenn du schon dein erstes Date vergisst?«

»Aber es ist mir egal, ob ich jemals wieder in einer glücklichen Beziehung lebe.«
»Natürlich ist dir das nicht egal. Du wünschst es dir unterbewusst und merkst es nur nicht.«
Jetzt seufzte ich tief auf. »Ich treffe mich um vier Uhr mit Darrell am Hafen. Und jetzt ist es schon fast drei. Wir machen lieber Schluss, und ich mache mich fertig.«
»Viel Glück, Süße. Und drück mir bitte auch die Daumen.«
»Warum? Was hast du vor?«
»Ich habe ein Date mit Anton.«
»Anton?«
»Der New-Age-Performance-Künstler, den ich bei Starbucks kennengelernt habe. Er hat mich zu einer Performance eingeladen.«
»Und was macht er da so? Spielt er Beethovens Fünfte auf einer Espressomaschine?«
»Sehr witzig, Jaine. Ich weiß auch nicht genau, was er da macht. Aber egal, was es ist, es wird bestimmt toll.«
Was soll ich sagen? Schlagen Sie den Begriff »Optimist« im Wörterbuch nach, und Sie werden ein Bild von Kandi finden. Und wenn Sie unter »Pessimist« nachsehen, finden Sie ein Foto von mir. Und bei meinem Pech ist dieses Foto auch noch unvorteilhaft.
»Das ist doch super«, schwärmte sie. »Du gehst mit deinem Traummann aus und ich mit meinem. Als hätten wir ein gemeinsames Date im Geiste.«
»Kandi, woher willst du wissen, ob er dein Traummann ist? Du kennst ihn doch kaum.«
»Ich weiß es eben. Ich habe in diesen Dingen einen sehr guten Instinkt.«

Na klar. Was Männer angeht, sind Kandis Instinkte ungefähr so zuverlässig wie ein kaputter Wecker.

»Also, wünschst du mir jetzt alles Gute?«, fragte sie.

Nachdem ich ihr einen ganzen Haufen Glück gewünscht hatte (irgendetwas sagte mir, dass sie es brauchen würde), legte ich auf und schaute auf die goldbraunen Hähnchenschenkel, die ich in Händen hielt. Ich hatte die Wahl. Ich konnte jetzt entweder aufessen und meine Verabredung mit einem Blähbauch antreten, oder ich konnte vernünftig sein und das Hähnchen in den Kühlschrank stellen.

Einmal in meinem Leben – gebt es an die Presse weiter! – tat ich etwas Vernünftiges. Ehrlich. Ich stellte die Hähnchenschenkel in den Kühlschrank. Fragen Sie Prozac, wenn Sie mir nicht glauben.

Die nächsten zwanzig Minuten verbrachte ich damit, verschiedene Outfits anzuprobieren. Schließlich entschied ich mich für Jeans und ein rotes T-Shirt, über das ich einen blauen Blazer anzog, und dazu ein paar weiße Turnschuhe. Der schicke Segellook.

Nachdem ich mir die Zähne geputzt und energisch gegurgelt hatte, legte ich ein wenig Make-up auf und föhnte meine Haare glatt. Weil ich nicht wusste, wie schnell sie sich im Segelwind wieder kräuseln würden, verpasste ich meinem frisch geglätteten Pony einen Helm aus Haarspray. Und für den Fall, dass wir durch eine Nebelbank segeln mussten, schob ich das Haarspray in meine Handtasche.

Gestriegelt und gestylt, verabschiedete ich mich von Prozac, die im Futterkoma ausgestreckt auf dem Sofa lag.

»Na, wie sehe ich aus?«, wollte ich wissen und suchte ihre Zustimmung, indem ich vor ihr herumwirbelte.

Sie blickte mich aus kleinen Schlitzaugen an.
Wenn du mir noch was von dem Hühnchen gibst, sage ich dir, dass du toll aussiehst, war wahrscheinlich das, was sie mir sagen wollte.
»Für dich, junge Dame, gibt es kein Hühnchen mehr. Und versuch ja keine Tricks. Ich möchte keine Pfotenabdrücke am Kühlschrank finden, wenn ich nach Hause komme.«
Dann warf ich ihr einen Kuss zu und machte mich auf den Weg zu meiner Verabredung mit Darrell, dem Speed-Dating-Segler.

19. Kapitel

In meiner nautischen Kluft und mit so viel Haarspray auf dem Kopf, dass ich damit ein Loch in die Ozonschicht hätte bohren können, machte ich mich auf den Weg zum Bootshafen. Doch wie sich herausstellte, brauchte ich das Haarspray überhaupt nicht. Es war ein wundervoller Tag mit geringer Luftfeuchtigkeit. Manchmal ist es auf dem Wasser völlig neblig, wenn das Wetter in Beverly Hills sehr schön ist. Heute jedoch war es sogar bis zum Strand einfach fabelhaft.

Ich schob eine CD von Cesaria Evora in meinen CD-Player, drehte die Musik voll auf und fuhr los. Sehr zu meiner Überraschung freute ich mich tatsächlich auf diese Verabredung. Es tat gut, mich für ein paar Stunden nicht mit dem Mordfall beschäftigen zu müssen.

Ich parkte am Anleger, wo Darrell sich mit mir treffen wollte. Dort war nur ein einziges Boot festgemacht. Ein phantastischer Kahn, fast eine Jacht – eine Symphonie aus poliertem Holz und blitzendem Messing.

Gehörte dieses schaukelnde Paradies wirklich Darrell? Sollte mein Alptraum-Date-Karma endlich gebrochen sein? Hatte es jetzt ein Ende mit all den Typen, die zum Abendessen mit einem Taschenrechner aufkreuzten, um die Rechnung korrekt zu teilen? Jäh verspürte ich eine Welle der Hoffnung. Vielleicht hatte Kandi ja recht. Viel-

leicht sehnte ich mich im Unterbewusstsein wirklich nach einer Beziehung.
Plötzlich hörte ich jemanden meinen Namen rufen.
»Jaine!«
Ich blickte zu der Jacht hinüber, doch es war niemand zu sehen.
»Jaine! Hier drüben.«
Ich drehte mich um und erblickte einen klobigen grauen Pott, der am Steg anlegte. Auf der Seite des Bootes prangte eine Plakette des Hafens von Los Angeles.
An Deck stand ein muskulöser Mann mit kurz geschnittenen blonden Haaren, den ich vage vom Speed Dating her erkannte.
»Ich bin's! Darrell!«, rief er und winkte mir eifrig zu.
Erstaunlicherweise sah er aus wie ein normaler Mensch. Und das bewies nur einmal mehr, dass man Menschen nicht nach ihrem Aussehen beurteilen sollte. Oder, wie in diesem Fall, dass man Idioten nicht nach ihrem Aussehen beurteilen sollte.
»Ahoi, Steuermann!«, rief er. »Willkommen auf der *Dreckschleuder!*«
Er eilte zur Reling, um mich zu begrüßen.
»Wir nennen sie *Dreckschleuder*, weil wir den Hafen patrouillieren und Müll einsammeln.«
»Sie machen was??«
»Wir fischen Müll aus dem Wasser. Das ist ein Müllboot.«
Es sah so aus, als wäre mein Grauenvolles-Date-Karma in bester Verfassung.
»Ehrlich gesagt bin ich nur gekommen, um Ihnen zu sagen, dass ich doch nicht kann. Meine Katze wird gerade notoperiert.«

Das hätte ich sagen *sollen*. Doch dämlich, wie ich war, lächelte ich nur und sagte: »Nett, Sie kennenzulernen.«

»Kommen Sie an Bord!«

Und damit meinte er »springen«. Die Reling der *Dreckschleuder* war fast einen Meter hoch. Erschrocken starrte ich darauf. Das letzte Mal hatte ich im Sportunterricht der sechsten Klasse einen ernsthaften Sprung gewagt. Und selbst damals gehörte das nicht zu meinen Königsdisziplinen.

»Na, kommen Sie schon«, ermunterte er mich. »Klettern Sie rüber.«

Er hatte gut reden.

Die nächsten Minuten verbrachte ich mit dem Hintern in der Luft und versuchte, mich über diese vermaledeite Reling zu hieven.

»Ich helfe Ihnen«, kündigte er an und umfasste meine Taille.

»Das ist mir wirklich sehr unangenehm.«

»Kein Problem. Ich bin es gewohnt, schwer zu heben.«

Nachdem er mich wie ein gestrandetes Walross an Deck abgesetzt hatte, stellte mich Darrell seinem Partner Bernie vor, einem angegrauten Kerl, aus dessen Mundwinkel eine zerkaute Zigarre hing.

»Die Crew besteht nur aus uns beiden«, klärte Darrell mich auf. »Bernie steuert den Kahn, und ich fische den Müll auf.«

»Angenehm«, raunzte Bernie und mümmelte auf seiner Zigarre herum. Dann warf er mir einen mitleidigen Blick zu und verschwand hinter der Steuerkonsole.

Bernie ließ den Motor aufheulen, und gleich darauf stach die *SS Dreckschleuder* inmitten des Gestanks von verfaultem Müll in See.

»Stinkt ganz schön, was?« Darrell grinste. »Tut mir leid. Aber nach 'ner Stunde oder so gewöhnt man sich daran.«
Dann griff er in einen verdreckten Rucksack. »Ich hab uns was zum Futtern mitgebracht.«
Er warf mir eine Dose Orangenlimonade und eine Packung Erdnussbutterkekse zu.
Köstlich.
Darrell öffnete seine Kekspackung und begann zu essen. Der Mann hatte so viel Dreck unter den Fingernägeln, dass man damit ein Rosenbeet hätte anlegen können.
»Sagen Sie«, begann er mit einem vielsagenden Zwinkern. »Wollen Sie mal mein coolstes Teil sehen?«
Ich überlegte, ob ich wohl über die Reling springen und ans Ufer schwimmen könnte.
Ehe ich wusste, wie mir geschah, zog Darrell sein »coolstes Teil« hervor, ein harkenartiges Gerät, mit dem er den Müll einfing.
»Sie würden sich wundern, was wir alles aus dem Wasser ziehen«, erklärte er.
Mich ekeln wäre der passendere Ausdruck. Die nächsten zwei Stunden sah ich Darrell dabei zu, wie er mit seinem »coolsten Teil« eine bunte Mischung von Kondomen, Fahrradschläuchen, Unterwäsche und – der Höhepunkt unserer kleinen Bootsfahrt – eine tote Kanalratte auffischte. Währenddessen unterhielt er mich die ganze Zeit mit faszinierenden Geschichten über *Erstaunlich eklige Dinge, die ich in meinem Job so finde*.
»Ich werde niemals vergessen, wie wir mal 'ne Badewanne abgeschleppt haben, in der eine verweste Leiche festgeschnallt war. Wow, so viel zum Thema ›zum Himmel stin-

ken‹. Mann! … Hey, warum essen Sie denn Ihre Kekse nicht?«

»Ich bin nicht besonders hungrig.«

»Sie sind doch nicht seekrank, oder? Machen Sie sich keine Gedanken, wenn Sie sich übergeben müssen. Das tun die meisten Frauen, mit denen ich mich verabrede.«

Nachdem ich ihm versichert hatte, dass ich mich fit wie ein Turnschuh fühlte, fuhr Darrell mit seiner Lebensgeschichte als maritimer Müllmann fort.

»Natürlich finde ich hier nicht nur Müll. Ich habe auch schon ein paar echt wertvolle Sachen aus dem Wasser gezogen. Zum Beispiel eine Barbie-Puppe, die ich mal gefunden habe. Sie war so gut wie neu, nachdem ich ihr die Quallen aus dem Haar gepult hatte. Ich habe sie meiner Nichte geschenkt. Sie hat sich wahnsinnig gefreut.«

Inzwischen war mir klar, dass Darrell nicht von mir erwartete, dass ich mich am Gespräch beteiligte. Er war es völlig zufrieden, im Müll zu stöbern und seinen Monolog abzulassen. Also nickte ich einfach nur immer weiter und weiter, wie einer von diesen Wackel-Dackeln, die man manchmal auf der Hutablage von Autos sieht.

»Hey, hier haben wir was Interessantes«, stellte Darrell fest und zog etwas aus der Müllwanne. »Ein toter Seestern.«

Ich sah zu, wie er ein Kondom von einem der Arme zupfte.

»Möchten Sie den haben? Als Erinnerung an unser erstes Date?«

»Nein, danke. Er ist wirklich schön, aber meine Katze ist allergisch gegen Seesterne.«

»Sie haben eine Katze? Ich habe auch ein Haustier. Eine

Schlange. Betsy. Ich habe sie auf einer Müllpatrouille gefunden. Das arme Ding war halbtot, aber ich habe sie wieder aufgepäppelt.«

Und so ging es zwei todlangweilige Stunden endlos weiter und weiter. Mit einem idiotischen Grinsen auf dem Gesicht saß ich da und atmete die frische Seeluft ein, gewürzt mit verrottendem Müll. Was konnte sich eine Frau mehr wünschen?

Gegen Ende unserer Kreuzfahrt, als die Sonne langsam unterging, sagte Darrell: »Mist. Das hätte ich ja fast vergessen. Ich habe Ihnen ein Fernglas mitgebracht, damit Sie die Aussicht bewundern können.«

Er reichte mir ein bazillenverseuchtes Fernglas.

»Los, schauen Sie durch. Am Strand gibt's jede Menge interessante Dinge zu sehen.«

Ich betete, dass ich mir keine tödliche Augeninfektion einfing, und warf einen Blick durch die Linse. Das Gute daran war, dass ich wenigstens den Müll nicht anzuschauen brauchte.

»Sehen Sie! Da drüben!«, sagte er. »Hinter den Bohrinseln. Wenn Sie genau hingucken, können Sie unsere Kläranlage erkennen.«

Ich tat so, als sei ich völlig in die Szenerie vertieft, und bemühte mich dabei, Darrells eintönige Stimme zu überhören, als ein Schiff in mein Sichtfeld geriet. Es war eines dieser Ausflugsschiffe, die im Hafen herumfuhren, mit Abendessen und Tanz. Ich betrachtete die glücklichen Gäste an Deck, die gerade ihren Champagner schlürften und sich amüsierten, während die Abendsonne wie ein großer roter Feuerball hinter ihnen unterging.

Gerade grübelte ich darüber nach, wie unfair das Leben

manchmal sein konnte und wie gern ich Kandi abmurksen würde, weil sie mir diese schreckliche Verabredung eingebrockt hatte, als ich etwas sah, das meine Aufmerksamkeit weckte. An Deck stand ein junger Mann und stieß gerade mit seiner Begleiterin an. Er hatte ungemein große Ähnlichkeit mit Tyler. Ich stellte mein Fernglas schärfer.

Es war tatsächlich Tyler.

Doch seine Begleiterin war nicht Becky. Es war eine reizend aussehende ältere Dame mit runden Apfelbäckchen, die ihr Haar hoch auf dem Kopf zu einem Dutt aufgesteckt trug. Kaum anzunehmen, dass es sich hier um ein Rendezvous handelte. Vielleicht war es seine Mutter. Wie lieb von Tyler, dachte ich, dass er seine Mutter auf eine Dampferfahrt einlädt.

Doch dann stellte Tyler zu meinem größten Erstaunen sein Champagnerglas ab und nahm die Frau in die Arme. Er küsste sie, ein ausgewachsener Zungenkuss. Wer auch immer diese Frau war, sie war ganz bestimmt nicht seine Mama.

Der Rest meines Hochseeabenteuers verging wie im Rausch. Alles, woran ich denken konnte, waren Tyler und seine mysteriöse Begleitung. Und ehe ich mich versah, waren wir wieder am Steg, und Darrell hievte mich über die Reling auf festen Boden.

»Danke für den netten Abend«, brachte ich unter größter Anstrengung hervor.

»Aber immer doch.« Darrell strahlte mich mit einem breiten, dämlichen Grinsen an.

Lieber Gott, betete ich inständig, bitte lass ihn nicht vorschlagen, dass wir uns noch einmal treffen.

»Also, Jaine, wollen wir uns mal wieder treffen?«
»Tja …«, begann ich und fragte mich, ob er mir wohl glauben würde, wenn ich ihm erzählte, dass mein Umzug nach Tasmanien kurz bevorstünde.
»Vielleicht rufe ich Sie mal an«, sagte er, »sobald ich mit meiner Liste durch bin.«
»Mit Ihrer Liste?«
Er nickte. »Bis jetzt habe ich durchs Speed Dating siebzehn Dates an Land gezogen. Ich will erst mal sehen, wie's mit den anderen läuft, und dann rufe ich Sie vielleicht noch mal an.«
Ist das nicht einfach widerlich? Denken Sie nur einmal an all diese wundervollen Frauen, die beim besten Willen nicht mal ein einziges Date ergattern können. Und Kerle, an deren Barbie-Puppen Seepocken kleben, rennen mit Listen durch die Gegend.
Dann zwinkerte mir Darrell zu und sagte: »Hier ist eine Kleinigkeit als Andenken.«
Einen schrecklichen Moment lang befürchtete ich, dass er sich über die Reling lehnen und mich küssen würde. Oder schlimmer noch, dass er mir sein coolstes Teil zeigen würde. Doch weit gefehlt, er warf mir lediglich eine weitere Packung Erdnussbutterkekse zu. Dann schipperten er und Bernie wieder in den Sonnenuntergang.
Ich beneidete den Sonnenuntergang nicht.

Das Erste, was ich tat, als ich zu Hause ankam, war, mich unter die Dusche zu stellen, um den Gestank dieses verdammten Müllkahns von mir abzuwaschen. Während ich unter dem heißen Wasserstrahl stand, konnte ich nicht aufhören, über Tyler nachzugrübeln. Ganz offensichtlich

betrog er Becky. Aber mit wem? Wer war diese ältere Frau, die er vor meinen Augen geküsst hatte?
Und dann fiel mir Tylers Alibi wieder ein. Er hatte gesagt, er sei zur Mordzeit mit seiner Dozentin zusammen gewesen. Er hatte gesagt, ihr Name sei Ms. Garrett. Vielleicht war Ms. Garrett ja mehr als nur eine freundliche Ratgeberin. Vielleicht war sie seine Geliebte. Eine Geliebte, die ihn so sehr anbetete, dass sie bereit war, ihm ein Alibi für die Mordnacht zu geben.

20. Kapitel

Nach einem herzhaften Frühstück aus Leitungswasser-Kaffee und kalten Brathähnchenresten fuhr ich nach Westwood, zu den Büros für Erwachsenenbildung der Universität von Kalifornien, wo Hunderte von Kursen angeboten werden.

Im Foyer blätterte ich im Vorlesungsverzeichnis und fand vier Kurse für Kreatives Schreiben. Einer davon wurde von Kate Garrett geleitet. Jetzt brauchte ich nur noch zu überprüfen, ob Kate dieselbe Frau war, die ich mit Tyler hatte knutschen sehen.

Ich ging nach oben in die Abteilung für Kreatives Schreiben und wandte mich an einen ernsthaften jungen Mann am Empfang, der eine Hornbrille trug und bezaubernd lange Wimpern besaß.

»Kann ich Ihnen helfen?«, fragte er und blickte von seinem Ratgeber mit dem Titel *Wie schreibe ich ein Drehbuch in 21 Tagen* auf.

»Ich hoffe es«, antwortete ich. »Eine Freundin hat mir von einem Schreibkurs erzählt, den sie hier belegt hatte. Sie war total begeistert. Aber leider kann ich mich nicht mehr an den Namen der Dozentin erinnern.«

»Alle unsere Lehrkräfte sind ausgezeichnet, das kann ich Ihnen versichern. Wen Sie sich auch aussuchen, Sie können nichts falsch machen.«

Man beachte die gewählte Ausdrucksweise. Offenbar ein Exanglist.

»Ganz bestimmt sind alle Dozenten fabelhaft«, versicherte ich. »Aber ich würde gern den Kurs belegen, von dem meine Freundin erzählt hat. Sie hat gesagt, ihre Dozentin sei eine ganz reizende Frau, ein klein bisschen rundlich, trägt einen Dutt.«

»Oh, das muss Kate Garrett sein.«

Volltreffer. Also hatte ich recht gehabt. Die Frau auf dem Schiff war tatsächlich Tylers Dozentin gewesen. Und es sah ganz so aus, als sei Tyler ein Musterschüler par excellence.

»Ihr Kurs ist hervorragend. Wenn Sie mir Ihre Kreditkarte geben, kann ich Sie gleich eintragen.«

Ich tat, als durchsuchte ich meinen Geldbeutel und schlug mir dann mit gespielter Enttäuschung auf die Stirn. »Verflixt. Ich muss sie zu Hause gelassen haben.«

Er warf mir einen seltsamen Blick zu. Vielleicht war der Schlag auf die Stirn etwas zu viel des Guten gewesen.

»Wenn Sie *wirklich* an dem Kurs interessiert sind«, meinte er, »können Sie sich auch telefonisch anmelden. Oder eine Online-Buchung vornehmen. Die entsprechenden Informationen finden Sie auf der Rückseite des Vorlesungsverzeichnisses.«

Dann senkte er seine sagenhaften Wimpern und machte sich abermals daran, herauszufinden, wie man ein Drehbuch in kürzerer Zeit verfassen konnte, als manche Leute brauchen, um eine Grippe auszukurieren.

Ich eilte nach Hause und schlug Kate im Telefonbuch nach. Doch es gab fast eine ganze Seite voller Garretts – und nicht eine einzige Kate –, und ich verspürte wenig

Lust, mir eine Handwurzelentzündung einzuhandeln, indem ich den ganzen Tag telefonierte.
Dann hatte ich einen Geistesblitz.
Ich rief in der Buchhaltung der Universität an.
Die Frau, die meinen Anruf entgegennahm, klang, als zähle sie die Sekunden bis zu ihrer Kaffeepause.
»Buchhaltung«, meldete sie sich mit gelangweilter Stimme. »Wanda am Apparat.«
»Hallo«, antwortete ich. »Mein Name ist Kate Garrett. Ich bin Dozentin für Erwachsenenbildung, und ich habe meinen letzten Gehaltsscheck nicht bekommen. Er ist längst überfällig, und ich rufe an, um sicherzustellen, dass Sie auch die richtige Adresse haben.«
»SVN?«, entgegnete Wanda.
»Wie?«
»Wie ist Ihre Sozialversicherungsnummer?«, fragte sie mit einem ungeduldigen Seufzen.
Verdammt. Ich hatte nicht damit gerechnet, dass sie mich danach fragen würde.
»Ach, herrje«, antwortete ich. »Meine Sozialversicherungskarte ist unten in der Küche, und ich bin im Schlafzimmer im ersten Stock. Ich habe mir gestern so furchtbar den Knöchel verstaucht, und es ist dermaßen schwer, Treppen zu steigen. Können Sie meinen Eintrag nicht über meinen Namen suchen?«
»Na schön.« Wanda seufzte erneut. Im Hintergrund konnte ich sie tippen hören. »Hier. Kate Garrett. Die Adresse, die wir hier verzeichnet haben, ist 1724 Glendon Avenue in Westwood, Postleitzahl 90024.«
»Das stimmt«, sagte ich und notierte in Windeseile die Adresse. »Ich verstehe nicht, weshalb der Scheck nicht

bei mir angekommen ist. Wahrscheinlich hat die Post einen Fehler gemacht.«

Ich dankte Wanda überschwenglich für ihren Einsatz und schnappte mir meine Autoschlüssel.

Und schon war ich wieder auf dem Weg nach Westwood.

Kate Garrett wohnte in einem bescheidenen gelben Haus unweit der Universität. Sie öffnete mir die Tür in einem wallenden Batikkaftan, zu dem sie eine Kette aus Holzperlen trug. Mit ihrem runden Gesicht und dem großmütterlichen Dutt sah sie aus wie eine Mischung aus Hippie-Literatin und amerikanischem Vorstadtmuttchen.

»Kate Garrett?«, fragte ich.

»So ist es«, antwortete sie und bedachte mich mit einem warmen Lächeln.

»Ich würde mich gern mit Ihnen über den Mord an Frenchie Ambrose unterhalten.«

Plötzlich gefror ihr Lächeln.

»Sind Sie von der Polizei?«

»Nein, ich bin Privatdetektivin.«

»Ich fürchte, ich kann im Augeblick nicht mit Ihnen sprechen«, wehrte sie ab und fingerte dabei an ihrer Perlenkette herum. »Ich bin Schriftstellerin und stecke gerade mitten in einem sehr diffizilen Kapitel.«

Gerade wollte sie die Tür schließen, als ich sagte: »Tyler betrügt Sie.«

»Was?«

»Ihr Freund Tyler. Er betrügt Sie.«

Sie wurde kreidebleich.

»Tyler trifft sich mit einer anderen Frau?«

Ich nickte.
»Kommen Sie herein«, sagte sie.
Ich folgte ihr in ein kleines Wohnzimmer, das von Bücherregalen gesäumt war. Ich konnte nicht umhin zu bemerken, dass Kate unter ihrem Kaftan nicht eben wenig auf den Rippen hatte. Ein himmelweiter Unterschied zu Becky und ihrer elfenhaften Figur.
Sie bedeutete mir, auf dem Sofa Platz zu nehmen, und setzte sich mir gegenüber in einen riesigen Sessel. Aus der Nähe betrachtet sah sie sehr viel jünger aus als durch Darrells Fernglas, aber trotzdem war sie sicherlich Mitte vierzig, deutlich älter als Tyler.
»Woher wissen Sie von mir und Tyler?«
»Das ist nicht wichtig«, antwortete ich. »Wichtig ist, dass er Sie mit meiner Klientin Becky Kopek betrügt.«
»Becky? Er hat gessagt, Becky sei seine Kusine.«
»Und vor Becky hatte er eine Affäre mit Frenchie Ambrose, dem Mordopfer.«
Sie griff in die Tasche ihres Kaftans und holte ein Päckchen Zigaretten hervor. Ihre Hände zitterten, als sie sich eine davon anzündete.
»Woher soll ich wissen, dass Sie die Wahrheit sagen?«
»Hören Sie sich im Passions um. Oder fragen Sie die Polizei. Die wissen ebenfalls Bescheid.«
Wenn ich erwartet hatte, dass sie zu einem hintergangenen Häufchen Elend dahinschmelzen würde, dann hatte ich mich mächtig getäuscht.
»Ich wusste von Anfang an, dass Tyler zu gut war, um wahr zu sein«, bemerkte sie mit einem bitteren Lachen. »Warum sollte ein gutaussehender junger Mann wie er sich für jemanden wie mich interessieren?«

Sie zog an ihrer Zigarette und stieß mit einem Seufzer den Rauch aus.

»Natürlich hat er mich benutzt. Innerlich war ich mir darüber im Klaren, aber ich konnte es mir einfach nicht eingestehen.«

»Er hat Sie benutzt?«

»Es ist über fünf Jahre her, dass mein letztes Buch veröffentlicht wurde.« Sie nahm einen dünnen Band vom Kaffeetisch und reichte ihn mir. »Aber ich habe immer noch eine Menge Kontakte in der Verlagsszene. Offenbar war Tyler bereit, alles zu tun, um sein Buch zu veröffentlichen. Sogar mit mir ins Bett zu gehen.«

Ich blickte auf die Rückseite des Buchs und sah das Foto einer jüngeren Kate, die dasselbe Lächeln lächelte.

»Sie können es behalten, wenn Sie wollen«, sagte sie.

»Das ist wirklich reizend von Ihnen.«

»Na ja, nicht wirklich«, antwortete sie. »Draußen in der Garage sind noch hundert Stück.«

Kate hatte es wohl nie auf die Bestsellerliste geschafft.

»Ist Tyler am Abend des Mordes wirklich nach dem Unterricht noch geblieben?«, wollte ich wissen.

»Ungefähr fünf Minuten. Lange genug, um mich zu küssen und mir zu sagen, dass er mich liebt.«

»Also hätte er um die Zeit im Passions sein können, als Frenchie umgebracht wurde.«

Sie nickte.

»Am nächsten Tag hat er mich völlig panisch angerufen und mir erzählt, dass Frenchie umgebracht worden sei. Er hat geschildert, wie er ihr vor versammelter Kundschaft angedroht hatte, sie umzubringen. Er hatte wahnsinnige Angst, dass die Polizei ihn verhaften würde. Also habe ich

mich darauf eingelassen, für ihn zu lügen und zu behaupten, er sei mit mir zusammen gewesen.«
»Wenn Sie weiter für ihn lügen, könnten Sie im Gefängnis landen.«
»Keine Sorge«, sagte sie. »Für Tyler werde ich keine Lügen mehr erzählen.«
Energisch drückte sie ihre Zigarette aus. Ihr Blick war eiskalt. Leb wohl, freundliches Muttchen. Hallo, Lady MacBeth.

Zu Hause fand ich eine Nachricht von Becky auf meinem Anrufbeantworter vor. Sie hatte ihren freien Tag und bat mich vorbeizukommen, um ihr zu berichten, wie es mit meinen Ermittlungen voranging.

Ich sterbe vor Neugier, wie es mit Maxine gelaufen ist, zwitscherte ihre Stimme von meinem Band. *Zum ersten Mal habe ich das Gefühl, dass ich Licht am Ende des Tunnels sehe.*

Na toll. Gerade jetzt, wo sie wieder Mut schöpfte, würde ich ankommen und ihr Licht am Ende des Tunnels wieder ausknipsen. Was sollte ich ihr bloß sagen? *Weißt du was, Becky? Dein Freund hat gar kein Alibi. Und außerdem betrügt er dich.*
Widerwillig setzte ich mich ins Auto und fuhr zu ihr. Sie öffnete mir in grell pinkfarbenen Strumpfhosen und einem limettengrünen Sweatshirt. Mit ihrem orangefarbenen Haar sah sie aus wie der Testfarbstreifen eines Farbfilms.
Nina lümmelte sich im Pyjama auf dem Sofa und las den *National Enquirer.*
»Hört euch das an«, sagte sie und las eine Schlagzeile vor. *»Ich bin das heimliche Kind von Madonna und Tony Blair.«*

»Wer ist Tony Blair?«, wollte Becky wissen.
Nina warf ihr einen tadelnden Blick zu. »Weißt du denn gar nichts? Das ist der Präsident von Kanada.«
Im Stillen nahm ich mir vor, mich niemals und unter gar keinen Umständen in das Krankenhaus einweisen zu lassen, in dem Nina als Krankenschwester arbeitete.
»Ich habe uns gerade ein paar Brownies gebacken, aus Soja, Johannisbrot und Walnüssen«, sagte Becky. »Du musst unbedingt einen probieren.«
Sie hielt mir den Teller mit Brownies entgegen. Und ich benutze die Bezeichnung »Brownies« unter Vorbehalt. Sie sahen eher aus wie mundgerechte Teerklumpen. Ich lächelte matt und nahm mir einen.
»Vorsicht vor den Walnüssen«, warnte Nina. »Wenn die in deiner Speiseröhre stecken bleiben, könntest du daran ersticken.«
Von dieser Warnung völlig ungerührt, biss Becky in ihren Brownie.
»Also, wie war's denn nun bei Maxine?«, fragte sie, während sie zufrieden kaute.
Ich erzählte ihr, dass Maxine für Frenchie gelogen und die Bücher gefälscht hatte, nur damit Frenchie sie am Ende fallen ließ, und dass sie in der Mordnacht zum Passions gefahren war.
»Also hatte sie ein Motiv und die Gelegenheit«, folgerte Nina und legte die Bettgeschichten von Madonna und Tony Blair beiseite.
»Ja, aber sie schwört, dass Frenchie schon tot war, als sie dort ankam.«
»Na und?«, meinte Nina. »Sie könnte lügen.«
»Ehrlich gesagt war Maxine nicht die Einzige, die an die-

sem Abend im Geschäft war. Grace und Amanda Tucker waren auch dort.«

Ich erzählte ihnen, was ich vor Amandas Wohnzimmerfenster erlauscht hatte.

»Meine Güte, Jaine«, stieß Becky hervor. »Du hast tolle Arbeit geleistet! Du bist ja genauso gut wie ein richtiger Detektiv.«

Steif lächelte ich sie an und fragte mich, ob ich bei ihr jemals den Status einer »richtigen« Detektivin erhalten würde.

»Ich muss dich für deine ganze Arbeitszeit bezahlen«, verkündete sie und sprang auf. »Ich hole nur eben mein Scheckbuch.«

»Warte noch. Da gibt es noch etwas, das du wissen solltest.«

»Was denn?« Sie sah mich mit großen, vertrauensvollen blauen Augen an und hatte keine Ahnung, was für schreckliche Neuigkeiten ich ihr gleich zu überbringen hatte.

»Es geht um Tyler.«

»Was ist mit ihm?«

»Na ja, erst mal«, begann ich, »hat er kein Alibi.«

»Aber natürlich hat er ein Alibi. Er war bei seiner Schreibdozentin, als Frenchie umgebracht wurde.«

»Ich fürchte, das stimmt nicht. Ich habe heute mit seiner Dozentin gesprochen. Sie hat mir erzählt, dass sie für Tyler gelogen hat, um ihn zu schützen. Sie hat gesagt, dass er an dem Abend nach Unterrichtsschluss so zeitig gegangen war, dass er reichlich Zeit gehabt hätte, zum Passions zu fahren und Frenchie zu ermorden.«

»Aber das verstehe ich nicht«, wunderte sich Becky und

kratzte sich ihren orangefarbenen Kopf. »Warum sollte sie denn für ihn lügen?«

Okay, jetzt kam der unangenehme Teil. Ich atmete tief durch.

»Sie hatte eine Affäre mit ihm.«

Nina schnappte nach Luft.

»Das stimmt nicht«, antwortete Becky und schüttelte so heftig den Kopf, dass ich Angst hatte, sie würde sich den Hals verrenken. »Das hat sie erfunden. Tyler hat mir erzählt, dass sie sich in ihn verknallt hat und dass sie ihn immer wieder anmachte. Aber Tyler wollte nichts von ihr. Sie ist ja viel zu alt für ihn. Er hätte sich doch niemals für sie interessiert.«

»Ich habe gesehen, wie die beiden sich geküsst haben, Becky.«

Wieder schüttelte sie den Kopf, als könnte sie mich und meine schlechten Neuigkeiten damit verschwinden lassen.

»Ich weiß nicht, was er dir erzählt hat, wo er gestern Abend war«, fuhr ich fort, »aber er war auf einem Ausflugdampfer. Ich habe ihn selbst gesehen.«

»Nein«, widersprach Becky, »das kann gar nicht sein. Du hast jemand anderen gesehen. Tyler würde mich nie betrügen.«

Trotzig hob sie das Kinn.

»Ich glaube, es ist besser, wenn du jetzt gehst. Ich möchte nicht, dass du weiter an diesem Fall arbeitest. Morgen früh schicke ich dir den Scheck.«

Dann brach sie in Tränen aus und rannte den Flur hinunter in ihr Schlafzimmer.

»Verdammt«, sagte Nina und schüttelte betroffen den

Kopf. »Und ich hab gedacht, Tyler sei so ein netter Kerl. Männer. Was für Schweine, nicht wahr?«
Dann warf sie ihren *Enquirer* zur Seite und eilte davon, um Becky zu trösten, deren Schluchzen ich bis ins Wohnzimmer hören konnte.

21. Kapitel

»Erzähl von deinem Date. Ich möchte alles ganz genau wissen.«

Kandi und ich hatten uns zu einem frühen Abendessen im Hamburger Hamlet getroffen, einem gehobenen Burger-Restaurant in Brentwood. Wir hatten uns zwei riesige Margaritas bestellt und warteten jetzt auf unsere Cheeseburger mit Speck.

»Nein«, antwortete ich. »Du möchtest auf keinen Fall alles ganz genau wissen. Nicht ohne Kotztüte.«

Ich nahm einen kräftigen Schluck von meiner Margarita und leckte das Salz vom Glasrand.

»Oh«, sagte Kandi. »War's nicht schön?«

»Machst du Witze? Versuch's mal mit totales Fiasko, Bootsfahrt des Grauens oder Speed Date aus der Hölle.«

Ich schilderte ihr die Höhepunkte (oder, um genau zu sein, die Tiefpunkte) meines maritimen Abenteuers.

Kandi blinzelte verblüfft. »Er hat dich zu einer Bootsfahrt auf einen Müllkahn eingeladen? Und dir Orangenlimonade und Erdnussbutterkekse vorgesetzt? Und dich dann auf seine Warteliste vom Speed Dating gesetzt?«

»Ja, ja und noch mal ja.«

Sie saß nur da und schüttelte den Kopf. Schließlich fand sie die Sprache wieder.

»Was meinst du, ruft er wieder an?«

»Kandi!«
»Okay, okay. Ich dachte bloß, vielleicht willst du ihm ja eine zweite Chance geben.«
»Bist du völlig übergeschnappt? Ich würde mich nicht mal dann noch einmal mit ihm treffen, wenn er der letzte Müllmann auf der ganzen Welt wäre.«
Sie warf mir einen betretenen Blick zu. »Es tut mir leid, Süße. Wenn ich deinen Fragebogen beim Speed Dating nicht geändert hätte, wäre das nie passiert. Ich habe ein total schlechtes Gewissen.«
»Du bist ja auch total schuld daran. Ich würde dich jetzt und hier erwürgen, wenn ich über den Tisch langen könnte, ohne meine Margarita zu verschütten.«
»Also«, beendete sie die kürzeste Phase von Schuldgefühlen in der Geschichte der Menschheit, »willst du jetzt von meinem Date mit Anton hören, dem Performance-Künstler?«
»Klar«, seufzte ich und ergab mich dem Unausweichlichen. »Erzähl mir alles.«
»Du wirst es nicht glauben. Soll ich dir sagen, worin seine Performance bestanden hat? Er hat nackt auf der Bühne gesessen, in einer Badewanne voller heißer Karamellsoße! Und dabei hat er alle einunddreißig Eiskremsorten von Baskin Robbins aufgezählt. Und am Ende hat er sich mit Sprühsahne bespritzt. Das Ganze nannte er *Eiskaltes L.A.*«
Wow. Und ich hatte gedacht, mein Date sei eine Katastrophe gewesen. Ich war drauf und dran, Kandi mein Beileid auszudrücken, als sie sagte: »Ist das nicht wahnsinnig kreativ?«
O Gott. Es hatte ihr allen Ernstes *gefallen*. Das kleine

Schaf hatte sich wieder einmal verliebt. Ich konnte es an ihrem Blick erkennen. Vor ihrem geistigen Auge plante sie bereits ihre rosige Zukunft mit Anton, zog mental bei ihm ein und kaufte schwarze Satinbettwäsche für ihr hippes Loft in der City.

Wenn Sie mich fragen, sollten sich manche Leute einfach nicht ohne Leibwächter in die Partnersuche stürzen dürfen.

Unsere Cheeseburger mit Speck wurden serviert, und merkwürdigerweise verspürte ich keinen besonders großen Hunger. Beckys Brownie lag mir noch immer im Magen wie eine Bleikugel, die den Gesetzen der Verdauung trotzte. Ich war sogar so satt, dass ich es kaum schaffte, Kandis Zwiebelringe aufzuessen.

Ich lauschte ihrem Vortrag über Antons künstlerische Vision, bis wir endlich bezahlten und zum Parkplatz gingen.

»Keine Sorge, Schätzchen«, sagte Kandi, als wir bei unseren Autos angekommen waren. »Bald begegnest du jemand ganz Besonderen, mit dem du Tisch und Bett teilen wirst.«

»Ich habe schon jemand ganz Besonderes, mit dem ich Tisch und Bett teile.«

»Katzen zählen nicht.«

Sie umarmte mich zum Abschied und brauste mit ihrem Sportwagen davon, während ihr Visionen von karamellgeschwängertem Sex durch den Kopf gingen.

Ich fuhr nach Hause und überlegte dabei, wie lange es wohl dauern würde, bis Kandis Affäre mit dem Karamellkönig den Bach runterging. Ich tippte auf maximal zwei Monate.

Nachdem ich meinen Corolla geparkt und mich dabei vergewissert hatte, dass ich nicht wieder eine Einfahrt blockierte, ging ich zu meiner Wohnung. Mittlerweile hatte sich dieser vermaledeite Soja-Johannisbrot-Walnuss-Brownie für alle Ewigkeit irgendwo zwischen meine Organe verkeilt. Doch ich hatte keine Chance, mir über meine inneren Beschwerden den Kopf zu zerbrechen, denn genau in diesem Moment gefror mir vor Schreck das Blut in den Adern, weil ich jemanden brüllen hörte: »Du blöde Schlampe, du musst dich wohl überall einmischen!«

Mein Herz raste, als Tyler aus dem Schatten hervortrat. Er hatte nichts Jungenhaftes und Charmantes mehr, sondern kochte vor Wut. Dieselbe Wut, mit der ich ihn auf Frenchie hatte losgehen sehen.

»Du hast alles kaputt gemacht«, fauchte er, und die Adern an seinen Schläfen pochten.

»Das stimmt nicht«, entgegnete ich und zwang mich zu einem schwachen Lächeln. »Ich habe überhaupt nichts kaputt gemacht. Becky liebt dich noch immer.«

»Ich rede nicht von Becky. Ich rede von Kate Garrett, der alten Kuh. Sie kennt einen wichtigen Lektor bei Random House. Sie hatte vor, ihm mein Manuskript zu geben. Und jetzt redet sie nicht mal mehr mit mir.«

Er trat näher.

»Kapierst du eigentlich, was ich durchgemacht habe, um so weit zu kommen? Jedes Mal, wenn ich sie küssen musste, musste ich fast kotzen. Und jetzt war alles umsonst – deinetwegen.«

Ich sah, wie sich seine Fäuste ballten und öffneten.

Lieber Gott. Wenn er nun versuchte, mich zu würgen, wie

er es bei Frenchie versucht hatte? Doch dann fiel mir ein, dass er Frenchie an jenem Tag nicht wirklich etwas angetan hatte. Er hatte ihr nur gedroht. Aber vielleicht war der einzige Grund, warum er die Sache nicht zu Ende gebracht hatte, dass er von einem Haufen Augenzeugen umgeben war. Doch hier gab es keinen Zeugen. Nichts würde ihn davon abhalten, die Hände um meinen Hals zu legen und …

»Jaine? Alles in Ordnung?«

Ich drehte mich um und sah Lance in seiner Tür stehen. Der liebe, süße, neugierige Lance!

»Nein, Lance. Nichts ist in Ordnung. Ruf die Polizei.«

Das Gegenlicht aus Lance' Wohnung ließ Tyler blinzeln.

»Ist das Tyler?«, fragte Lance. »Der Typ aus dem Passions?«

»Ja, das ist Tyler. Und jetzt ruf die Polizei.«

»Oh, hallo, Tyler«, flirtete Lance mit einem freundlichen Lächeln.

»Jetzt reicht's, Lance. Er ist kurz davor, auf mich loszugehen. Hättest du also bitte die Güte, mit dem Geplänkel aufzuhören und die Polizei zu rufen?«

Vielleicht sah Lance Tylers Adern pochen, oder die Wut in meiner Stimme schüchterte ihn ein. Was immer der Grund gewesen sein mag, er beschloss schließlich, mich ernst zu nehmen.

»Alles klar, Jaine«, sagte er und verschwand in seiner Wohnung.

Doch die Aussicht auf die Polizei schien Tyler überhaupt nicht zu stören. Er kam immer näher auf mich zu, bis er so dicht vor mir stand, dass ich ihm praktisch den Zahnstein von den Zähnen hätte kratzen können.

»Komm nicht näher«, warnte ich ihn. »Oder …«

»Oder was?«, fragte er spöttisch. »Was willst du tun?«
Panisch durchsuchte ich meine Handtasche nach etwas, womit ich ihn hätte schlagen können. Doch wie es der Zufall wollte, hatte ich gerade keine stumpfen Gegenstände bei mir. Und dann fand ich die Dose Haarspray, die ich gestern auf dem Weg zum Hafen in meine Tasche geworfen hatte.

Triumphierend zog ich sie heraus.

»Ich habe Pfefferspray«, sagte ich und versuchte, die Dose so zu halten, dass der Aufdruck nicht lesbar war.

»Das ist kein Pfefferspray«, lachte Tyler höhnisch auf. »Das ist Haarspray für extrastarken Halt.«

Ich sprühte ihn trotzdem damit voll.

Und wissen Sie was? Es funktionierte. Wie Sie vielleicht aus eigener Erfahrung wissen, wenn Sie jemals ein kleines Missgeschick beim Styling erlebt haben, brennt das Zeug wie der Teufel.

Während Tyler sich die Augen zuhielt und mich mit einem ganzen Schwall von Flüchen bedachte, nutzte ich die Gelegenheit und rannte in meine Wohnung. Dann lugte ich aus dem Wohnzimmerfenster und sah Tyler den Weg zur Straße entlangtaumeln.

Als fünf Minuten später die Polizei vor meiner Tür stand, war Tyler längst auf und davon. Zum zweiten Mal in zwei Tagen hatte ich Besuch von Polizisten. Wenn das so weiterging, würden sie bestimmt bald ein Revier nach mir benennen.

Ich erzählte den Beamten, was vorgefallen war, dass Tyler mir aufgelauert hatte und mich angreifen wollte.

»Ich habe einen Zeugen. Mein Nachbar hat alles gesehen.«

Ich zeigte auf Lance, der sofort zu mir geeilt war, nachdem Tyler das Weite gesucht hatte.
Die Polizisten wandten sich an Lance.
»Haben Sie gesehen, dass er die Dame bedroht hat?«, wollte einer der beiden wissen.
»Na ja … nein.«
»Haben Sie ihn irgendetwas Drohendes sagen hören?«
»Nicht wirklich. Aber er hat ziemlich wütend ausgesehen.«
»Soweit ich weiß«, erwiderte er Polizist, »ist es kein Verbrechen, ziemlich wütend auszusehen.«
»Ich sage Ihnen doch«, kreischte ich hysterisch auf, »der Mann wollte mir etwas antun.«
»Wissen Sie, wo der mutmaßliche Angreifer wohnt?«
Es gefiel mir nicht, wie er das Wort »mutmaßlich« benutzte. Überhaupt nicht.
»Ja, zufällig weiß ich das.« Ich eilte zu meinem Schreibtisch und durchwühlte die Schublade, in der ich die Mitarbeiterliste des Passions aufbewahrte, die Becky mit gegeben hatte.
»Hier«, sagte ich und reichte den Beamten die Liste. »Tyler Benjamin. Der Dritte von oben.«
Die Polizisten notierten sich seine Adresse und versprachen, sich bei mir zu melden, nachdem sie ihn befragt hatten.
»Du solltest heute Nacht nicht allein bleiben«, sagte Lance zu mir, nachdem sie gegangen waren. »Warum kommst du nicht rüber und schläfst bei mir?«
»Nein, ist schon gut.«
»Sicher?«
»Wirklich, es ist alles okay.«

Aber ich fühlte mich nicht okay. Nicht im Entferntesten. Deswegen trottete ich sofort zu meinem Kühlschrank und goss mir ein großes Glas Chardonnay ein, nachdem Lance in seiner Wohnung verschwunden war. Meine Hände zitterten, als ich den Wein in ein leeres Marmeladenglas einschenkte.

Prozac, die Situationen, in denen ich heftigem nervlichem Stress ausgesetzt bin, mit großem Feingefühl registrierend, fing an, nach einem Snack zu miauen. Ich gab ihr ein paar Löffel Leber-Leckerlies und ging ins Wohnzimmer, wo ich mich auf mein Sofa fallen ließ.

Nachdem ich von meinem Glas Chardonnay genippt hatte (okay, ich spülte es hinunter), konnte ich mich ein wenig entspannen. Meine Nervenenden hatten aufgehört zu vibrieren, doch ich war noch immer alles andere als gelassen. Immer wieder sah ich vor meinem inneren Auge Tylers Fäuste, die sich ballten und wieder öffneten, eine makabre Aufwärmgymnastik für einen Würgegriff. Der Kerl konnte wirklich wahnsinnig wütend werden.

Zornig genug, da war ich mir sicher, um Frenchie Ambrose zu töten.

Ich überprüfte, ob alle meine Fenster fest verschlossen waren, zog mich dann aus und kletterte in mein Bett, wobei ich Prozac mit einer und die Fernbedienung mit der anderen Hand umklammert hielt. Ich war viel zu aufgekratzt, um zu schlafen.

Während ich ziellos durch die Kanäle zappte und nicht in der Lage war, mich auf das laufende Programm zu konzentrieren, glaubte ich ein Geräusch im Flur zu hören. Ruckartig setzte ich mich auf. Ja, ich hatte ganz sicher etwas gehört. Es klang so, als ob da jemand atmete – laute, japsende Atemgeräusche.

Das musste Tyler sein. Doch wie hatte er es geschafft, in meine Wohnung einzubrechen? Ich hatte doch alle Fenster verriegelt, oder? O Gott. Vielleicht hatte er irgendein Einbruchswerkzeug, mit dem man im Handumdrehen jedes Fensterschloss knacken konnte. Wahrscheinlich hatte er sich die ganze Zeit draußen im Gebüsch versteckt und dort den richtigen Moment abgewartet, um in meine Wohnung einzubrechen und mich zu erwürgen.

Mit pochendem Herzen wollte ich gerade zum Hörer greifen, um die Polizei anzurufen, als ich auf den Fernseher blickte und realisierte, dass das heftige Atemgeräusch von dort stammte. Offenbar war ich zufällig auf einem der Schmuddelkanäle hängen geblieben, wo ein grottenschlechtes Schauspielerpärchen auf einem Wasserbett herumzappelte.

Ganz schlaff vor Erleichterung, ließ ich mich ins Bett zurücksinken. Wirklich, wenn ich jemals Erfolg als Privatdetektivin haben wollte, musste ich endlich aufhören, so ein Weichei zu sein.

Ich schaltete die schweißüberströmten Liebenden weg und entschied mich für eine harmlose, einschläfernde Dauerwerbesendung über die Vorteile von Korallen-Kalzium. Als ich es gerade geschafft hatte einzuschlafen, wurde ich durch ein Hämmern an der Tür unsanft wieder aufgeschreckt.

O Gott. Diesmal war es *wirklich* Tyler.

Ich hastete in meine Küche und schnappte mir dort die

schwerste Pfanne, die ich finden konnte, damit ich ihm damit einen Schlag auf den Kopf verpassen konnte, falls er sich Einlass verschaffen sollte.

»Wer ist da?«, rief ich mit zitternder Stimme.

»Die Polizei.«

Vorsichtig lugte ich aus dem Wohnzimmerfenster und sah dieselben Beamten, die mich vorhin schon beehrt hatten. Ich legte meine Pfanne weg und öffnete die Tür.

»Gott sei Dank sind Sie es«, begrüßte ich sie.

»Hoffentlich haben wir Sie nicht geweckt.«

Lieber Himmel, nein. Ich schlendere regelmäßig gegen zwei Uhr morgens durch meine Wohnung und umklammere dabei eine Bratpfanne.

»Wir haben uns mit Mr. Benjamin unterhalten.«

»Haben Sie ihn verhaftet?«

»Nein, Ms. Austen.«

»Warum nicht?«

»Er behauptet, Sie hätten ihn in Ihre Wohnung eingeladen.«

»Das stimmt nicht!«

»Er sagt, Sie hätten ihm Ihre Visitenkarte gegeben und ihm gesagt, er könne sich jederzeit bei Ihnen melden, Tag und Nacht.«

Oh, verdammt. Ich hatte ihm *tatsächlich* meine Visitenkarte gegeben. An dem Tag, an dem wir gemeinsam im Pink's zu Mittag gegessen hatten.

»Haben Sie ihm Ihre Karte gegeben?«

»Schon, aber …«

»Und haben Sie ihm gesagt, er könne sich zu jeder Tages- und Nachtzeit bei Ihnen melden?«

»Schon, aber ...«
»Mr. Benjamin behauptet, dass Sie ein Auge auf ihn geworfen hätten. Und dass Sie ihm Haarspray in die Augen gesprüht haben, als er auf Ihre Annäherungsversuche nicht eingehen wollte.«
»Das ist eine Lüge!«
»Sie haben ihm nichts in die Augen gesprüht?«
»Schon, aber ...«
»Kein Haarspray?«
»Schon, aber ...«
Um ganz ehrlich zu sein, hatte ich meinen Text in dieser Szene langsam satt.
Die Polizisten tauschten einen Blick aus. Offensichtlich hielten sie mich für eine verschmähte Verliebte, die mit Haarspray um sich sprühte.
»Wissen Sie, Ms. Austen, Sie haben Glück, dass er keine Anzeige gegen Sie erstattet hat.«
Daraufhin wünschten sie mir eine geruhsame Nacht und verschwanden im Dunklen.
Ich schleppte mich zu meinem Bett zurück, wo Prozac quer über mein Kopfkissen ausgestreckt lag.
»Na, das ist ja richtig klasse gelaufen«, sagte ich und ließ mich ins Bett plumpsen.
Sie blickte auf und miaute. Das war ihre Art zu sagen, *Solange du noch wach bist, wie wär's mit einem kleinen Bissen?*
»Vergiss es, Prozac«, knurrte ich. Ich hatte überhaupt keine Lust, ihr einen Snack zuzubereiten.
Genau aus diesem Grund musste ich in dieser Nacht auf mein Kopfkissen verzichten.

TAMPA TRIBUNE

FEUCHTE PREMIERE FÜR THEATERSTÜCK

Die aktuelle Produktion der Schauspielgruppe von Tampa Vistas, *Lord Worthingtons Schalkrawatte*, erlebte eine durchweichte Premiere, als der mit der Rolle des Butlers betraute Schauspieler versehentlich Lord Worthingtons Schalkrawatte in Brand steckte und dadurch das Sprinklersystem auslöste. Zwar kam niemand zu Schaden, doch die Zuschauer strömten völlig durchnässt aus dem Tampa-Vistas-Clubhaus.

»Ich wusste von Anfang an, dass der Typ nicht alle Tassen im Schrank hat«, sagte Alistair St. Germaine, Verfasser und Regisseur des Stücks, über Hank Austen, der die Rolle des Butlers gespielt hatte.

Mr. Austen stand uns für einen Kommentar nicht zur Verfügung.

An: Jausten
Von: Shop-till-you-drop
Betreff: Ich habe es dir doch gesagt!

Ich habe dir doch gesagt, dass dein Vater irgendetwas im Schilde führte, und ich hatte recht damit. Du wirst es nicht glauben, aber er hat das Clubhaus angezündet! Ganz Tampa Vistas spricht von nichts anderem. Sogar im Tampa Tribune stand eine Meldung. In meinem ganzen Leben bin ich noch nie so gedemütigt worden!

Schon als sich der Vorhang öffnete, wusste ich, dass etwas passieren würde. Bei jedem seiner Auftritte hat dein Vater dem Publikum zugezwinkert und Grimassen geschnitten. Es war einfach abscheulich. Und das Schreckliche war, dass die Zuschauer ihren Spaß daran fanden. Ständig haben sie über seine dämlichen Eskapaden gelacht, was ihn nur noch mehr angestachelt hat. Die anderen Schauspieler waren alle wütend auf ihn, aber wir konnten nichts machen.

Dann kam die Szene, in der Daddy Lord Worthington eine Zigarette anzünden soll. Dein Vater hat das Feuerzeug aufschnappen lassen, und anstatt hinzuschauen, was er tut, hat er sich umgedreht und sich vor dem Publikum verbeugt. Natürlich hat er dabei die Zigarette verfehlt und stattdessen Alistairs Schalkrawatte in Brand gesteckt! Alistair riss sie sich vom Hals und hat versucht, das brennende Ding auf dem Teppich auszutreten, doch dabei hat der Teppich Feuer gefangen, und die Sprinkleranlage ist losgegangen. Bis dahin hatte das Publikum gedacht, der Brand gehöre zum Stück, und ist vor Lachen fast von den Stühlen gefallen. Doch das hat schlagartig aufgehört, als die Sprinkler losgingen. Alle waren völlig durchnässt. Ach, Liebes. Was für ein Alptraum!

An: Jausten
Von: BigDaddy
Betreff: Es war ein Versehen!

Ich nehme an, dass dir deine Mutter bereits von dem kleinen Vorfall im Clubhaus berichtet hat. Schätzchen, ich schwöre dir, es war ein Versehen. Du musst mir glauben. Ich gebe ja zu, dass ich Faxen gemacht habe, aber ich hatte niemals die Absicht, St. Gähns Krawatte anzuzünden!

An: Jausten
Von: Shop-till-you-drop
Betreff: P.S.

Soeben kam ein Anruf von der Geschäftsführung des Tampa Vista Club. Dein Vater und ich haben sechs Monate Hausverbot im Clubhaus. Im Ernst, Jaine. Es reicht mir. Ich habe endgültig genug von deinem Vater. Ich glaube nicht, dass ich ihm jemals verzeihen kann.

An: Jausten
Von: Shop-till-you-drop
Betreff: P.P.S.

Stell dir vor, was ich eben neben meiner Schüssel Cornflakes gefunden habe? Einen Diamantring. Ich kann nur sagen, wenn dein Vater wirklich glaubt, dass ich so oberflächlich und materialistisch bin, dass er sich mit einem Diamantring wieder bei mir einschmeicheln und gut Wetter machen kann, dann –

hat er absolut recht. Der Ring ist einfach wundervoll. Ich mag mir gar nicht vorstellen, wie viel Geld er dafür ausgegeben haben muss. Aber wenigstens hat er ihn bei einem Juwelier in der Stadt gekauft und musste so nicht für Verpackung und Versand aufkommen. Und damit nicht genug: Er hat für uns eine Kreuzfahrt zu den Bahamas gebucht. Ich sage nur: Ende gut, alles gut. Ich wollte von Anfang an keine Schauspielerin werden, und – was noch viel wichtiger ist – auch Daddy hat seinen verrückten Traum aufgegeben, als Schauspieler Karriere zu machen. Und dafür bin ich aufrichtig dankbar. Von jetzt an möchte ich den Rest unseres Lebens weit außerhalb des Rampenlichts verbringen.

An: Jausten
Von: BigDaddy
Betreff: Was für eine Show!

Hallo, Süße. Hat deine Mutter es dir schon erzählt? Wir gehen auf Kreuzfahrt zu dem Bahamas. Das wird bestimmt toll. Am letzten Abend wird dort ein Talentwettbewerb veranstaltet. Ich habe vor, den Monolog aus *Hamlet* vorzutragen. Entweder das oder meine Duffy-Duck-Imitation. Hey, Moment, jetzt hab ich's. Ich imitiere Duffy Duck, wie er den Monolog von *Hamlet* spricht. Ich glaube, ich miete mir ein Entenkostüm dazu. Was für eine Show, oder? Aber verrat's deiner Mutter nicht. Ich möchte sie überraschen.

22. Kapitel

Ich verbrachte eine grauenhafte Nacht damit, mich hin- und herzuwälzen und beim geringsten Geräusch aufzuschrecken, überzeugt, dass Tyler zurückgekommen war, um mich zu erwürgen. Ich kann Ihnen gar nicht sagen, wie erleichtert ich war, als die Sonne endlich aufging und ich noch am Leben war.

Ich taumelte in die Küche, um mir meine allmorgendliche Tasse Leitungswasser-Kaffee zuzubereiten. Sobald mein Gehirn angesprungen war, würde ich mich als Erstes anziehen und Lieutenant Mula einen Besuch abstatten. Ich wollte ihm von Tylers freundlicher Aufwartung gestern Abend berichten. Und davon, dass sich sein Alibi in Rauch aufgelöst hatte. Hoffentlich würde Mula meinen Worten mehr Glauben schenken als die Beverly-Hills-Cops.

Meine übrigen Verdächtigen waren mittlerweile völlig in den Hintergrund getreten. Ich war überzeugt davon, dass Tyler Frenchie umgebracht hatte. Darauf hätte ich meinen Prada-Anzug verwettet.

Nachdem ich eine Dose Gourmet-Hühnermägen für Prozac geöffnet hatte, rief ich meine E-Mails ab und las das letzte Kapitel der Abenteuer meiner Eltern in Sachen Theaterwelt. Ist das zu glauben? Mein Vater hat doch tatsächlich das Tampa-Vistas-Clubhaus in Brand gesteckt!

Und jetzt war er kurz davor, seine Duffy-Duck-Imitation auf die unschuldigen Passagiere eines Kreuzfahrtschiffes loszulassen. Meine arme Mom. Ich konnte nur hoffen, dass sie so sehr damit beschäftigt war, ihren Diamantring zu bewundern, dass sie es verkraftete, wenn mein Vater in einem Entenkostüm herumrannte. Nun denn. Um einen großen Philosophen zu paraphrasieren: Was nicht tötet, geht dir wirklich auf die Nerven.

Ich warf eine Waffeltasche in den Toaster und stellte den Fernseher an. Der Mann aus der Morgenshow beschwerte sich gerade wortreich über eine undichte Armatur in seinem Luxusapartment, als die Sendung plötzlich wegen einer aktuellen Nachricht unterbrochen wurde.

»*Soeben erreichte uns folgende Nachricht*«, sagte eine Nachrichtensprecherin mit aufgeblähtem Haar, die sich alle Mühe gab, journalistisch auszusehen. »*Owen Ambrose aus Santa Monica wurde heute in den frühen Morgenstunden festgenommen. Ihm wird vorgeworfen, seine Frau erstochen zu haben.*«

Hinter dem aufgepumpten Schopf der Sprecherin wurde jetzt das Foto von Owen eingeblendet.

»*Angaben der Polizei zufolge, hatte Mr. Ambrose für seine Frau eine Lebensversicherung in Höhe von zwei Millionen Dollar abgeschlossen und außerdem eine außereheliche Beziehung mit einer Nachbarin unterhalten, der Nachwuchsschauspielerin Tiffany Gustafson.*«

Das Foto einer ordinären jungen Blondine flimmerte über den Bildschirm. Irgendwo hatte ich diese Frau schon einmal gesehen. Aber wo? Und dann erinnerte ich mich an die beiden kleinen Puten Anfang zwanzig, die ich im Aufzug von Owens Haus getroffen hatte. Sie war eine der beiden gewesen. Großer Gott. Hatte der dicke Owen, der seinen Zenit längst überschritten hatte, etwa eine Affäre mit *der?*

Mir fiel wieder ein, wie sehr er an diesem Tag von seiner Trauer überwältigt gewesen war und die Tränen kaum hatte zurückhalten können. Er war mir damals so verdammt bedauernswert vorgekommen. Doch vielleicht war er das gar nicht. Vielleicht war er ja ein ganz gerissener Charmeur, der genau wusste, wie er auf die Tränendrüse drücken musste, um eine leichtgläubige Texterin/Privatdetektivin aufs Glatteis zu führen. Jeder im Passions hatte darüber geredet, dass Frenchie Owen betrog, aber es wäre wohl niemand jemals auf die Idee gekommen, dass Owen ebenfalls fremdgehen könnte.

Ein Reporter, der so aussah, als habe er erst letzte Woche angefangen, sich zu rasieren, hatte sich vor Ort eingefunden und vor dem Gebäude des Polizeipräsidiums Stellung bezogen.

»Ermittlungsnahe Quellen haben uns davon unterrichtet, dass auf der Mordwaffe Fingerabdrücke des Verdächtigen sichergestellt werden konnten und Blutspuren des Opfers auf einem bislang nicht näher bezeichneten Kleidungsstück des Verdächtigen gefunden wurden.«

Die ballonhaarige Journalistin im Studio dankte ihrem pubertierenden Kollegen, und ehe ich mich versah, war der Morgenmann wieder auf der Mattscheibe und beklagte sich über seine Schwiegereltern.

Benommen von dem, was ich gerade gesehen hatte, stellte ich den Fernseher ab.

Einen flüchtigen Moment lang dachte ich darüber nach, ob Owen nicht vielleicht doch unschuldig sein könnte.

Doch das war eher unwahrscheinlich. Schon gar nicht angesichts einer zwei Millionen Dollar schweren Lebensversicherung und eines jugendlichen Kükens als Geliebter in den Kulissen.

Ich musste den Tatsachen ins Gesicht sehen. Diesen Fall hatte ich völlig vermasselt. Noch vor fünf Minuten hatte ich den Plan gehabt, Tyler auf den elektrischen Stuhl zu schicken. Doch ich hatte mich getäuscht. Tyler war kein Mörder. Er war lediglich ein verlogener, betrügerischer Psychopath mit einem Aggressionsproblem.

So viel zu meinen Fähigkeiten als Detektivin. Na schön. Das Wichtigste war, dass Becky aus dem Schneider war. Und das Zweitwichtigste war, dass demnächst meine Miete fällig wurde und ich noch immer keinen neuen Textauftrag an Land gezogen hatte.

Ich würde mich auf meine vier Buchstaben setzen und ein Werberundschreiben verfassen. Heute noch. Jetzt gleich. Noch in dieser Minute. Na ja, vielleicht nicht gleich in dieser Minute. Vielleicht sollte ich zuerst ein klitzekleines Nickerchen machen. Nachdem Prozac mir das Kopfkissen geklaut und ich die ganze Nacht darauf gewartet hatte, dass Tyler zurückkommen und mich erwürgen würde, war ich in einem erbärmlichen Zustand. Ich würde mich nur für zehn Minuten aufs Ohr legen …

Acht Stunden später wurde ich vom Klingeln meines Telefons aus dem Schlaf gerissen.

»Schätzchen!«, hörte ich Mr. Goldman in die Leitung krächzen. »Hätten Sie Lust, heute Abend mit mir im Krankenhaus zu essen? Es gibt Kochhähnchen mit Reispüree.«

Genau das, was ich wollte: ein Schonkost-Festival.

»Klingt wirklich sehr verlockend, Mr. Goldman, aber ich fürchte, ich kann nicht.«

»Ist schon in Ordnung, Herzchen. Das verstehe ich.«

Ich muss gestehen, dass ich überrascht war. Ich war mir sicher gewesen, dass er es mir nicht leicht machen würde.

»Natürlich«, fuhr er fort, »wäre ich überhaupt nicht hier, wenn Sie mich nicht so angeschrien hätten, aber das heißt nicht, dass Sie mit mir zu Abend essen müssen.«

Okay, er würde es mir also doch nicht leicht machen.

»Dann werde ich eben ganz allein eine einsame Hühnerbrust essen«, seufzte er.

Es kam überhaupt nicht in Frage, dass ich seiner schamlosen Erpressung nachgeben würde. Schließlich hatte ich schon einmal vorgegeben, seine Freundin zu sein: Genug war genug.

»Ich hatte gehofft, dass Sie mir mein Hühnchen schneiden könnten. Ich habe nämlich noch keine richtige Kraft im rechten Arm. Aber das werde ich schon irgendwie schaffen. Auch wenn mein Handgelenk so schwach ist wie eine Nudel.«

Oh, bitte. Das war ja nicht zu ertragen.

»Der Arzt hat gesagt, ich werde nie wieder Tischtennis spielen.«

Niemals. Nichts, was er von sich gab – absolut überhaupt nichts –, würde mich meine Meinung ändern lassen.

»Zum Nachtisch gibt es Eis mit heißer Buttertoffeesoße«

»Ich bin in einer halben Stunde bei Ihnen.«

Das Abendessen Chez Cedars war eine wirklich prickelnde Angelegenheit. Wer noch nie im Schein eines Herzmonitors diniert hat, hat nicht wirklich gelebt.
Mr. Goldman hatte eine der Krankenschwestern überredet, zwei Extraportionen zu servieren, eine für mich und die andere für die Freundin von Mr. Perez. Ich stocherte auf meinem Teller herum, zerschnitt Mr. Goldmans Hähnchen und spielte immer noch diese widerliche Scharade, dass ich seine Freundin sei.
Das Tischgespräch lief in etwa so ab (Zuckerkranke nehmen sich jetzt besser in Acht!):
Mr. Goldman: *Wie ist dein gekochtes Hähnchen, Schmusehase?*
Ich (mit einem kränklichen Lächeln): *Köstlich, Teddybär.*
Mr. Goldman: *Möchtest du etwas Salzersatz dazu, Schnuckelchen?*
Ich: *Nein danke, Schatz.*
Ich zählte die Minuten, bis wir unser »Eis mit heißer Buttertoffeesoße« aufgegessen hatten, das sich im Übrigen als fettfreier Joghurt mit wässriger Schokoladensoße entpuppt hatte.
Mr. Goldman: *Wie ist der Nachtisch, Schmusehase?*
Ich: *Sie widerwärtiger Lügner, Sie haben mir ein Eis mit heißer Buttertoffeesoße versprochen!*
Na gut, das habe ich nicht wirklich gesagt.
Nein, rückgratloses Naturwunder, das ich bin, antwortete ich: »Lecker, Teddybär.«
Und wenn Sie jetzt denken, dass Mr. Goldman und ich grauenvoll waren, dann hätten Sie mal Mr. Perez und Rosie sehen sollen. Andauernd probierten sie vom Essen des anderen (aus keinem ersichtlichen Grund, denn sie aßen

ja beide exakt das Gleiche) und fütterten sich gegenseitig unter schüchternem Gekicher.

»Wissen Sie was«, sagte Rosie und zwinkerte mir dabei zu. »Wenn es unseren beiden Jungs wieder bessergeht, dann sollten wir vier mal zusammen um die Häuser ziehen.«

O Gott. Verschone mich.

»Wenn ihr mich jetzt bitte kurz entschuldigen würdet«, fuhr Rosie fort, während sie sich aus ihrem Stuhl hievte. »Mir steckt ein Stück Hühnchen in meinen Dritten. Ich bin gleich wieder zurück.«

Und damit humpelte sie an ihrem Gehstock ins Badezimmer.

Mr. Perez lächelte stolz. »Sie ist schon ein echt heißer Feger, was, Goldman?«

»Sie ist ganz in Ordnung«, antwortete Mr. Goldman. »Aber meiner Jaine kann sie nicht das Wasser reichen.« Besitzergreifend tätschelte er meine Hand.

»Da muss ich Ihnen recht geben«, erwiderte Mr. Perez. »Jaine ist wirklich eine Granate.« Dann warf er mir ein listiges Lächeln zu. »Wissen Sie, vielleicht sollte ich einfach Abes Schlauch rausziehen, dann hätte ich Sie ganz für mich.«

Was für ein Rosenkavalier, nicht wahr? Da saß er und flirtete mit mir, während seine Freundin sich nebenan Essensreste aus der Zahnprothese pulte.

Wenige Minuten später kam Rosie aus dem Badezimmer gehumpelt und berichtete über den jüngsten Stand der Hähnchen-in-den-Dritten-Krise.

»Ich hab's rausbekommen«, meldete sie. »Es war so riesig, damit hätte ich mir glatt ein Sandwich machen können.«

Ein bisschen mehr Information, als ich gebraucht hätte.
»Also«, sagte sie und befingerte ihre wasserstoffblonde Turmfrisur, als wollte sie sich vergewissern, dass sie noch da war, »wer hat Lust, Strip-Mensch-ärgere-Dich-nicht zu spielen?«
Ich nicht. Nicht in diesem Leben.
»Ich!«, rief Mr. Goldman und grinste mich eifrig an.
»Wie sieht's aus, Zuckermäuschen?«
»Ich muss jetzt leider los.«
»Ach nein. Wirklich?«
»Ja, meiner Katze geht es nicht gut, und ich muss sie zum Tierarzt bringen.«
Mr. Goldman warf mir einen Blick zu.
»War deine Katze nicht schon neulich krank?«
»Nein, das war ich. Ich hatte einen Notfalltermin beim Zahnarzt, wegen einer Wurzelbehandlung. Schon vergessen?«
»Oja, stimmt«, gab Mr. Goldman mit einem gepeinigten Seufzen zu. »Dann mal los. Es macht mir nichts aus, allein zu sein, auch wenn ich mich schrecklich schwach fühle. Habe ich dir schon erzählt, dass der Arzt gesagt hat, ich werde wahrscheinlich nie mehr Tischtennis spielen?«
»Ja, ich glaube, das hast du bereits erwähnt, Teddybär, aber ich muss jetzt wirklich los.«
In diesem Moment war es mir egal, ob ich wirklich für seinen Herzinfarkt verantwortlich war oder nicht. Ich weigerte mich einfach, mich von ihm aus Schuldgefühl zu einer Partie Strip-Mensch-ärgere-Dich-nicht überreden zu lassen.
Und ausnahmsweise blieb ich hart.

Ich warf ihm einen Abschiedskuss zu und rauschte aus dem Krankenzimmer wie eine ehemalige Strafgefangene am ersten Tag der Freiheit.
Ich war gerade auf dem Weg zum Aufzug, als eine der Stationsschwestern mir nachrief: »Entschuldigen Sie bitte, Miss!«
»Ja?«, fragte ich.
»Dürfte ich Sie etwas fragen?«
»Sicher« antwortete ich und ging zum Schwesternzimmer.
Die Schwester, die mich zu sich gerufen hatte, eine mollige junge Frau in rosafarbener Schwesterntracht, lächelte mich verlegen an.
»Ich hoffe, Sie nehmen mir das nicht übel«, sagte sie, »aber wir haben eine Wette laufen.«
»Eine Wette? Was denn für eine Wette?«
»Sind Sie wirklich Mr. Goldmans Freundin?«
»Nein, das bin ich nicht!«
Ich war zwar bereit, diese lächerliche Scharade vor Mr. Perez aufrechtzuerhalten, doch ich war nicht willens, auch noch das Krankenhauspersonal anzulügen.
»Hab ich's euch nicht gesagt?«, wandte sie sich an ihre Kolleginnen. »Niemand, der auch nur halbwegs bei Verstand ist, würde mit dem zusammen sein.«
»Ich bin jetzt nicht und war auch vorher niemals Mr. Goldmans Freundin. Ich bin seine Lehrerin.«
»Trotzdem«, sagte eine der anderen Schwestern, eine ältere Dame, deren Brille an einer Kordel vor ihrer Brust baumelte, »es ist schrecklich nett, dass Sie ihn besuchen. Das bedeutet ihm so viel.«
»Das ist das Wenigste, was ich für ihn tun kann«, antwor-

tete ich, »wenn man bedenkt, dass ich dafür verantwortlich bin, dass er hier ist.«
»Verantwortlich? Wieso sind Sie denn dafür verantwortlich?«
»Ich habe ihn im Unterricht angebrüllt, und da ist er zusammengebrochen. Ohne mich wäre er nicht hier.«
»Aber das stimmt doch gar nicht«, entgegnete die Schwester in Rosa. »Bei dem war ein Herzinfarkt mehr als fällig. Es war nur eine Frage der Zeit.«
»Was?«
»Seine Arterien waren ziemlich schwer verkalkt. Offensichtlich hat Mr. Goldman seine letzten Termine beim Kardiologien regelmäßig geschwänzt und sich stattdessen in der Cafeteria herumgetrieben, wo er Bananen-Splits gefuttert und mit den Kellnerinnen geflirtet hat.«
Arrgh! Dieser Mann war doch wirklich nicht zu fassen, oder? Ließ sich von mir Kusshändchen zuwerfen und sein Hähnchen schneiden, obwohl sein verdammter Herzinfarkt einzig und allein seine eigene Schuld gewesen war.
Ich hatte größte Lust, in sein Zimmer zurückzumarschieren und seinen Infusionsschlauch anzustechen. Zumindest könnte ich Mr. Perez reinen Wein über unsere sogenannte Beziehung einschenken. Doch was würde das bringen? Außerdem würde ich Mr. Goldman damit vielleicht zu einem zweiten Herzinfarkt verhelfen. Und diesmal wäre es *wirklich* meine Schuld.
Nein, ich würde ihn mit seiner dummen kleinen Lüge davonkommen lassen, doch dafür würde ich seine Albernheiten im Unterricht ab jetzt nicht mehr dulden. Keine

Unterbrechungen mehr. Keine Ausbrüche mehr. Keine ignoranten Kritiken gegenüber seinen Mitstreiterinnen mehr.

Während ich wütend zum Aufzug schritt und gerade über meine neuen Unterrichtstaktiken im Shalom-Altersheim nachsann, kam ich an einer zarten rothaarigen Frau vorbei, die mich entfernt an Debbie Reynolds erinnerte. Und das war noch so eine Sache, dachte ich bei mir. Ich würde Mr. Goldman zukünftig nicht mehr gestatten, bescheuerte Anekdoten über seine Liebesaffären mit Filmstars zu erzählen.

Ich drückte gerade den Aufzugknopf, als ich die Rothaarige eine der Schwestern fragen hörte: »Hallo, Herzchen. Könnten Sie mir helfen?«

Komisch. Sie sah nicht nur aus wie Debbie Reynolds, sie klang auch so.

»Natürlich, Ms. Reynolds«, antwortete die Schwester. »Was kann ich für Sie tun?«

Ich sauste zurück zur Station, um mir das genau anzusehen.

Grundgütiger, das war *wahrhaftig* Debbie Reynolds. War das möglich? Hatte Mr. Goldman etwa die Wahrheit gesagt, als er behauptet hatte, eine Affäre mit dem Star aus *Singin' in the Rain* gehabt zu haben? Nein. Nie im Leben. Nur weil sie hier im Krankenhaus war, hieß das noch lange nicht, dass sie gekommen war, um Mr. Goldman zu besuchen.

»In welchem Zimmer liegt Mr. Goldman?«, erkundigte sie sich.

Also gut, vielleicht kannte er sie von irgendwoher. Vielleicht hatte er ihr irgendwann einmal einen Teppichboden verkauft. Das musste noch lange nicht bedeuten, dass die beiden etwas miteinander gehabt hatten.

Doch dann betrat sie sein Zimmer, und ich hörte, wie sie ihn begrüßte: »Abe, mein Schatz. Wie stehen die Aktien?«

In diesem Moment hätte selbst ein zu Püree verkochtes Huhn ausgereicht, um mich k.o. zu schlagen.

23. Kapitel

Als ich zu meiner Wohnung ging, konnte ich noch immer nicht fassen, dass Mr. Goldman und Debbie Reynolds ein Liebespaar gewesen sein könnten. Waren alle seine romantischen Eroberungsgeschichten wahr gewesen? Hatte er wirklich, so wie er es mit Stolz verkündet hatte, Cha-Cha-Cha mit Ann Margret getanzt, eine Nacht im Disneyland-Hotel mit Joan Collins verbracht und Angie Dickinson einen Knutschfleck verpasst?

Völlig in Gedanken an Mr. Goldmans Liebesleben versunken, schloss ich meine Haustür auf und wäre dabei beinahe über etwas gefallen, das auf meiner Türschwelle lag. Ein Angstschauer lief mir über den Rücken, als ich erkannte, worum es sich handelte: Es war ein Schuh. Ein hochhackiges, sehr modisches Exemplar. Genau wie der, den ich kürzlich in Frenchies Nacken gespießt entdeckt hatte.

Mit zitternden Händen hob ich ihn auf. Auf der Innenseite stand Jimmy Choo. Vielleicht war es ein Original. Vielleicht auch eine Kopie. Im Augenblick allerdings interessierte mich seine Echtheit nicht. Denn meine Aufmerksamkeit war voll und ganz von dem Haftzettel gefesselt, der an dem dolchartigen Absatz klebte. Darauf stand eine Nachricht, nur vier Wörter, die meinen Angstschauer in eine ausgewachsene Panikattacke verwandelten:

Diese Nachricht musste von dem Mörder stammen. Aber man hatte Owen doch heute Morgen verhaftet. Also konnte er den Schuh nicht hier hinterlassen haben. War es möglich, dass die Polizei den Falschen verhaftet hatte? Sicher, Owens Zwei-Millionen-Dollar-Lebensversicherung sah nicht gut aus, aber vielleicht hatte Frenchie ja ebenfalls eine Lebensversicherung für ihn abgeschlossen. Viele Ehepartner schlossen Lebensversicherungen ab, bei denen der jeweils andere als Begünstigter eingetragen wurde.

Aber wenn Owen wirklich unschuldig war, warum waren dann seine Fingerabdrücke auf der Mordwaffe gefunden worden? Vielleicht war er ein paar Stunden, nachdem Frenchie von zu Hause weg war, zum Passions gefahren, um nach ihr zu sehen. Vielleicht war sie schon tot gewesen, als er dort angekommen war. Und vielleicht war er dämlich genug gewesen, den Schuh anzufassen und Blut auf seine Klamotten zu bekommen. Und dann war er in Panik geraten und hatte den Laden fluchtartig verlassen, wobei er eine Spur aus Beweisen hinterließ.

Je länger ich darüber nachdachte, umso überzeugter war ich, dass der wirkliche Mörder noch immer auf freiem Fuß war. Und dieser Mörder, dessen war ich mir sicher, war Tyler. Er musste derjenige gewesen sein, der den Jimmy-Choo-Schuh auf meiner Türschwelle hinterlassen hatte.

Mit noch immer zitternden Händen steckte ich den Schuh mit der Haftnotiz in eine Plastiktüte. Ich wollte unbedingt so viele Fingerabdrücke wie möglich darauf erhalten. Dann setzte ich mich wieder in meinen Corolla und fuhr auf Lieutenant Mulas Polizeirevier. Er war schon weg, als ich dort ankam, also hinterließ ich meine Tüte bei dem Beamten am Empfang, mit der dringenden Nachricht, dass Mula mich umgehend anrufen sollte.

Ich beschloss, auf dem Heimweg bei Becky vorbeizufahren. Ich musste ihr klarmachen, wie gefährlich Tyler war. Irgendwie würde ich sie schon dazu bringen, mir zuzuhören. Ich wollte ihr erzählen, wie er mich gestern vor meiner Wohnung aus dem Hinterhalt überfallen hatte. Und dann musste ich sie dazu bringen, die Tatsache zu akzeptieren, dass er für die Mordnacht kein Alibi hatte.

Ich fand einen Parkplatz gegenüber von Beckys Wohnhaus und wollte gerade aus dem Wagen steigen, als ich aufblickte und sah, wie Beckys Mitbewohnerin Nina mit wippendem Pagenkopf das Haus in ihrer Schwesterntracht verließ.

Zuerst wollte ich ihr zuwinken, doch dann hielt ich inne. Irgendetwas an ihr stimmte nicht ganz. Und dann wurde mir klar, was es war. Nina trug ein Schwesternkleid. So gut wie keine Krankenschwester trägt noch Kleider. Hatte ich nicht gerade all die Schwestern im Krankenhaus gesehen, die OP-Anzüge aus Oberteil und Hose trugen? Und außerdem war Ninas Kleid wahnsinnig kurz – es reichte gerade mal bis zur Mitte ihrer Oberschenkel – und auch sehr eng. Viel zu eng, um darin eine Bettpfanne handhaben zu können.

Mittlerweile hatte sie die Straße überquert und ging auf ihren Wagen zu, einen schrottreifen Chevrolet Camaro. Und dann tat sie etwas reichlich Merkwürdiges. Sie öffnete den Kofferraum und holte ein Paar hochhackige Schuhe heraus. Als ich sie sah, zuckte ich zusammen. Wenn ich

für den Rest meines Lebens keine Stöckelschuhe mehr sehen müsste, wäre ich wunschlos glücklich. Ich sah zu, wie sie die Schuhe anzog und ihre Korksandalen mit den dicken Sohlen in den Kofferraum warf.
Was zum Teufel hatte das zu bedeuten?
Bis zu diesem Moment hatte ich Nina nie mit dem Mord in Verbindung gebracht, doch mein Instinkt sagte mir, dass ich gerade über etwas Wichtiges gestolpert war. Also beschloss ich, ihr zu folgen.
Ich weiß ja nicht, ob Sie schon einmal jemanden verfolgt haben, aber glauben Sie mir, es ist nicht einfach. Ganz besonders, wenn die betreffende Person fährt wie ein Stuntman auf Speed. Irgendwie schaffte ich es, an Nina dranzubleiben, während sie durch die Stadt raste, bis wir schließlich eine zwielichtige Straße am Stadtrand von Hollywood erreichten. Ich war nur froh, dass keine Verkehrspolizisten in der Nähe waren, sonst hätte ich die nächsten Wochen in der Abendschule bei der Führerschein-Nachschulung zugebracht.
Schließlich bog sie auf den Parkplatz eines Stripclubs ein. Dass es ein Stripclub war, erkannte ich an dem subtilen Neonschild mit den blinkenden Lettern: NACKTE GIRLS! NACKTE GIRLS! NACKTE GIRLS!
Ich parkte auf der gegenüberliegenden Straßenseite und wartete im Auto, bis ich sie in den Club gehen sah.
Konnte das wirklich sein? War Nina tatsächlich eine Stripperin? Ich stieg aus und überquerte die Straße, um zum *Tollhaus* zu gelangen, wie der vielversprechende Name des Clubs lautete. In einem kleinen Schaukasten vor dem Eingang waren Fotos von den »NACKTEN GIRLS!« zu sehen.

Ich warf einen Blick auf Spitzen-Susie, Leder-Linda und Fatima, das Mädchen aus Tausendundeiner Nacht. Doch das Foto, das mich am meisten interessierte, zeigte »Schwester Nina«, die darauf nichts weiter trug als einen Stringtanga und ein Stethoskop.

Nina war in der Tat eine Stripperin. Doch das hatte nicht zu bedeuten, dass sie etwas mit dem Mord zu tun hatte. Sie hatte Frenchie ja nicht einmal gekannt. Oder doch? War es möglich, dass Frenchie einmal hier gearbeitet hatte? Ich konnte mir ohne weiteres vorstellen, wie sie sich vor einem Haufen glotzender Kerle die Kleider vom Leib riss. Vielleicht hatten Nina und Frenchie sich also doch gekannt. Und wie wir alle mittlerweile wussten, hieß, Frenchie zu kennen, sie zu hassen. Also hatte Nina vielleicht doch einen Grund gehabt, Frenchie umzubringen.

Ich musste es herausfinden. Ich setzte meine Sonnenbrille und eine alte Baseballkappe auf, die ich für jene Tage in meinem Kofferraum liegen habe, an denen meine Frisur waffenscheinpflichtig ist. So maskiert, betrat ich das Tollhaus.

Ich war froh, dass es drinnen dunkel und Nina nirgends zu sehen war. Ich setzte mich an einen der Tische, die weit hinten im Raum standen. Im hellen Bühnenlicht würde Nina mich hier hinten nie entdecken.

Das Tollhaus war ziemlich leer bis auf ein paar Männer, die Spitzen-Susie mit glasigen Augen dabei zusahen, wie sie auf der Bühne obszöne Dinge mit einem schwarzen Spitzen-Strumpfband anstellte. Einer oder zwei der Männer warfen mir verstohlene Blicke zu, doch die meisten von ihnen waren zu sehr damit beschäftigt, unter ihren Tischen für ihr eigenes Vergnügen zu sorgen.

Eine lustlose Bedienung in Hotpants und einem Top, das an einen schwarzen Leder-BH erinnerte, kam an meinen Tisch. Ich konnte sehen, dass sie unter der dicken Schicht Schminke schlechte Haut hatte.

»Was darf's sein?«, fragte sie und schmiss eine zerschlissene Cocktailkarte auf den Tisch.

Um ehrlich zu sein, ich hatte Hunger. Mein opulentes Abendmahl aus gekochtem Hähnchen im Krankenhaus war nicht gerade sättigend gewesen.

»Haben Sie Salzbrezeln? Oder Erdnüsse?«

Sie sah mich an, als käme ich direkt aus dem Irrenhaus.

»Wenn Sie Salzbrezeln wollen«, antwortete sie schnippisch, »dann gehen Sie in den Supermarkt am Ende der Straße. Also, was wollen Sie *trinken*?«

»Eine Cola.«

»Macht zehn Dollar.«

»Zehn Dollar für eine Cola?«

»Außerdem müssen Sie mindestens zwei Drinks bestellen.«

Meine Güte. Was spitze Männer nicht alles in Kauf nehmen, um einer Frau dabei zuzusehen, wie sie sich ihre Strumpfbänder von den Beinen schält. Ich hatte größte Lust zu gehen, doch ich musste herausfinden, ob Frenchie jemals hier gearbeitet hatte.

»Toll«, antwortete ich. »Dann bringen Sie mir zwei Zehn-Dollar-Colas.«

Sie nickte knapp und verschwand.

Mittlerweile hatte Spitzen-Susie beide Strumpfbänder an ihren Brüsten befestigt und wirbelte sie herum wie Miniatur-Hula-Hoop-Reifen. Ich muss zugeben, es war ziemlich beeindruckend.

Meine Freundin vom Tresen kam zurück und stellte zwei große Cola auf den Tisch.
»Sind Sie sicher, dass Sie hier richtig sind?«, wollte sie wissen. »Ein paar Blocks weiter gibt's 'nen Lesben-Schuppen, gleich neben dem Supermarkt.«
Wirklich ein wahrer Quell des Wissens, nicht wahr?
»Eigentlich«, sagte ich, »bin ich auf der Suche nach einer alten Freundin, die hier mal gearbeitet hat. Sie heißt Giselle Ambrose. Alle nennen sie Frenchie. Schon mal gehört?«
»Na klar.«
Volltreffer. Auf meine Intuition war Verlass.
»Das ist doch die, die sie mit 'nem Schuh kaltgemacht haben«, meinte sie. »Hab ich in den Nachrichten gesehen.«
»Hat sie jemals hier gearbeitet?«
»Nö. Jedenfalls hab ich sie hier nie gesehen, und ich bin seit fünfzehn Jahren hier.«
So viel zu meiner Intuition.
Sie tänzelte zur Bar zurück, während ich unglücklich auf meine beiden Cola blickte. 20 Dollar für nichts und wieder nichts aus dem Fenster geworfen. Nina und Frenchie hatten sich nicht gekannt. Das Einzige, was Nina sich hatte zuschulden kommen lassen, war, dass sie ihre Mitbewohnerin angelogen und ihr nicht gesagt hatte, dass sie eine Stripperin war.
Na schön. Ich würde diese beiden Gläser austrinken, und wenn es mich umbrachte.
Während Spitzen-Susie ihre Vorstellung auf der Bühne beendete und Fatima, das Mädchen aus Tausendundeiner Nacht, mit einem paillettenbesetzten Schleier vor dem

Schritt auf die Bühne glitt, machte ich mich über meine Colas her. Als ich beide Gläser ausgetrunken hatte, musste ich pinkeln. Und wie.

Super. Jetzt würde ich die Tollhaus-Toilette benutzen müssen. Ich konnte mir sehr gut vorstellen, wie dreckig es dort sein würde. Warum hatte ich nicht einfach 20 Dollar auf den Tisch gelegt und auf die beiden Colas verzichtet?

Ich fragte die Bedienung nach der Damentoilette, und sie deutete einen düsteren Gang hinunter.

Genau wie ich es erwartet hatte, war die Toilette ein Alptraum. Der Schimmel an den Wänden musste noch aus der Eisenhower-Zeit stammen. Stellen Sie sich ein Gefängnis in Kalkutta mit einem Tampon-Automaten vor.

Ich zog meine Jeans herunter und hockte mich über die Toilette, wobei ich mir alle erdenkliche Mühe gab, mit nichts in Berührung zu kommen, das mit tödlichen Erregern hätte kontaminiert sein können. Beim Händewaschen benutzte ich ein Papiertuch, um den Wasserhahn aufzudrehen, und ein weiteres, um die Tür zu öffnen, die mich wieder auf den dunklen Gang entließ. Ich schwör's, man brauchte praktisch eine Impfung, wenn man in diesem Laden pinkeln wollte.

Als ich wieder an meinen Tisch kam, winkte ich die Kellnerin heran, um zu zahlen. Mit einem Martini und einem Korb heißer Pommes, die verdammt lecker rochen, kam sie zu mir herüber. Hungrig starrte ich darauf.

»Ich dachte, hier gibt's nichts zu essen.«

»Ich hab gesagt, wir haben keine Salzbrezeln. Von Pommes war nicht die Rede.«

»Egal«, meinte ich. »Ich habe das Zeug nicht bestellt.«

»Weiß ich. Das kommt von dem Typen da vorn.«

Sie wies mit dem Kinn auf einen versoffenen älteren Kerl mit dickem Bauch und feuchten Lippen, der mir ein schmieriges Grinsen zuwarf.

Hätte ich auch nur einen Funken Verstand gehabt, hätte ich an Ort und Stelle den Club verlassen. Das Letzte, was ich gebrauchen konnte, war ein Korb voller Fritten. Doch ich hatte Hunger. Und diese Pommes sahen toll aus. Ich würde nur ein oder zwei davon essen und dann das Weite suchen.

Bevor ich mich versah, kaute ich mich durch den gesamten Korb und spülte mit dem Martini nach. Währenddessen bemühte ich mich, Blickkontakt mit dem lüsternen alten Knacker zu vermeiden, der mich eingeladen hatte. Der Typ war bestimmt um die sechzig. Er sollte zu Hause sitzen und seine Medikamente schlucken, anstatt in einer Spelunke wie dieser herumzulungern. Warum hatte ich bloß so eine anziehende Wirkung auf alte Säcke? Erst Mr. Goldman. Dann Mr. Perez, der mich anbaggerte, während seine Freundin nebenan war. Mir fiel wieder ein, was Mr. Perez gesagt hatte, von wegen Mr. Goldmans Schlauch herauszuziehen, damit er mich ganz für sich allein hätte.

Und da traf es mich wie ein Blitz. In diesem Moment wusste ich, dass Nina die Mörderin war.

Stimmt, Nina kannte Frenchie nicht. Aber vielleicht war es ihr ja gar nicht um Frenchie gegangen. Vielleicht war ja Becky diejenige, die sie loswerden wollte.

Vielleicht hatte Nina sich in Tyler verliebt, und zwar mit Haut und Haaren. Ich erinnerte mich daran, wie ihre Augen geleuchtet hatten, als sie mir erzählt hatte, was für ein toller Kerl Tyler sei. Vielleicht hatte sie ihn angemacht, aber er war zu sehr mit Becky beschäftigt gewe-

sen, um auf ihre Avancen einzugehen. Also hatte sie beschlossen, ihre Rivalin auszuschalten. Vielleicht wollte sie einfach nur die Konkurrenz aus dem Weg haben, genau wie Mr. Perez.
Und als Becky dann eines Abends nach Hause kam und ihr von ihrem Streit mit Frenchie berichtete und davon, dass sie vor versammelter Kundschaft im Laden gesagt hatte, sie würde Frenchie gern als Dekorationsleiche sehen, war Nina eine Idee gekommen. Sie fand Beckys Ohrring, der ihr heruntergefallen war, allerdings nicht im Passions, sondern zu Hause. Sie steckte ihn ein und gab vor, nichts gefunden zu haben, als sie mit Becky die Wohnung danach absuchte. An diesem Abend ging sie dann nicht zur Arbeit, sondern lockte Frenchie mit einem fingierten Anruf wegen eines Einbruchs in die Boutique. Dann erledigte sie sie und plazierte Beckys Ohrring sorgfältig am Tatort.
Was gab es für eine bessere Lösung, um ihre Konkurrentin auszuschalten, als sie wegen Mordes verhaften zu lassen?
Natürlich war das alles nur eine Theorie. Ich hatte keine Beweise dafür in der Hand. Nicht einen einzigen.
In der Zwischenzeit hatte Fatima ihren letzten Schleier abgelegt und schlängelte sich von der Bühne. Ich wollte verschwunden sein, wenn Nina auftrat. Also legte ich ein paar Scheine auf den Tisch und stand auf. Der alte Knacker, der mir den Drink ausgegeben hatte, winkte mich zu seinem Tisch, aber ich eilte an ihm vorbei und machte, dass ich hinauskam.
Großer Gott, hatte ich einen sitzen. Das war ein höllisch starker Martini gewesen. Ich überquerte die Straße und steuerte auf meinen Wagen zu, während ich die kalte

Nachtluft in tiefen Zügen einsog, um wieder nüchtern zu werden. Als ich den Corolla erreichte, drehte sich alles vor meinen Augen, und meine Beine waren so weich wie Wackelpudding. In diesem Zustand würde ich auf keinen Fall nach Hause fahren. Ich würde mir ein Taxi rufen müssen.

Ich öffnete meine Handtasche, um mein Handy herauszuholen, und dann wurde auf einmal alles so schwarz wie der Schimmel auf der Tollhaus-Toilette.

24. Kapitel

Ich erwachte mit höllischen Kopfschmerzen in Grace' Büro im Passions. Mein Schädel fühlte sich an, als würde Desi Arnaz darauf sein »Babaloo« trommeln.

Das Erste, was ich sah, als ich die Augen öffnete, war Nina, die über mir stand. Das Zweite war eine Pistole, mit der sie auf mein Herz zielte.

Dann blickte ich zur Seite und sah einen abgetrennten Arm neben mir auf dem Boden liegen. Blitzartig fiel mir Ninas Vorliebe für medizinische Horrorgeschichten wieder ein. O mein Gott. Wahrscheinlich war sie eine von diesen Wahnsinnigen, die eine unbändige Freude dabei empfinden, andere Menschen zu zerstückeln. Diese durchgeknallte Psychopathin hatte mir den Arm amputiert!

»Was hast du mit meinem Arm gemacht?«, kreischte ich auf.

»Wovon redest du eigentlich? Ich hab deinen Arm nicht angefasst.«

Dann schaute ich mich um und sah Bessie, die Schaufensterpuppe, an der Wand lehnen. Es war Bessies Arm, nicht meiner. Was für eine Erleichterung. Wenigstens würde ich im Vollbesitz meiner Gliedmaßen sein, wenn Nina mich umbrachte.

»Woher wusstest du, dass ich in dem Club war?«, wollte ich wissen.

»Ich hab gesehen, dass du mir gefolgt bist. Du hast so nah an mir drangeklebt, dass ich dein Gesicht im Rückspiegel erkennen konnte. Wenn du das nächste Mal jemanden verfolgst, halt ein bisschen mehr Abstand. Nicht dass es für dich ein nächstes Mal geben wird«, schloss sie und fuchtelte mit der Pistole.

Breitbeinig stand sie über mir und verhalf mir so zu einem durchaus nicht jugendfreien Einblick unter ihre enge Schwesterntracht.

»Dazu hätte es nicht kommen müssen«, sagte sie. »Ich habe versucht, dich zu warnen.«

»Indem du mir dieses Jimmy-Choo-Modell auf der Türschwelle hinterlassen hast?«

»Es war echt schwer, diesen Schuh zu klauen«, antwortete sie ziemlich beleidigt, »aber hast du meine Warnung ernst genommen? Nein. Und jetzt sieh dich an. Du hättest dich wirklich um deine eigenen Angelegenheiten kümmern sollen.«

Du sprichst ein wahres Wort gelassen aus, dachte ich, während ich zwischen ihre Schenkel starrte.

»Hey«, rief sie fröhlich, »es ist wirklich zu schade, dass du meinen Auftritt verpasst hast.«

Und mit diesen Worten riss sie sich ihr Schwesternkleid vom Leib. Es war eines dieser Kostüme, die einem beim leisesten Zupfen vom Leib fallen.

»Na, was sagst du dazu?« Abgesehen von einem paillettenbesetzten Tanga und auf die Brustwarzen geklebten Hütchen war sie splitterfasernackt und lächelte auf mich herab.

Du lieber Himmel. Diese Frau war nicht nur eine durchgedrehte Psychopathin, sie war auch noch eine Weltklasse-Narzisstin.

»Ich hab einen Superbody, nicht wahr?«, fragte sie und strich sich dabei über die Hüften.
Ich hatte Nina immer für sehr zierlich gehalten. Jetzt jedoch sah ich verblüfft, dass ihr Körper sehr muskulös war. Ohne Kleider sah sie um einiges robuster aus.
»Nirgends ein Gramm Fett«, brüstete sie sich. »Ganz im Gegensatz zu dir, Jaine. Du solltest dringend etwas wegen dieser Oberschenkel unternehmen, Schätzchen.«
Das hatte mir gerade noch gefehlt. Ein Vortrag über gesunde Ernährung unmittelbar vor der Hinrichtung.
»Irgendwo habe ich gelesen, dass die Cellulite von den Beinen zum Gehirn wandern und dort Tumoren verursachen kann.«
Woher hatte sie das alles nur? Aus einem Medizinstudium im Kabarett?
»Es ist eine wissenschaftlich bewiesene Tatsache. Je mehr du wiegst, desto früher stirbst du. Und in deinem Fall trifft das ganz bestimmt zu«, sagte sie und wedelte erneut mit ihrer verdammten Knarre vor meiner Nase herum.
Mittlerweile hatte ich genug davon, ihr ständig auf den Schritt starren zu müssen.
»Ist es okay, wenn ich mich hinsetze?«
»Klar, warum nicht?«
Ich richtete mich auf, und ein neuer Trommelwirbel ließ mein Hirn erbeben.
»Was hast du gemacht?«, wollte ich wissen. »Hast du mir was in den Drink getan?«
Sie nickte. »Als du auf der Toilette warst. »Betäubungstropfen. Die benutze ich immer, um meine Freier abzuzocken.«
»Deine Freier? Du bist auch Prostituierte?«

»Hey.« Sie zuckte mit den Achseln. »Ich muss meinen Lebensunterhalt bestreiten.«

»Weiß Becky davon?«

»Du machst wohl Witze!«, spottete sie. »Becky ist der Prototyp des ahnungslosen Dummchens. Ist es nicht immer wieder erstaunlich, dass Männer sich in dumme Frauen verlieben? Becky setzt ihr dämliches Lächeln auf, und schon sind sie verliebt. Das will mir nicht in den Kopf. Ich bin schlauer als sie. Und außerdem viel hübscher. Und sie verlieben sich nie in mich.«

Vielleicht weil du eine völlig durchgeknallte Irre bist, hätte ich am liebsten geantwortet.

»Bis jetzt hat mich das nie gestört«, fuhr sie fort. »Alle Männer, mit denen Becky bisher zusammen war, waren absolute Flaschen. Aber bei Tyler war das was anderes. Als ich ihn das erste Mal gesehen habe, wusste ich, dass ich ihn haben musste. Aber alles, wofür er Augen hatte, war Becky. Das Leben ist manchmal nicht fair, was?«

Zumindest in diesem Punkt konnte ich ihr zustimmen.

»Also hast du dir überlegt, wie du sie loswerden könntest«, folgerte ich. »Und hast beschlossen, sie wegen Mordes ins Kittchen wandern zu lassen.«

»Ganz schön schlau, oder? Jemanden umzubringen, den ich nicht mal kannte. So würden die Bullen mich nie verdächtigen.«

Sie war so verdammt zufrieden mit sich, dass sie herumstolzierte wie ein Gockel.

»Ich habe mir eine Pistole besorgt, dann habe ich Frenchie in den Laden gelockt, indem ich so getan habe, als wäre ich von der Sicherheitsfirma. Ich habe ihr gesagt, sie soll es nicht persönlich nehmen, aber ich müsste ihr die

Birne wegpusten. Aber als ich auf den Abzug gedrückt habe, passierte gar nichts. Ist das zu glauben? Der Crack-Dealer, von dem ich die Kanone hatte, hatte mir nicht gesagt, dass das Ding nicht geladen war. Verdammter Mist, wie?«

Ja, diese blöden Crack-Dealer. So was von unzuverlässig.

»Sobald Frenchie kapiert hatte, dass die Pistole nicht geladen war, wollte sie abhauen. Fast wäre sie mir entwischt, aber dann ist sie gestolpert und der Länge nach hingeknallt. Ich hab sie von hinten in den Schwitzkasten genommen. Und dann habe ich ihren Jimmy-Choo-Schuh gesehen und fand, dass das eine prima Mordwaffe abgäbe. Und stellt dir vor: Ich hatte recht.«

Wieder grinste sie mich selbstgefällig an.

»Und nachdem du sie getötet hattest«, fuhr ich fort, »hast du ihr Beckys Ohrring in die Hand gelegt.«

»Becky hat diesen blöden Ohrring andauernd verloren. An diesem Abend war er ihr in der Wohnung runtergefallen, und ich hatte ihn heimlich eingesteckt. Nachdem sie ins Bett gegangen war, hab ich mir ihren Wagen genommen, um Frenchie im Laden zu besuchen.«

Also hatte der Musiker von nebenan zur Mordzeit tatsächlich Beckys Auto auf dem Parkplatz gesehen.

»Ich hab Frenchie zugeschaut dabei, wie sie die Alarmanlage ausgeschaltet hat, und mir den Code gemerkt. So habe ich uns beide auch heute Nacht hier reinbugsiert. Ziemlich clever, was? Wenn sie deine Leiche finden, gehen sie bestimmt davon aus, dass jemand aus dem Passions den Mord begangen hat. Nur jemand, der hier arbeitet, würde wissen, wie man die Alarmanlage ausschaltet. Und wenn sie dann das hier überall auf deiner Leiche finden«, fügte sie hinzu, während sie eine kleine Plastiktüte aus ihrer Handtasche zog, »dann werden sie überzeugt sein, dass es Becky war.«

Sie warf mir den Beutel zu. Darin befanden sich ein paar orangefarbene Haare.

»Die habe ich aus Beckys Haarbürste. Verteil die doch mal auf deinen Klamotten, okay?«

Widerwillig folgte ich ihrer Anweisung.

»Wenn das nicht reicht, um die kleine Idiotin ins Gefängnis wandern zu lassen, dann muss ich sie selbst umlegen. Ach, da fällt mir ein: Zeit, auf Wiedersehen zu sagen, Jaine. Und diesmal ist die Knarre geladen.«

Sie hob die Waffe und zielte.

O Gott. Jetzt war es so weit. Die letzten Sekunden meines Erdendaseins. Und mein letzter Anblick sollte eine Irre in Stringtanga und mit Nippelhütchen sein. Ich musste mir etwas einfallen lassen – irgendetwas –, damit sie die Kanone weglegte.

»Dir ist doch klar, dass du gefilmt wirst, oder?«

»Was?«

Zum ersten Mal seit Beginn dieses kleinen Szenarios wirkte Nina unsicher.

»Nachdem Frenchie umgebracht worden ist«, erklärte ich, »hat Grace hier eine Überwachungskamera installieren lassen. Gleich da drüben.«

Ich zeigte auf die gegenüberliegende Wand. Natürlich gab es keine Überwachungskamera. Doch das wusste Nina nicht. Sie fuhr herum, und ich schnappte mir Bessies Schaufensterpuppen-Arm und schlug ihr damit mit aller Kraft gegen die Beine. Als sie nach vorn stolperte,

schlug ich erneut zu und traf diesmal ihren Arm. Die Pistole flog quer durch den Raum. Wir hechteten beide hinterher.
Und in einem höchst befriedigenden Moment ausgleichender Gerechtigkeit sah ich, wie Nina über ihre eigenen Stöckelschuhe stolperte und der Länge nach zu Boden ging, genauso, wie es Frenchie ergangen war.
Ich schnappte mir die Pistole, und jetzt war Nina an der Reihe, dazuliegen und in den Lauf einer tödlichen Waffe zu starren.
»Die Polizei hat bestimmt großes Interesse an unserer kleinen Unterhaltung«, bemerkte ich.
»Nur zu«, gab sie zurück. »Erzähl's den Bullen doch. Dann steht deine Aussage gegen meine. Du hast keinerlei Beweise dafür, dass ich Frenchie umgebracht habe.«
»Und ob sie die hat.«
Wir blickten uns um und sahen Maxine in der Tür stehen.
»Hi, Jaine«, begrüßte sie mich mit einem schüchternen Lächeln. »Ich bin länger geblieben, um die Bücher fertig zu machen.«
Gott sei gedankt für Workaholics.
»Ich habe alles gehört«, fügte sie hinzu.
»Super«, erwiderte ich. »Jetzt ruf bitte die Polizei.«
»Das habe ich schon getan.«
Und wie aufs Stichwort hörten wir das schwache Heulen einer Polizeisirene.
Ich blickte auf Nina hinab, deren Augen zornerfüllt blitzten.
»Es mag ja sein, dass dicke Menschen jung sterben«,

meinte ich, »aber im Todestrakt sterben die Leute noch früher.«
Dann hob ich eines ihrer Nippelhütchen auf, das bei unserer Rangelei abgefallen war.
»Zieh das lieber wieder an«, sagte ich und warf es ihr zu. »Du willst dich doch nicht erkälten.«

Epilog

Es wird Sie sicher freuen zu hören, dass Becky wieder zu Verstand kam und sich von Tyler trennte. Sie kündigte ihren Job im Passions und zog nach Hermosa Beach, wo sie jetzt für ein Surfgeschäft Badeanzüge entwirft. Sie sind grellbunt, und an strategisch wichtigen Stellen sind Gänseblümchen aufgenäht. Sie nennt sie Beckinis.

Ich muss wohl nicht erwähnen, dass sie nie wieder eine Mitbewohnerin haben möchte.

Nach all der Presse wegen des Mords an Frenchie ist das Passions geradezu eine Touristenattraktion geworden. Grace trotzt noch immer den Gesetzen der Schwerkraft und sieht nach wie vor erstaunlich aus. Maxine macht immer noch die Buchhaltung und kehrt abends heim zu ihrer treuen Katze Sparkles – und zu ihrem neuen Kätzchen, Sparkles jr. Und Amanda Tucker trägt nach wie vor genug Botox im Gesicht, dass man damit die Bevölkerung von Peru lähmen könnte.

(Vor kurzem bin ich Grace und Amanda zufällig in Amandas Alma mater begegnet – der Chanel-Abteilung von Bloomingdales's –, und sie haben endlich zugegeben, dass sie am Abend des Mordes tatsächlich im Passions waren. Genau wie Maxine hatten sie vor, sich die Unterlagen aus der Buchhaltung zu holen. Und genau wie Maxine gerieten sie in Panik und suchten fluchtartig das

Weite, als sie Frenchie mit dem Jimmy-Choo-Stiletto im Hals entdeckten.)
Von Kate Garrett, der Schreibdozentin an der Universität, gibt es wunderbare Neuigkeiten. Sie hat einen neuen Roman veröffentlicht. Es geht darin um eine Frau mittleren Alters, die eine Affäre mit einem Studenten aus ihrem Schreibkurs anfängt, der sich als intrigant und berechnend entpuppt. Irgendetwas sagt mir, dass dieses Buch kein tristes Dasein in ihrer Garage fristen wird.
Und wo wir gerade von intriganten und berechnenden Möchtegernschriftstellern sprechen: Zuletzt kam mir von Tyler zu Ohren, dass er Drehbücher schreibt und mit einer Agentin von ICM zusammen ist.
Es ist kaum zu glauben, aber Kandi trifft sich noch immer mit Anton, dem Performance-Künstler. Wahrscheinlich kann man die Anziehungskraft eines Mannes, in dessen Ohren heiße Karamellsoße klebt, gar nicht unterschätzen.
Und was mich angeht, ich bin wieder in die Welt der T-Shirts und Hosen mit Gummizug zurückgekehrt. Und ich will es auch gar nicht anders haben. Obwohl ich wirklich ein paar Pfund abspecken muss. Deshalb habe ich auch mit einer neuen, strengen Diät begonnen. Keine Kohlenhydrate, wenig Fett und sehr viel Protein. Sind Sie nicht stolz auf mich?
Die Jungs von der Tip-Top-Reinigung haben sich von ihrer Werbeagentur getrennt und kamen reuevoll zu mir zurückgekrochen, um mich zu bitten, wieder als Texterin für sie zu arbeiten. Also gut, ich war es, die angekrochen kam, aber wenigstens habe ich sie als Kunden zurückgewinnen können, und jetzt schreibe ich eifrig hitverdächtige Slo-

gans wie *Wir holen und liefern Ihre Wäsche umsonst* und *Unsere Spezialität sind Glatt- und Wildleder*.
Und Sie werden nicht glauben, wer sich kürzlich bei mir gemeldet hat: Darrell, der Müllbootmann vom Speed Dating. Er hatte seine Liste mit den 17 Frauen durchgearbeitet und war bereit, mir eine zweite Chance zu geben. Ich habe ein wenig geflunkert, als ich ihm sagte, es gebe bereits jemanden in meinem Leben und dass ich kurz davor sei, in einen anderen Bundesstaat zu ziehen, und kürzlich latent lesbische Tendenzen bei mir entdeckt hätte. Letzteres schien ihn ganz besonders anzumachen, also habe ich es geschafft, ihn abzuwimmeln, indem ich sagte, dass sich ein neuer Anfall ankündige und ich jetzt auflegen müsste.
Ach, und was meinen Prada-Anzug anbetrifft, gibt es eine gute und eine schlechte Nachricht. Die Gute lautet: Die Reinigung hat es geschafft, die Weinflecken zu entfernen. Die Schlechte ist: Dabei sind sämtliche Knöpfe verloren gegangen.
Deshalb muss ich mich jetzt auch wieder an die Arbeit machen und ein bisschen Geld verdienen. Und das tue ich auch gleich: Wenn ich Prozac gefüttert und meinen Donut aufgegessen habe.
Okay, was die Diät anbetrifft, habe ich gelogen.

Danksagung

Ich danke meinem hingebungsvollen Lektor John Scognamiglio, dem ich sowohl diesen flotten Titel als auch die Mordwaffe zu verdanken habe. Mein Dank gilt meinem Agenten Evan Marshall, weil er immer für mich da war, wenn ich ihn brauchte. Joanne Fluke, der Autorin der großartigen Hannah-Swensen-Krimis, danke ich für ihre Großzügigkeit und Freundlichkeit. Carlos Marrero möchte ich für die Gestaltung des Buchumschlags danken, der einmal mehr zu einem absoluten Hingucker geworden ist. Meinem wundervollen Ehemann Mark schulde ich Dank dafür, dass er es die ganze Zeit mit mir aushält. Und zu guter Letzt danke ich meinem Kater Mr. Guy, weil er sich nicht eher von meiner Tastatur erhebt, bis ich ihn hier ebenfalls erwähne.

Laura Levine

Rache mit Sahne?

Roman

Kaum hat Jaine ihren Job als Drehbuchautorin für eine Fernsehserie angenommen, steckt sie auch schon in Schwierigkeiten: Statt des erträumten Luxusstudios erwartet sie ein heruntergekommenes Büro, und auch die Serie ist nicht gerade Emmy-verdächtig. Und dann bricht auch noch Frauenschwarm Quinn Kirkland beim Verspeisen eines Sahnetörtchens vor laufender Kamera tot zusammen! Die Polizei hat Jaines beste Freundin zur Hauptverdächtigen auserkoren, und so muss sich Jaine nicht nur mit ihren neurotischen Eltern und den Allüren der Schauspieler herumschlagen, sondern auch den Mörder finden, bevor er ein weiteres Mal zuschlagen kann ...

Knaur Taschenbuch Verlag

Helga Beyersdörfer

Die Sammlerin

Roman

Ihr Leben lang ist Annika Clement nicht richtig zum Zug gekommen. Ihr Gerd, Gott hab ihn selig, hat ihr stets klargemacht, wo ihr Platz ist. Doch als ihr heißgeliebtes Burghoftheater von der Schließung bedroht ist, erwachen in Annika nie gekannte Kaltblütigkeit und ungeahnte kriminelle Energien. Ohne viel Federlesen, falsches Mitleid oder schwächliches Zögern geht sie ans Werk. Das Theater MUSS gerettet werden – und ein zickiger Intendant oder ein uneinsichtiger Kulturdezernent sind doch keine ernstzunehmenden Hindernisse für eine zu allem entschlossene Frau …

»Eine Geschichte in der Ingrid-Noll-Tradition [...] amüsant zu lesen.«
Allgemeine Zeitung (Mainz)

Knaur Taschenbuch Verlag

Laura Levine

Blond wie der Tod

Roman

Gibt es eine größere Herausforderung, als die Memoiren einer schönheitsoperierten Neureichen zu schreiben, deren Hauptbeschäftigung darin besteht, sich in üppigen Schaumbädern zu aalen? Okay, die 3000 Dollar Honorar pro Woche sind auch ein Grund, warum Jaine Austen, Gelegenheitsschreiberin mit chronischer Geldnot, den Auftrag annimmt. Doch sie hat bald Gelegenheit, ihre Entscheidung zu bereuen, als ihre Auftraggeberin nur wenig später tot in der Badewanne schwimmt. Deren Tochter Heidi wird zur Hauptverdächtigen – und wendet sich hilfesuchend ausgerechnet an Jaine, die schon immer ein zu weiches Herz und eine Schwäche für Mord hatte …

»Ein Krimi mit Witz!«
In – Das Star Magazin

Knaur Taschenbuch Verlag